新 潮 文 庫

# 100万回の言い訳

唯 川 恵著

新 潮 社 版

7954

# 100万回の言い訳

# 結子

子供をつくろう。

と思ったのは、先月のことだ。梅雨明けの埃《ほこり》っぽい空気に満ちた地下鉄に揺られている時だった。

なぜそう思ったのか、結子《ゆうこ》はもちろんわかっている。三十八歳の誕生日を迎えたからだ。すでに出産にリミットが迫りつつある年代に入ったことは十分に自覚していた。

夫婦仲はよい方だと思っている。何をもってよしとするか、定義づけるのは難しいが、互いに今の生活をそれなりに快適に過ごしているように思う。けれども、そろそろ変化のような、区切りのようなものが欲しくなっていた。このまま家族として熟してゆくには何かが必要に思えた。それは子供ではないかもしれないが、それ以外となると、どうにも思い浮かばなかった。

「ねえ、子供をつくらない？」

と、言った時の、士郎《しろう》の驚いたように新聞から顔を上げた後の、いくらかきまり悪そうな表情をよく覚えている。

「何だよ、今さら」

「反対？」

「いや、そうじゃなくてびっくりしてるだけさ」

結子はコーヒーカップを手にした。

「手遅れになる前にと思ったの。でも、これぱかりは私ひとりじゃどうにもできないしね。士郎の協力が必要でしょう」

決して士郎を追い詰めるセリフのつもりではなかったが、彼は読みかけていた新聞に慌《あわ》てて目を落とした。

そんな様子に、結子は笑いたくなった。

世の中の妻たちがみな、夫の性的関心が自分に向かなくなったことを嘆いている、と考えるとしたら早計だ。もちろんそんな妻もいるだろうが、少なくとも、自分にとってそれはさほど重大なことではない。前はいつだったか忘れるくらいの時間、たとえば数ヵ月というような間があいても、夫婦としての関係に影がさすようなことはない。むしろ、夫とのセックスはどこか気恥ずかしさがつきまとう。もちろん、他に義理立てるような男がいるわけではなく、ただセックスがなくても買物帰りにちょっと手をつなぎあったり、休日の朝に士郎のベッドに潜り込んでぐずぐずと微睡《まどろ》んでいたりすることで、十分に満たされた気持ちになる。

「欲しいのか、子供？」

改めて士郎が尋ねた。

「ものすごく積極的に、というわけでもないけれど、いてもいいんじゃないかって思ってるのも確か」

「そうか」

再び士郎は考え込む。

「士郎はどう？　いらない？」

「いや、いらないわけじゃないさ。別につくらないと決めてたわけじゃないんだし。ただ、ピンとこないというのが本当のところだけど」

「確かにね。育てるのはやっぱり大変だろうし」

「子供かぁ」

士郎が天井《てんじょう》を見上げる。

「その子が成人する時、俺は六十過ぎか」

「私は五十八、ううん、五十九よ」

「すごいな、何か」

「そうね、すごいわよね」

自分たちにそういう年代が来るということが想像もつかなかった。と言っても、二十年前も、今の年齢の自分に想像がつかなかったのだから当然かもしれない。

「子供か」

士郎がまたため息混じりに口にした。

「でも、できないってこともあるわけだから」

結子は再びコーヒーカップを口にした。

「そりゃそうだけど」

「もしできたらって話だから」

やがて士郎が顔を向け、呟《つぶや》くように言った。

「それも悪くないかもしれないな」

結子は士郎を見た。

「いいの？」

「俺たちにとっては、最後のチャンスかもしれないしな」

「そうね」

頷《うなず》いたものの、士郎のその言葉を聞いたとたん、結子は少し不安になっていた。思いつきで言ったつもりはないが、士郎が賛成したことで急に現実味を帯びていた。その時になって、もしかしたら自分はとても無謀な提案をしてしまったのではないかと思えた。

結婚して七年。

子供をつくらないと決めて暮らしてきたわけではない。三十一歳で結婚した時は、すぐにでも欲しいという気持ちがあった。半年ほど期待して過ごしたが、妊娠するかもしれない、と考えながら暮らすことが、どれほど仕事やプライベートに制限が課せられるか身にしみた。とにかく、予定というものがたてづらくなる。

結局、妊娠が叶《かな》えられなかったことで、逆にしばらく避妊を続けることになった。そうしているうちに、子供を持つという生活から徐々に離れてゆき、いないことが当たり前になっていた。困ったことに、慣れというのは、いつだって日常を支配してゆくものだ。

時折、親や周りから「まだなの？」攻撃にあったりもしたが、それで追い詰められるほどの切羽詰まった気持ちにはならなかった。幸いにも、と言っては何だが、士郎は長男だが家を継いだのは弟であり、結子も兄がいてそこには子供も二人いるので、うるさくせっつかれることもない。世の中に、子供の有無を聞いてはいけないという風潮が広がってくれたおかげで、最近ではあまり雑音も聞かれなくなった。そうして七年が過ぎていた。

午後六時過ぎの、いつもと同じ地下鉄に揺られながら、結子は今夜のことを考えている。

一ヵ月の間に婦人科で検査をし、基礎体温も計り、妊娠可能であることを確認した。もともと生理はきちんと来る方だし、健康にも今のところ問題はない。気休めかもしれないが、あれから煙草《たばこ》をやめてお酒も控えるようにした。塩分と脂肪は避けて良質の蛋白質《たんぱくしつ》を摂《と》ることと、コーヒーの代わりにきれいな水を飲むことを日課にした。そして、今日が排卵日だ。

電車は渋谷駅で乗客の半分近くを吐き出し、その倍の乗客を飲み込んで、暗い洞窟《どうくつ》を走り抜けてゆく。

結子の降車駅は次だ。車両の中程に押しやられると、降りる時にいやな顔をされるので、ドア付近でしっかりと足を踏張っている。池尻《いけじり》大橋駅から自宅までは徒歩二十分。かなり遠く、近くにはマーケットもない。公園が近くて静かなのだけが取り柄の

2LDKの賃貸マンション。四階建てで、結子の部屋は三階にある。

「今夜がそうだから」

と、今朝、玄関先で靴に足を滑り込ませている士郎に言うと「ああ」と短い答えが返ってきた。

だからあまり遅くならないでね。お酒も飲んで来ないでね。

と、暗に含めておいたが、士郎にはちゃんと伝わっただろうか。

マンションに着いた時は、六時半を少し回っていた。週末以外、夕食はばらばらに摂ることが多い。営業の士郎は残業も多く、付き合いも頻繁にあり、結子もまた時間的に不規則な仕事をしている。着替えを済ますと、結子は冷蔵庫の中にある有機野菜のサラダと、銀鱈《ぎんだら》の切り身で夕食を済ました。

結子はデザイン事務所に勤めている。社員は十五人ばかりの、この業界では中堅のオフィスだ。そこで化粧品のパッケージ、たとえば口紅やコンパクトのケース、化粧水や乳液の壜《びん》といったものをデザインしている。肩書きで言えば、インダストリアルデザイナーということになる。

小さい時からものを作るのが好きだった。大学は工業デザイン科を選び、機械・プラント製図技能士の資格を取得した。家電メーカーに就職してキッチン周りの電化製品のデザインを四年、次に時計メーカーに転職して三年過ごした。今のデザイン事務所の社長に誘われてここに移ってから九年がたつ。

社長は五十歳を少し過ぎたばかりの女性で、多少感情の起伏に波があるが、それがエネルギーにもなっていて、オフィス全体はいつも活気に満ちていた。

実を言うと、先月、来春の口紅ケースのデザインが、別のデザイナーの提案したものに決まった。ここ数年、いつも結子の作品が採用されていた。当然、今回もそうなると思い込んでいて、落ちたのは思いがけない誤算だった。正直に言えば、ひどく落胆した。

採用されたのは、まだ三十にもならない、結子から見れば男の子のようなデザイナーのプランである。それも半年ほど前にオフィスに入ったばかりで、その前はカメラをデザインしていたという。まるで素人《しろうと》に負けたような悔しさがあった。

自分のデザインのどこが彼より劣っているのか、結子は今もわからない。光沢のある紫色を使い、キャップは美しい曲線を描いている。鏡台に置いても、それだけで小さなインテリアになるような繊細さだ。相当の自信を持っていた。一方採用された作品は、ブリキのような質感で、形は円錐《えんすい》形をしており、ポーチよりも大工道具箱の中に似合いそうなものだった。

「島原くんのに決まったから」

と、クライアントの企画会議から戻って来た社長に言われた時、最初は冗談かと思った。

それが本当だとわかって、一瞬、言葉をなくした結子の隣で、彼ははしゃいだ声を上げるでもなく「はあ」と、間の抜けた声を出した。

「よかったわね」

と、無理に作った笑顔を向けると「どうも」とこれもさほど嬉《うれ》しそうではなく頷いた。

社長が、わずかな同情と、落胆の目を結子に向けた。

「次は期待してるわよ」

「はい」

と頷いたものの、なぜ負けたのかわからない、という思いがある意味でますます結子を不安にさせていた。なぜ、あの作品がダメだったのだろう。どこがクライアントの気持ちを惹《ひ》き付けられなかったのだろう。

もしかしたら、もう自分は過去の人間になってしまったのではないか。感覚が追い付いていかなくなったのではないか。そんな思いが首筋の後ろをひやりとさせた。この恐怖は、ものを作り出す仕事をしている者なら誰もが常に意識していることだ。

子供をつくろうと思った理由には、実は、この件も大きく作用していた。

仕事は好きだし、辞めるつもりは毛頭ないが、仕事だけに自分の人生を費やすようなことをしていて本当によいのだろうか。いつか自分も時代から置き去りにされる時が来るだろう。初めての負けが、三回に一回となり、二回に一回、そして誰からも見向きもされなくなる。アイデアが枯渇《こかつ》すれば終わりだ。そんなふうに姿を消していったデザイナーたちを、結子自身、何人も見てきた。

言葉は悪いかもしれないが、逃げ道のようなものが欲しかった。自分でなければならないもの。誰にも脅《おびや》かされずにすむ自分の居場所。子供を持つ。母親になる。その席は、確かに自分にしか座れない。

そんな理由を挙げるのは責められることかもしれない。けれども、それがきっかけで人生を考えさせられたのだから、それはそれでよかったのではないかとも思っている。今まで、本当は背負わなければならないものを、見ないふりをして過ごしてきた。自分のためだけに人生を費やして来た。そのことに、どこかでズルをしているような後ろめたさがないでもなかった。これからは、士郎と子供のために時間を割くという生き方も悪くはないはずだ。

食事を済ませて、風呂《ふろ》に入った。

今夜、士郎とセックスすることを前提に入る風呂は、やはりいつもと少し違ってい
た。ついボディソープを丁寧に泡立てたりしている自分を笑いたくなった。高揚感と
いうほどでもないが、どこかしら甘やかな気持ちが潜んでいる。それは懐《なつ》かしい感覚
でもあった。

士郎とは今のオフィスに移る前に勤めていた時計メーカーで知り合った。彼は営業
にいて、時折、廊下で顔を合わせる程度だったのが、会社近くの混んだ定食屋でたま
たま席が同じになったのをきっかけに、付き合うようになった。あの時は、自分たち
は特別な出会いをし、特別な恋におちているような気がしていたが、周りから見れば
平凡な恋愛だったのだろう。それでも、会えば抱き合わずにはいられないというよう
な日々を過ごした。それがたぶん、若さというものなのだろう。

付き合い始めて一年ほどして、結子は今のオフィスの社長に声を掛けられた。化粧
品のパッケージをデザインするという仕事はとても魅力的に思えたが、一部上場の企
業から、個人経営のオフィスに移るには将来の不安もあった。

決心したのは、士郎の言葉だった。

「食えなくなったら、俺が食わしてやるさ」

相談した時、士郎はこともなげに言った。

「好きなことをやれるうちは、好きなことをやった方がいいと俺は思うな」

食わせてもらうなどというつもりは毛頭なかったが、その言葉が後押しとなってくれたのは確かだ。いざとなったら逃げ込める場所があるということは、たとえそれが細い細い蜘蛛《くも》の糸であっても、心強さに繫《つな》がった。

結局、それがプロポーズにもなった。今のオフィスに移ってから、二年後に結婚した。

風呂から上がって、結子は身体《からだ》にローションをすり込んだ。少し迷って、香水を一滴、耳の後ろに揉《も》み込んだ。鏡に映る自分を眺める。小柄でショートカットにしているせいか、照明がよかったりすると、十歳近く若く見られる時がある。時折、男に声を掛けられることもある。身体のラインもまだそれほど崩れてはいない。さすがに士郎と出会った頃のようにはいかないが、瑞々《みずみず》しさは失われてはいないはずだ。

今夜、きっと妊娠する。きっといい子が授かる。

そんな気がして、鏡に映る自分にほほ笑んだ。

ドライヤーに手を伸ばした時、けたたましい音が鳴り始めた。

それが非常ベルの音だと気付くまでしばらくかかった。年に二度くらいベルの点検で聞いたことはあるが、その時は必ず予告のチラシが郵便受けに入れてある。けれど今日も昨日もそんなものは見ていない。それに、点検の時は短く区切って鳴らしているが、これは切れ目なく鳴り響いている。ましてやこんな夜に点検とも思えない。

とりあえずスウェットを着てその上からカーディガンを羽織り、濡《ぬ》れた髪もそのままにベランダのカーテンを細く開けてみた。別に異状はない。いつものように世田谷公園の森が黒く茂っているだけだ。まだベルは鳴り続けている。今度は玄関に向かい、ドアから顔を覗《のぞ》かせた。ちょうど隣の奥さん、梶井《かじい》許子《もとこ》も出て来たところだった。

「こんばんは」

結子は頭を下げた。

「こんばんは、何かしら」

相変わらずベルは鳴り続いている。

「どこかで火が出たのかしら」

「でも、匂《にお》いもないし、煙も出てないし」

「そうよね。いたずらかしら」

そんなことを話していると、不意にベルが止まった。互いにホッとして顔を見合わせた。

「やっぱり何でもなかったみたい」

「ほんと、びっくりしちゃった。人騒がせね」

「じゃ、おやすみなさい」

「おやすみなさい」

　ドアを閉め、洗面所に入り、ドライヤーで髪を乾かし始めた。一瞬、ライトが点滅し、ドライヤーも止まった。結子はライトを見上げた。マンションの電気系統に何か異状でも起きたのだろうか。非常ベルが鳴ったのもそのせいかもしれない。このマンションに管理人はいない。玄関けオートロックだし、宅配ボックスも備わっている。管理会社に誰か連絡しているだろうか。私がした方がいいだろうか。

　そんなことを考えていると、今度はサイレンが聞こえて来た。まさかという思いで、もう一度ベランダに向かって窓から外を見た。赤いランプが点滅しながら近付いて来る。間違いなく消防車だ。

　火事だ。

　と、外から声が聞こえて、結子はサッシ戸を開けてベランダに出た。右隣を見て、左隣を見る。階下を見て、階上を見る。そこで思わず視線を止めた。明るさが漏れているが、それは部屋の明かりではなかった。オレンジに色付き、波のように揺れている。よく見ると、靄《もや》のような煙が夜空に向かって昇っている。

「奥さん、上、上」

さっき廊下で顔を合わせた隣の奥さんが、結子と同じようにベランダから身を乗り出し、指差した。階上の部屋から火が出ていることは、もはや疑う余地はなかった。

「火事よ、火事」

消防車はもう目の前まで来ていた。それも三台もいる。すでにやじ馬も集まり始め、結子のマンションを見上げている。

一気に緊張した。逃げなくては、と、結子は慌《あわ》てて部屋に戻り、いつも通勤に使っているバッグを掴《つか》んだ。寝室に入ってチェストの引き出しから預金通帳を、ドレッサーの引き出しから判子を引っ張りだした。他に何か大切なものは、と考えたが、すぐには思い浮かばなかった。けたたましいサイレンの音が動転する気持ちに拍車をかけた。

頭の上で、パンと破裂音がした。ガラスが割れたのかもしれない。結子は思わず身を縮め、天井を見上げた。この天井一枚上で、今、火災が起こっている。もしガスに引火して爆発したら、と想像した。そのとたん、動転は、恐怖に変わった。

玄関に向かう足がもつれそうになった。早く早く、と、胸の中で呟《つぶや》き、落ち着いて

落ち着いて、と、声に出して言った。ドアを開けて廊下に出たが人はいない。隣の奥さんはもう避難してしまったのだろうか。エレベーターではなく階段に向かった。すぐに登ってきた消防士と顔を合わせた。

「慌てなくて大丈夫です。ゆっくり避難してください」

と、冷静に言われ、結子は「はい」と頷《うなず》いた。少し気が楽になった。二階に下りたところで、スリッパのままだったことに気がついた。もちろん、履き替えに戻る気にはなれず、結子は階段を駆け下りた――。

鎮火したのは二時間後だった。

放水車からホースが伸び、勢いよく水が吹き出されて、四階の部屋に見事に吸い込まれてゆくのを、結子は隣の奥さんと、ただ茫然《ぼうぜん》と眺めた。

詳しい事情は明日の現場検証の後に知らされるそうだが、消防隊員は「たぶん、煙草《たばこ》の不始末だろう」と言っていた。

類焼はなく、被害はその部屋だけで済んだようだ。しばらくして、住人は自宅に戻ってよいとの連絡があった。それぞれに短く挨拶《あいさつ》を交わし、部屋に戻った。そこで結子は唖然《あぜん》とした。

確かに、類焼はない。けれども、部屋は水浸しだった。ベランダの窓からというのではなく、ほとんどは天井から漏れていた。居間もキッチンも洗面所もトイレも寝室も、すべて水をかぶっていた。ベッドもソファもカーテンもたっぷり水を含んで色を変えていた。もちろんクローゼットも、タンスの引き出しの中も、押し入れも。とにかく、家の中にあるものすべてがびしょぬれの状態だった。何にどう手をつけていいのかわからず、身体から力が抜けて、へたりこみそうになった。けれども、当然床も水浸しで、今、この服を濡らしてしまったら着替えるものがないということを思い出した。

結子は部屋の真ん中に立ち、バッグの中から携帯電話を取り出した。士郎に連絡を取ることさえ忘れていた。

## 志木子

夕方四時。

自転車の後ろに息子の匠《たくみ》を乗せ、志木子《しきこ》は託児所に走った。

北新宿にあるこの託児所は、二十四時間いつでも何時間でも子供を預かってくれる。場所柄かほとんどが志木子と同じ夜の仕事をしている女性の子供たちだ。保母、と言っても資格を持っているのかは知らないが、交替制で七、八人いる。たいがい感じのいい人ばかりだ。

託児所はマンションの二階にある。自転車を玄関先で停めて、匠を後ろの席から下ろし、手をつないでエレベーターに向かった。最近、覚えたばかりのアンパンマンの歌を歌いながら、匠が爪先《つまさき》立ちをしてボタンを押す。

五歳になると手がかからなくなる、と聞いていたが本当だったと志木子は思う。一年ほど前までは大変だった。毎日毎日、格闘するように毎日を過ごした。匠が泣くと、志木子も泣いた。匠が暴れると、志木子も暴れた。匠が眠って、ようやく志木子も眠ることができた。

二階の託児所に着くと、匠は慣れた調子でドアを開け「こんにちは」と、大きな声で挨拶した。保母は「いらっしゃい」と、両手を広げて匠を迎え入れる。匠はその胸に飛び込んで、志木子を振り返った。

「じゃあね、バイバイ」

志木子は保母に頭を下げた。

「よろしくおねがいします」

「はい、確かにお預かりしました」

匠はもう「おかあちゃん、行かないで」と、駄々をこねることはない。かつて、そうされるたびに自分は何て悪い母親なのだろうと、後ろめたさで胸が痛くなった。今は確かに楽になったが、そうなってみると、それはそれでどことなく寂しい気もする。泣きながら追いすがろうとする匠の姿が懐かしく思い出される。

匠が、少しずつ自分の状況というものを把握して、どこに行っても誰に会っても愛想を振り撒《ま》くようになったのは、自分を守る術《すべ》として身に備えた武器だろう。結局は愛情に飢えているのだということはわかっている。可愛《かわい》がられるということが、あまりにも稀薄《きはく》なのかもしれない。けれどもどうしようもない。ふたりで暮らすしか方法はないのだから。

志木子は再び一階に下り、自転車に乗って、そこから十分ほどの場所にある居酒屋「つるや」に向かった。そこが志木子の勤め先だ。

「つるや」に来てからそろそろ一年になろうとしていた。ここを紹介してくれたのは、前に勤めていた歌舞伎町《かぶきちよう》のキャバクラの客だった。

垢抜《あかぬ》けず、いつまでも田舎の栃木の訛《なま》りが抜けず、ずんぐりと太っていて少しも美しくない志木子は、店の中でも落ちこぼれだった。当然ながらほとんど指名がかかることはなく、人気の女の子のヘルプのヘルプといった感じで、ついでのようにソファの隅に座らされ、水割りを作ったり灰皿を替えたりしていた。そのことで店長からはいつも皮肉を言われた。

「これじゃ給料ドロボウだな」

指名はなくても、基本賃金は受け取れるので、何を言われても「すみません」と頭を下げるしかなかった。

「美容整形するか、せめてあと十キロ痩《や》せたら」

と、同じホステスの女の子に言われたこともあるが、それは意地悪というよりむしろ親切心と言った方がいいだろう。

店はたいがい半年ぐらい勤めると辞めることになった。いや、体よく辞めさせられた。その度、今度こそはもう少しまともな勤め先を探そうと思うのだが、高校中退の、子持ちの、何の資格も特技もない、その上保証人となるような知り合いもない女に、世間は甘くなかった。アパート代を含む生活費に、託児所の費用、これがかなり大きい。結局、同じような仕事につくしかなかった。そんなふうに、水商売を転々とした。とにかく、何としても食べてゆかねばならなかった。匠とふたり、どうしても生きてゆかねばならなかった。

そんな頃、ひとりの客と知り合った。その客は仕事の接待で来ていて、売れっ子の女の子たちを取引先の周りに座らせ、自分は控えめにソファの隅に腰掛けた。そこが志木子の隣だった。

「君香です。よろしくお願いします」

源氏名を告げて挨拶をした。それから二言三言話をすると、客が「もしかして、栃木？」と尋ねた。

「はい、そうですけど」

答えると、客は目を細めた。

「やっぱりそうか。イントネーションがそうじゃないかと思ったんだ」

「お客さんも？」

「うん、宇都宮。君は？」

「もう少し日光に近いところです」

少し口ごもりながら志木子は答えた。

「今市？」

「だいたいその辺りです」

その時は、その程度の会話しかなかったのだが、それから半月ほどしてめずらしく指名がかかり、席に行ってみるとその人だった。

「やっ」

客は右手を上げて、人懐《なつ》っこい表情をした。少し、酔っているみたいだった。

「ご指名ありがとうございます」

志木子は頭を下げて、席についた。

「取引先と少し飲んでね、帰ろうと思って駅に向かったんだけど、君のこと、何となく思い出してさ」

志木子は運ばれてきたセットの水割りを作った。

「嬉《うれ》しいです」

「うん、それそれ」

客が笑いだす。

「何ですか？」

志木子は顔を向けた。

「語尾をさ、そうやって上げるの。いいんだよなぁ、何だかほのぼのするなぁ」

今度は志木子が笑う番だった。

「いつも、田舎もん丸出しだから早く直せって店長に言われてます」

「所詮《しょせん》、東京は田舎もんの集まりさ」

「でもお客さん、ぜんぜん訛りないじゃないですか」

客はどういうわけか少し後ろめたいような顔をした。

「十八で上京して、もう二十年以上もこっちにいるからね。こっちの方が長いんだから、仕方ないよ。でも、上京したての頃は俺も田舎もんに見られるのがいやで、標準語というのか東京弁というのか、かっこつけてそういうのでばかり話してた。その上、就職したらしたで、営業だから言葉遣いには気を遣わなきゃいけないだろう、苦労したよ。だからって、完璧《かんぺき》に東京の言葉になれるわけはないし、そのうち栃木弁も何だか妙な具合になってさ、実を言うと、何だかその頃から何を話していてもすごく中途半端《はんぱ》な感じがしてるんだ」

「中途半端って？」

「何て言うのかな、物事のコアな部分を言おうとするのに、どうにも的確な言葉が見つからないんだ。どう言ってもアウトラインをなぞってるだけで、肝心要《かなめ》のところが伝えられない。それでいつも、もどかしいような気分になるんだ」

志木子は困って黙り込んだ。

「どうかした？」

彼がセットでついている柿《かき》の種に伸ばした手を止め、顔を向けた。

「私、頭悪いから」

「え？」

「高校も中退だから、難しいことを言われてもわからないんです」

彼は少し困ったような顔をした。志木子は慌てて笑顔を作った。せっかく指名してくれたのに、こんな僻《ひが》んだようなことを言ったらもう二度と呼んでくれないかもしれない。また店長に叱《しか》られる。

「気取った言い方をして悪かったね」

客が肩をすくめた。

「すみません、そんな」

「つまり、何を言っても、いつも嘘《うそ》を言っているような気分になるってことを言いたかったんだ」

「嘘をついてるんですか？」

「そうじゃないんだけどね」

それきり客は黙ってしまった。機嫌をそこねたのかもしれない。

あれこれ頭をめぐらせて話題を探すのだが、うまく見つからず、志木子はつい言っていた。

「私、太ってるから」

「えっ、いや、そうでもないよ」

「だから、手に笑《え》くぼができるんですよ」

志木子は客の前に手を差し出し、甲を見せて指をまっすぐに伸ばした。すると指の付け根が四ヵ所、ぺこりとへこむ。

「ね、笑くぼ」

これくらいしか芸がなかった。

客は困ったように自分の髪の中に指を差し込み、くしゃくしゃとかき回した。

「どうかしました?」

「俺、それと同じことができる人、知ってる」

「あ、その人も太ってたでしょう?」

「うん、かなり」

「誰ですか?」

「おふくろさ」

　それから、言い淀《よど》みながら付け加えた。

「何だか君って、死んだおふくろに似てるんだ」

　――それから週に一度か十日に一度の割合で、客は店に来るようになった。取引先と一緒の時もあったが、そういう時も、売れっ子の女の子たちと一緒に志木子も指名してくれた。

「君香っていうのは、本名？」

「まさか」

　聞かれて、志木子は首をすくめた。

「こんな私が、そんな名前のはずがありません。志木子って言います。加西《かさい》志木子」

「ふうん、俺は津久見《つくみ》だよ」

　互いに本名を告げてから、少し関係が変わったように思う。

　変わると言っても、そこに男と女の匂《にお》いがあるわけではない。津久見はたとえどんなに酔っていても、志木子の身体《からだ》に触れるようなことはなかった。自分が女としての魅力に欠けていることぐらいはもちろんわかっているが、それでも指名してくれるのだから、そこに何らかの下心に似たものがある気がするのだが、津久見にそれはまったく感じられなかった。それが遠慮でも我慢でもないことぐらい志木子にもわかる。女としての興味をまるで抱いてないのだ。

津久見は四十歳と言った。父親というほど離れてはいないが、兄というほど近い年齢でもない。年の割に若く見えるが、よく見ると、ほんの少し頭頂部が薄くなっている。津久見は志木子が今まで見てきた男たちとはぜんぜん違っていた。その違うところを、志木子はどう理解していいのかわからなかった——。


半年ほどたった頃、店で小さな事件が起きた。

酔った客に太っていることを散々からかわれ「ブスなんだから、これくらいさせろ」と言われて、いきなり胸を鷲摑《わしづか》みにされた。志木子は反射的に客を突き飛ばしていた。さほど力を入れたつもりはなかったが、ソファごと客は見事に後ろに倒れ、テーブルも引っ繰り返った。女の子たちは慌《あわ》て、客は怒り、店長が飛んで来た。何度も何度も謝って何とか許してもらったが、そのことでとりそこねた客の勘定の肩代わりと、割れたグラスの代金を弁償しなければならなくなった。

それからしばらくして、店に来た津久見につい愚痴《ぐち》のようにその件を話した。決して甘える魂胆があったわけではなく、東京に誰ひとりそんなことを口にできる相手がなく、追い詰められたような気持ちになっていた。

「前から思ってたんだけど、こういう仕事は君に向いてないと思うんだ」

黙って聞いていた津久見が、ソファの背に静かに身体を預けて言った。

「でも私なんかが働ける場所はないですから」

「アルバイト程度なら、紹介できないこともないけれど」

志木子は慌てて首を振った。

「いえ、結構です。そんなつもりで言ったんじゃないです」

「ここの時給、いくら?」

「でも」

「ちょっと参考までにさ」

ためらったが、結局、志木子は正直に答えた。

「うーん、そうか、思ったほどでもないんだな」

「私、ぜんぜん人気ないですから」

指名料のバックでほとんどの女の子たちは稼いでいる。

「ちょっと時給は落ちるかもしれないけれど」

津久見はグラスを手にした。

「俺がちょくちょく利用している居酒屋があるんだ。そこで今、手伝ってくれる子を探してる。よければ、紹介するよ。夫婦でやってるんだけど、ふたりともいい人なんだ。面倒見がよくて気さくでね。言っておくけど、あくまでもよければだから。こんなこと俺が言ったからって、負担に思うことはないんだ。それにまあ、あちらにも意向ってものがあるだろうし、あんまり期待されるとそれはそれでまた困るわけだけど」

志木子は尋ねた。

「でも、どうして私なんか」

「どうしてかなぁ」

津久見がわずかに首を傾《かし》げる。

「同郷だからですか？」

「それもある」

「亡《な》くなったお母さんに似てるから？」

津久見は苦笑した。

「うん、それもあるかもな」

「私、こっちに知り合いもないし、保証人とかにもなってもらえる人はいないんです」

「少なくとも、この半年、俺は君を見てきたよ。それで十分だと思ってる」

志木子は膝《ひざ》に視線を落とした。津久見の申し出に驚いていたし、何よりその好意が嬉しかった。こんなに親切にしてもらったことなど、東京に出てきて一度もない。時給が落ちたって、津久見が勧めてくれる居酒屋ならこんな店で働くよりかずっとマシに思えた。どうせここにいたら、化粧品とかストッキング代とか、金のかかることも多い。できればその話を受けたいと思った。けれども、その前に津久見に言っておかなければならないことがあった。

志木子は居住まいを整えた。

「あの、実は私、子供がいるんです」

津久見が目をしばたたいた。

「えっ」

「すみません」

頭を下げる。

「いや、謝ることじゃないけど、何だ、そうか、結婚してたのか」

「いいえ、結婚はしてないんです」

「え、じゃあ、ひとりで育ててるのかい？」

「はい」

「こっちに知り合いはないって言ってたよね」

「そうです」

津久見は少し考え込むように間を置いた。

「君、いくつ？」

「二十一です」

「お子さんは」

「四歳です」

またもや津久見は黙った。黙られて当然だと思った。十七で産んだ子だとすぐに逆算できる。高校中退の訳もこれでわかってしまう。ろくでもない女と思われただろう。何てふしだらな、何て節操のない。あの頃、誰もに何度も言われたように。

けれども、津久見の口から出た言葉は意外なものだった。

「やるなぁ」

「え？」

「俺の二十一歳の時とは大違いだよ。親から仕送りしてもらって、麻雀《マージャン》とパチンコに明け暮れて、あとは女の子の尻《しり》を追い掛けまくってた。本代とか講習があるとか、適当に嘘をついて親からどうやったら金を引き出せるか、そんなことばっかり考えてたもんだよ。それが君はひとりで子育てか」

最初はからかっているのかと思ったが、様子からするとそうでもないらしい。

「とにかくだ」

津久見は改めて顔を向けた。

「その気があるなら紹介するよ」

「本当にいいんですか」

「もちろん」

「ありがとうございます。よろしくお願いします」

志木子は迷わず頭を下げていた——。

あれから一年がたった。

津久見に「つるや」を紹介してもらったことを今は心から感謝している。キャバクラよりも時給が下がった分、昼間に二時間余りかけて店の掃除と料理の下ごしらえをすることで上乗せしてもらっている。働くのは少しも苦ではなく、身体を動かすのはもともと好きだし、何より有り難いのは、日中ここに匠を連れてこられることだった。店で遊ばせながら仕事ができるのは本当に助かる。親爺《おやじ》さんとおかみさんの口利《き》きで店から自転車で通えるアパートに住み替え、バカ高かった託児所も替えた。安定したのは生活だけではない。何より気持ちが落ち着いた。店の中でおどおどしたりびくびくしたりすることもなく、自分のままで振る舞っていられることが楽しかった。

「しいちゃん、揚げ出し豆腐あがったよ」

カウンターの中からおかみさんが呼ぶ。

「はぁい、北川さん、揚げ出し豆腐おまちどおさま」

志木子はテーブル席に運び、椀《わん》を置く。

「嬉《うれ》しいねえ、俺の名前、ちゃんと覚えてくれてるんだ」

ネクタイを緩めたサラリーマンが言う。

「もちろんじゃないですか、北川さんはうちの大事なお得意さまですから」

「うっ、泣けるねー」

こんなやりとりもすっかり身についた。キャバクラの時は、ただ太った田舎くさいだけの志木子だったが、それがこの店ではむしろ歓迎されているように感じた。おかみさんが前に冗談ぽく「きれいな子じゃなくてよかった」と漏らしたことがあるが本音だろう。色気で客を引き寄せる店にはしたくない、という親爺さんとおかみさんの思いそのままの料理のうまい店だった。だからこそ、志木子ものびのびと振る舞えた。

「熱燗《あつかん》、つけましょうか」

カウンターの隅に座っている津久見に、志木子は肩ごしに声を掛けた。

週にだいたい三回ぐらいの割合で、津久見はここに顔を出す。夕食を兼ねて、惣菜《そうざい》何品かと熱燗二本がいつものパターンだ。

「そうだなぁ、どうしようかなぁ」

今夜はまだ一本目だ。

「どうしたんですか？　身体の調子でも悪いんですか？」

「いや、そういうわけじゃないんだけど、今日はあんまり飲むなって言われてるもんでね」

志木子はからかうように言った。

「奥さんに？」

「うん、まあ」

「だったら、飲んじゃ駄目ですよ」

「でもなあ」

津久見と会話しながらも、志木子の目は客たちに注がれている。あいた皿はないか、銚子《ちょうし》やコップがカラではないか、灰皿が吸い殻でいっぱいではないか、注文された料理はちゃんと出てるか。

「やっぱりもう一本」

津久見が銚子を差し出した。

「いいんですか？」

「いいさ、今夜、酔って帰るなっていう方が無理ってもんさ」

「おかみさん、津久見さんにお燗、お願いします」

注文してから、他の客に料理を出していると、津久見が足元から慌てて鞄《かばん》を引っ張り出しているのが目に入った。

「あら、お帰りですか、もう熱燗ですけど」

「いや、悪い、それはいい。おあいそしてくれるかい」

「はい」

伝票を持ってレジに行く。数字を打つ間も、津久見は落ち着かない。

「あの、何かあったんですか？」

背広の内ポケットから、財布を出す手もせわしない。

「いや、今、携帯に電話があってね」

「ええ」

「何か、うちのマンションが火事になったらしいんだ」

「ええっ」

志木子は思わず声を上げた。

「なので、酒、ごめん」

「いいえ、そんなことは」

「じゃ」

津久見が慌てて店を飛び出してゆく。志木子は戸から顔を出し「お気を付けて」と、タクシーに向かって手を上げる津久見に声を掛けた。

## 士郎

マンションの前でタクシーを下りたとたん、目に沁《し》みるような焦《こ》げ臭さに包まれ、士郎は思わず顔をしかめた。新建材や合成繊維が焼けた時特有の臭《にお》いが辺り一面に漂っている。

時間は午後十時半を少し回ったところだ。すでに消防車も野次馬の姿もなかったが、建物全体が何やら落ち着きのない雰囲気に包まれていた。

士郎は三階の自室を見上げた。電気はついていない。上の四階が火元で、類焼はなかったことは、すでに携帯電話で結子から聞かされていた。

「でも、とにかくすべてが水浸しなのよ。もう、どう手をつけていいのかわからないの」

興奮した声は上擦《うわず》っていたが、その裏側にちらちらと「どうして早く帰って来なかったの。今朝、あれだけ言ったのに」というような詰問《きつもん》が見え隠れしていた。

確かに今夜は早く帰るつもりでいた。やらなければならないことがある、というぐらいのことはわかっていた。それでも会社が退《ひ》けたあと、どうしてもすぐ電車に乗る気になれず、ほんの三十分のつもりで馴染《なじ》みの居酒屋「つるや」に足が向いていた。

この一ヵ月ばかりの間、今夜のために、結子が酒や煙草《たばこ》をやめ、仕事を控えめにしてどれだけ体調を整えてきたか知っている。毎朝、ベッドの中で体温計を口にくわえる姿も見てきた。けれども、あと一週間ぐらい、とか、もうそろそろよ、などと言われるたび、どうにも居心地の悪い気分になった。

子供を作ることに賛成した時は、もちろん本気だった。切り出された時は、わが子を腕に抱く自分の姿、などというものが頭に浮かび、思いがけず甘い感慨が広がった。四十歳を過ぎて人生をもう一度やり直すのも悪くない、そう思ったのも確かだ。

けれども、さほど時間がたたない間に、正直言えば翌日目が覚めた時にはもう、何かひどく厄介な約束をしてしまったような気分になっていた。

もし子供が生まれれば、今の生活は大きく変わるだろう。当然だ。結子は生活を変えたくて子供を産みたいと言っている。けれども、自分はどうだ。今の生活を変えたいと思っているだろうか。

士郎は首を振った。

そんなこと、少しも思ってやしない。今のままで十分だ。ふたりで働いていればそれなりの収入があり、経済的にもゆとりがある。財産を遺《のこ》す相手がないと思えば不動産を持つ必要もない。子持ちの同僚たちはみな、家のローンと教育費に追われ、喫茶店でコーヒーを飲むのさえいちいち財布の中身を気にしている。自分たちだって、子供を持てばそんな生活になるのは目に見えているではないか。いったいそれのどこがいいというのだろう。

結子は、家族として熟したい、などと言っていたが、子供を持てば本当にそうなるのだろうか。もし、生まれた子供が健康でなかったら？　無事に生まれても、将来、執拗《しつよう》ないじめにあったり、引きこもりになったら？　非行に走ったり、人格が壊れたり、他人を殺《あや》めたら？　そんなことになれば、熟すどころか腐り果てる。そんな想像は取り越し苦労だと、もう笑って済ませられるような世の中ではなくなってしまったはずだ。

さすがにエレベーターは電源が落ちていた。階段を昇って三階の部屋の前に立つと、ドアの下の隙間《すきま》から水が広がっているのに気がついた。ああ、と思った。とりあえずチャイムを押してみたが返事はない。内ポケットから鍵《かぎ》を取り出し、差し込んだ。かろうじて非常灯の灯りを頼りに部屋に入った。玄関で靴を脱ぎかけたが、もちろんやめておいた。

しばらくして目が慣れてくると、ベランダから差し込んでくる月明かりで十分に確認することができた。家の中は、結子の言葉通りだった。とにかくすべてが水浸しだ。士郎は片っ端から見て回った。居間もキッチンも寝室もだ。スーツも、ネクタイも、ゴルフバッグも、本も、完全に水をかぶっていた。パソコンやテレビや、ビデオデッキ、オーディオ、といった電化製品は、もう使いものにならないだろう。覚悟をしていたつもりだったが、身体《からだ》から力が抜けた。

「ひどいな……」

フローリングの床は、もうかなりの水分を吸い取ったらしく足裏に重たい。寝室のカーペットの床は、沼地の苔《こけ》を踏んでいるみたいにぐずぐずと音をたてた。

それにしても結子はどこに行ったのだろう。士郎は携帯電話を手にして、結子の番号を呼び出した。

「ああ、俺だけど」

「遅かったのね」

やっぱり怒っている。こんな目に遭《あ》えば当然だろうが、火事は俺のせいじゃない。

「うん、ちょっと仕事が長引いたんだ」

「部屋、すごいことになってるでしょう」

「ああ、本当にすごいな。管理会社には連絡を取ったのか？」

「私はしてないけど、誰かがしたらしくて、担当の人というのが来てたわ」

「何て言ってた？」

「保険に入ってるから、心配することはないって」

「それだけか？」

「何を聞いてもそれしか言わないの」

「そうか」

「もっと食い下がろうと思ったんだけど、何だかもう力が抜けちゃって、そんな気力もないっていうか」

確かに結子の声に力はない。この様子を目《ま》のあたりにすれば、そうなるのも無理はないだろう。

「いいさ、それは明日、考えよう。で、今、どこにいるんだ？」

結子は少し口籠《くちごも》りながら言った。

「え？」

聞き直すと、多少ぶっきら棒な言い方で返ってきた。

「だから、246号線に向かって歩くと右側に建ってる、ほら」

この辺りに一軒だけあるラブホテルのことだった。もちろん入ったことはないが、そこにあることはずっと前から知っている。

「何でまた」

「駅前のビジネスホテルは満員で、もう探すのが面倒になったの。ここが家からいちばん近いホテルだったし、乾いたベッドに入れるなら、もうどこでもいいって気がして」

その気持ちもわからないでもない。

「じゃあ、俺も今からそっちに行くよ」

「ええ」

「何号室？」

「あのね……〈情熱の間〉」

口には出さなかったが、参ったな、と思った。

「何か持ってゆくものは？」

「途中で、簡単な着替えだけコインランドリーで洗って乾燥して来たの」

「俺のも？」

「明日の分の下着と靴下はね」

「他にいるものは？」

結子はしばらく考えたようだったが、ため息と共に呟《つぶや》いた。

「何にも思い浮かばないわ」

「わかった」

電話を切って、士郎はもう一度、部屋を回ってみた。書斎という名はついているが、ほとんど物置と化している部屋に、士郎専用の机が置いてある。その机の引き出しの中に、就職してから毎年使い続けて来た手帳を全部入れてあった。けれども、それもすっかり濡《ぬ》れて色を変えていた。水性ボールペンを使った文字が、もう滲《にじ》んで読めなくなっていることは容易に想像がついた。

日記というほどのものではないが、この手帳が代わりになっていた。書き込んであることはほとんど仕事関係の事務的なことだが、それが記憶のきっかけとなって、思い出せることはたくさんある。取ってあったからと言って見返すことなどほとんどなかったが、ないとなれば、ひどく惜しいことをしたような気分になった。

士郎は息を吐き出した。

今の気持ちを何て言えばいいのだろう。喪失感のような、脱力感のような思いだ。もちろん火を出した住人に対する怒りはあるのだが、頭に血が上るというような種類のものではなく、何やら気の抜けたものだ。結子もたぶん、同じ思いにかられているのだろう。

とにかく、これ以上ここにいてもどうしようもない。諦《あきら》めの気分で部屋を出た。

ドアに鍵を掛けていると、隣の奥さんと顔を合わせた。結子より確か五、六歳は若く、なかなかの美人だ。

「津久見さんのところ、大変なことになっちゃって」

彼女は気の毒そうな表情で士郎に近付いて来た。

「ええ、ひどい有様で。お宅は？」

「それが、うちは平気なの。被害に遭ったのは火を出した四階の部屋の真下の一列なんですって。やっぱり水がみんな下に漏れてしまったのね。でもね、二階は今、空き部屋になってて人はいないでしょう。一階は、水漏れはあったけれど、二階でほとんど止まったらしくて、住めないほどひどくはないんですって」

士郎は苦笑いした。

「つまり、うちだけってことですか」

彼女は自分で言っておきながら、困ったように慌《あわ》てて慰めの言葉を口にした。

「本当に、何て言ったらいいか」

「運が悪いってやつですね」

「でも、怪我《けが》がなくて、よかったわ」

「はあ、どうも」

間の抜けた言葉を交わして、士郎はマンションを出た。

十分ほど歩くと、ネオンが見えて来た。そう派手というわけではないが、一目でその手の看板だということはわかる。「パラダイス」という名前もまた、いかにもという感じだ。入る時、思わず周りを見回した。考えてみれば、ラブホテルに入るなんて何年ぶりだろう。結婚前、結子と渋谷や新宿でちょくちょく使ったことが思い出された。

自動ドアが開いて、すぐに部屋の案内板が目についた。使用中の部屋は明かりが消えている。十二部屋あるうちの、驚いたことに十部屋の明かりが消えていた。これで結構流行《はや》っているらしい。

〈情熱の間〉は、二階のいちばん奥にあった。

ドアをノックすると、すぐに結子が顔を出した。いつもの見慣れたスウェット姿で出てきたので、何だか面食らった。

「おかえり」

と言ってから、結子は肩をすくめた。

「なんて言うのも、変よね」

士郎は部屋に入った。目の前に、身も蓋《ふた》もないような巨大なベッドが広がっている。

「大変だったな」

結子は小さく頷《うなず》くと、士郎の胸の中に顔を埋めて来た。気のせいか、いい匂《にお》いがした。その背に士郎は腕を回した。

「どうなることかと思ったわ」

「だろうな」

「で、ああなったわけだけど」

「あれくらいで済んでよかったと思おう」

「そうね」

結子はあっさりと士郎から離れ、冷蔵庫に近付いた。

「何か飲む？」

「じゃあビールをもらおうかな」

「夕飯は？」

「済ませてきた」

壁ぎわに二人がけのソファと、小さなテーブルがある。テーブルの上にはたぶんコンビニででも買って来たのだろう、小さな化粧品のセットが置いてあった。

上着を脱ぎ、ネクタイをはずして、窮屈なソファに結子と並んで座ってビールを飲んだ。

「まずは、明日、どうするかだな」

結子はソファの上で子供みたいに膝《ひざ》を抱えている。

「そうね」

「俺は管理会社と連絡を取って、どういう責任の取り方をするのか確認して来ようと思ってる」

「私は部屋を見てくるわ。乾かせば使えるものがまだあるから」

「そうか」

「でも、靴とかバッグとかは駄目だと思うわ。ああ、着物だってどうなってることか」

「パソコン、三ヵ月前に買い替えたばかりだったのになあ」

士郎は思わず天井を見上げた。

「そういうの、全部弁償してもらえるのかしら」

「そりゃそうだろう」

「だといいけど」

「させてやるさ。こっちに過失はただのひとつもないんだから」

「明日、会社は？」

「もちろん休むよ。結子はどうする」

「私も休むつもりよ。有給もまだたくさん残ってるし、どうせ着てゆくものもないし。

それでね、とりあえず調布に行こうって思ってるの」

調布にある結子の実家には、現在、母親がひとりで暮らしている。父親は六年前、定年退職と同時に生れ故郷の岐阜で田舎暮らしを始めていて、母親とは別居中だ。そのことではいろいろあったらしいが、士郎はあまり関わらないようにしていた。

「いいよ、そうしろよ」

「士郎も来るでしょう」

「それはまあ、明日になってから考えるよ」

それからビールを飲み干して、ピンク色の風呂場《ふろば》でシャワーを浴び、ホテルの備え付けの中途半端《はんぱ》なガウンのようなパジャマを着て、ベッドに入った。

ベッドはやけに大きく、スプリングが妙に柔らかで、この上で何組、いや何百組何千組のカップルがセックスしたのだろう、などと考えると、どうにも自分の寝場所という感覚になれず、目が冴《さ》えた。

ふと、今夜がその日だった、ということを思い出した。

本当は今頃、結子と自分たちの部屋のベッドで、久しぶりのセックスをしていたはずだった。結子の計画通り、子供をつくるためのセックスだ。

とは言っても、自分はすでに尻込《しりご》みしている。少なくとも、子供を持つということに対して積極的な気持ちはなくなっている。ただ、いったん同意したことだし、結子のこの一ヵ月の努力を知っているということもあり、今更後《ひ》には退けないな、という思いがあった。そんな時、この火事騒ぎだ。

隣から結子の柔らかな寝息が聞こえて来た。今夜のことは、つまり、これで中止というわけだ。

正直なところ、結子に対する性的欲望はほとんどないと言っていい。たまにセックスすることもあるが（これは口が裂けても言えないが）結子に欲情したわけではなく、義務としてあらぬことを想像しながら自分を何とか奮い立たせるか、たまたまそんな気分になって勃起《ぼっき》したのをまるで結子に対してそうなったかのようなフリをするか、どちらかだ。

結婚して七年もたてば、どこも似たようなものだろう。ごくたまに、十年過ぎても週に二回はする、なんて話を聞いたりすると、士郎は心底驚いてしまう。羨《うらや》ましい、というのではもちろんない。週に二回もセックスする元気があるのに、する相手が自分の女房なのか、というような気持ちだ。

もちろん、セックスがないからと言って、結子に対して愛情がなくなったわけではない。むしろ逆だと思っている。結婚前、会えばセックスしたくてたまらなかった頃の結子より、今の結子の方が自分にとっては大切な存在だ。もし、愛しているか？と聞かれたら、躊躇《ちゅうちょ》なく答えられる。俺は結子を愛している。できたら、誰にも聞かれたくはない質問ではあるが。

それにしても。

と、士郎は少々困っていた。今夜のセックスを負担に感じ、わざわざ「つるや」で時間を潰《つぶ》すようなことまでして来たのに、どういうわけか勃起しているのだった。ラブホテルという場所は、そういうところなのかもしれない。トランクスの上から手を当てると、まさに可能な状態になっている。したい、と思った。結子もするつもりでいたはずだ。だったら丁度いいではないか。もしこれで子供ができたら、それはそれで運命というものだ。などと、自分でも呆《あき》れるくらい、すっかり意志が翻《ひるがえ》っていた。

士郎は上半身を起こして、結子の顔を覗《のぞ》き込んだ。しかし、やはり今日のことで疲れたのだろう、結子はすっかり寝入っていた。

起こそうかと、一瞬手を伸ばしかけたが、そんな自分が情けなくなった。やりたいだけで、寝ている結子を起こせるはずがない。やれそうもなくて、寝ているふりを何度もしてきたのは自分の方だ。

士郎は再び横になり、結子に背を向けて、堅く目を閉じた——。

ある程度、予想はしていたが、大家と管理会社と保険会社は、それぞれ責任逃れに必死だった。

大家は出火元の住人を非難するばかりで、管理会社は事務的手続きの手伝いをするだけの立場であると強調し、保険会社は最高六百万円の補償はあっても、家財に対してそこまで出すつもりはなさそうだった。

結局、今日のところは曖昧《あいまい》な結論に納まった。つまり、家財の補償に関しては査定のための期間が必要ということ、部屋が回復するまで住めないということ、代わりのマンションを管理会社が紹介してもいいということ、などの話がついた頃には、もう午後もだいぶ遅くなっていた。

夕方、調布の駅前のファミリーレストランで、結子と会った。

「でも、別のマンションを紹介してくれるって言っても、冷蔵庫とか洗濯機とかは、買わなくちゃいけないわけでしょう」

結子は見慣れない服を着ている。

「まあ、そうなるな」

うまくもないカツカレーを食べながら、士郎は頷いた。

「お鍋《なべ》や食器は洗えば使えるけれど、タオルみたいなものは、ちょっと使う気になれないわ。そういうのも、ちゃんと払ってくれるのかしら」

結子は海の幸のスパゲティを食べている。前から疑問に思っていたのだが、女はみな、どうしてパスタとやらが好きなのだろう。

「細かいところまでは聞いてないけど、それくらいは当然あっちが持つだろう」

「でも、そのつもりで買ったのに、後からこれは払ってもらえないってことになるかもしれないわよね。冷蔵庫なんてもう七年ぐらい使ってるわけでしょう、弁償してもらっても金額にしたらきっとたかが知れてるわ。それでも買うとなれば新品だから、結局、差額は私たちで持たなくちゃならないわけよね」

士郎は黙った。女というのはとにかく計算に細かい。確かにそういうことになるかもしれないが、生活に必要なものなら、買うしかないではないか。

「それに、元に戻ったとしても、またあのマンションに住むかどうかなんて、決められないわ」

「まあ、あんまり気分のいいものでもないよな」

「でしょう」

「それは別にして、まずは住む場所を確保しなくちゃな。ウィークリーマンションなんて手もあるけど、どうだ？」

「落ち着かないわ」

「普通のホテルとか」

「高いでしょう」

「それは出してくれると思うけど」

「そんなことでお金を使うくらいなら、別のものを補償して欲しいわ」

「やっぱり、管理会社にマンションを世話してもらうか」

「あのね、実はそれなんだけど」

結子が皿の隅にフォークを置いて、顔を向けた。

「よかったら、こっちで暮らさない？」

「こっちって、この調布の？」

「そう。母はひとり暮らしだし、部屋はあいてるし、生活に必要なものはみんな揃《そろ》ってるから買う必要もないし、丁度いいと思うの。私もね、独身の頃のものがみんな残ってて、結構、助かってるの。この服もそう」

見慣れない服だったわけだ。見慣れない上に、確かに、ちょっと若向きだ。

「さっき母にも話したんだけど、構わないって言ってくれたの」

「そうか」

「どこか新しいマンションを探すにしても、前のマンションに戻るにしても、すべてはどれくらい補償があるのか、それを知ってからの方が何かと都合がいいと思うのね」

士郎はグラスの水で、カレーを喉《のど》の奥に流し込んだ。

どう返事するべきか、言葉を選びあぐねていると、結子はテーブル越しにわずかに顔を覗き込ませた。

「うちは、いや？」

「いや、いやってわけじゃないさ」

というのはもちろん嘘《うそ》だ。内心は、いやだった。いやと言うより、苦手なのだ。結子の母親は人は悪くないのだが、性格がさばさばしていて物事をはっきり口にするタイプだ。家に初めて招待され、一緒に食事をした時、箸《はし》の持ち方について言われたことをよく覚えている。

「おたくでは、みなさん、そういうお箸の持ち方をなさるの？」

確かに、自分の持ち方は正しくなく、不器用な子供の頃のままだということはわかっている。恥ずかしいとは思っていたが、それをストレートに指摘された時、士郎だけではなく、家族すべてを非難されたように思えた。悪気があってのことじゃない。それでも、苦手だという意識は今もずっと残っている。

「まあ、昨日の今日なんだから、何もかもすぐに決めることもないだろう。でも、結子はこっちに泊まればいいさ。その方が落ち着くだろうし」

「士郎はどうするの？」

「適当にビジネスホテルにでも泊まる」

「そんな」

「いいって、気にすることはないさ」

「本当にそれでいいの？」

「もちろん」

　ということで、結局その日は、結論を出せないまま終わった。

　翌日、出社して上司となる部長に事情を説明し、その足で総務に向かった。短期間でいいから空いている社宅はないかと聞いてみるつもりだった。社宅にも生活用品は必要だが、ある程度の家具が置いてある場合もある。

　けれども、返事はあっさりしたものだった。

「残念ですが、社宅は現在、すべて塞《ふさ》がっています」

そうしてから、こう付け加えられた。

「独身寮なら一室あいているんですけどね」

独身寮には、結婚前、士郎も住んでいた。部屋は六畳の狭さで、風呂は共同だが、トイレは各部屋についている。ベッドも机もタンスも、小さな冷蔵庫も備え付けだ。場所は広尾で交通にも便利だし、門限があるわけではなく、食事も申し込めば朝食夕食ともに食べられる。寮生活を嫌う独身社員もいるが、士郎はそれなりに快適に過ごした。

あの生活か、と思った。あの生活なら悪くない。

その日、士郎は再び調布に向かい、結子と駅前のコーヒーショップで向き合った。

「それでだ、結子はこっちで暮らすことにして、俺はしばらくその独身寮に入ろうと思うんだけど、どうだろう」

さすがに結子は驚いたように、アイスティーのストローから唇を離した。

「じゃあ、私たち別居するってわけ？」

「まあ、そうだけど、所詮《しょせん》、しばらくの間のことだから」

士郎はコーヒーを口にした。

「そうかもしれないけど」

「結子がいやなら断ってもいいんだ」

「別に、いやってわけじゃないわ」

結子の返事はどことなくはっきりしない。士郎が勝手に決めたことを怒っているのかと、少々面倒な思いで顔を上げると、怒るどころか、どこか嬉《うれ》しそうにさえ見える結子の顔とぶつかった。結子は目を合わせたものの、そんな自分にすぐ気づいたのか取り繕うように慌《あわ》てて外の景色に目を馳《は》せた。

## 陸人

「あなたという人がわからないわ」

青山のレストランバーのカウンターで、彼女は硬い声で呟《つぶや》いた。

「さっき、私が電話した時、あなた、何て言ったか覚えてる？」

島原陸人《しまばらりくと》は目の前に並ぶ酒壜《さかびん》を眺めている。洋酒の壜は時折、思いがけない新鮮な曲線を持っている。職業柄、無意識にモノに対して執着のような興味を抱いてしまう。

「こう言ったのよ、ヒマだったからビデオを観《み》てたって」

確かにその通りだ。

土曜日の今日は、朝から一週間分のたまった洗濯をし、掃除をし、新聞や雑誌をまとめ、飼っている二匹の猫の砂と餌《えさ》を買いに出掛けた。戻る途中、近くのレンタルビデオ屋で観たかった新作を見つけ、借りて帰って来た。洗濯物を取り込み、猫たちに餌をやって、一息ついたところで、ビデオをセットした。

彼女から電話が掛かってきたのは、半分ぐらい観終わったところだった。

「何してるの？」

と尋ねられ、陸人はそう答えたのだ。

「ヒマだったから、ビデオを観てた」

彼女は短く「ふうん」と答え、付け加えた。

「夕食は？」

「まだ」

「じゃあ、どこかで一緒に食べない？」

異存はなかった。どうせ自分もどこかで食べなければならないし、期待していた割りにはビデオの内容は肩透かしだった。

「いいよ、どこにする？」

「前に行った青山のレストランバーを覚えてる？」

「交差点の近くだね」

「そう、そこで、一時間半後っていうのは？」

「わかった」

そうして、今、カウンターに並んで座っているわけだ。

「こういうの、何か違うと思うのね」

彼女の硬い声には、怒りも含まれている。

陸人はいくらか面食らっていた。誘いに応《こた》えて青山まで出て来たのに、どうして責められなければならないのだろう。

「違うって、何が？」

カウンターには、グリーンサラダとからすみのパスタ、鱸《すずき》のカルパッチョの皿が載っている。陸人は国産のビールを、彼女はドイツワインを飲んでいる。

「私たち、これで付き合ってるって言えるのかしら」

洋酒の並んだ壁は鏡になっている。陸人はその中に映る彼女を眺めた。若くて綺麗《きれい》だ。年は二十四歳。服や化粧の趣味もいい。出会って半年、付き合い始めて三ヵ月ほどになる。セックスの関係も、もちろんある。

「どういう意味かな？」

陸人は鱸を口に運んだ。

「週末に、ヒマだからってひとりでビデオを観てるぐらいなら、私に会いたいとあなたは思わないの？」

陸人はフォークを止めた。どう返事をしていいのかわからなかった。

「言い方を変えるわね。つまり、あなたにとって、私に会うよりひとりでビデオを観る方が大切だってことよね」

「そんなことはないさ」

即座に否定した。

「じゃあ、どうして電話をくれなかったの？」

「別に深い意味があるわけじゃなくて、たまたま観たいビデオを見つけたものだから、今日はそれを観ようと思ったんだ」

「やっぱりビデオの方が大事なんじゃない」

女はどうして、比較でしか物事を計ろうとしないのだろう。それも、まったく種類の違うものを強引に天秤《てんびん》に掛ける。もしこれが、他の女と会っていたというならわかるが、相手はビデオだ。

「この間は猫の具合が悪いからってドタキャンされたし、いつかはクリーニング屋に寄りたいからって、私を残して先に帰ったこともあるわ」

でも、この三ヵ月の間、少なくとも十回はセックスしている。

「ごめん、悪かった」

あまりあっさり謝ったせいか、却《かえ》って彼女の目に疑いのようなものが広がった。

「からむつもりじゃないんだけど、あなたは何を謝ってくれてるのかしら」

「だから、今日、ビデオなんか観てないで、君にちゃんと連絡をすればよかったってことだ」

「今日だけのことを言ってるわけじゃないのよ」

「猫の具合が悪くなって約束を守れなかったことと、クリーニング屋に寄るために早く帰ったことも悪かったよ」

彼女はひとつ、長く息を吐き出した。

「そうじゃなくて、問題は、あなたが私をどう思ってるかということなの」

陸人はゆっくりと顔を向けた。マスカラで囲まれた目の中に、女にしか持ち得ない頑強さのようなものが窺《うかが》える。

「私、あなたが好きよ。でも、正直言って、どうやって付き合ってゆけばいいのかわからない。毎日電話が欲しいとか、週末は必ず一緒じゃなきゃイヤだとか、そこまで子供っぽいことを言うつもりはないわ。あなたにはあなたの時間が必要だってことはわかってるつもり。私だって同じだもの。でも、少しは歩み寄りってものが必要だと思うの。相手のために自分の生活を変えることを面倒がっていたんじゃ、付き合う意味がないと思うの。そのことについて、あなたはどう思う？」

言われて、陸人は慌てて口を開いた。

「うん、君の言う通りだ」

「でも、あなたは自分の生活を変えるつもりはないのよね」

「そんなことはないさ」

否定したものの、それが口先だけのことだというのは陸人自身、知っていた。自分の生活を変える。陸人にとって、それはもっとも苦手なことだった。

「僕だって、君が好きだよ」

「どんなふうに？」

また、わけのわからない質問だ。女が物事に意味付けをしたがる生き物だということは知っているが、時折、うんざりする。好き、という感情は、それだけで確立しているものではないのか。

「難しいな、その質問は」

彼女はワインを飲み干した。空になったグラスを持ち上げ、バーテンダーにおかわりの合図を送っている。バーテンダーが近付いてきて、素早くグラスは満たされた。

料理の方は、彼女は少しも口にしない。

「もしかしたら、私だからなの？」

「え？」

「あなたは私だからそういうふうなの？　相手が違う人なら、もっと積極的なのかしら」

「いや」

陸人は首を振った。

「そんなことはないよ」

「つまり、いつもこうなのね」

「まあ、そうだ」

「で、今までこういう付き合い方をして来て、相手はどんな反応だった？」

何だか投げ遣《や》りな気分になっていた。恋愛というのは、結局いつも、こうして質問と詰問《きつもん》に終始する。

「そうだな、たいてい愛想を尽かされた」

その答えに、彼女の頬にようやく柔らかさが戻った。今の言い分は、彼女を納得させたようだった。

「あなたには、きっと恋愛なんか必要ないのよ」

バーテンダーが気の毒そうな視線をちらちらと向けてくる。

「仕事と、快適な自分の部屋と、飼っている猫がいればそれで完結するの。あとはみんな、厄介な荷物みたいなもの。だったら、それで満足してればいいのに。女と付き合おうなんてことを考えられると、迷惑するのは女の方なんだから」

全部を認めるつもりはないが、全部が違うわけでもなかった。けれども反論はしなかった。今更何を言おうと、所詮手遅れだ。彼女はもう別れを決めている。

「じゃあね」

バッグを手にした彼女がスツールから下りた。

「これでおしまい。さよなら」

背を向けたとたん、髪先からふわりと甘い匂《にお》いが漂った。

ここで引き止めれば、もしかしたら別の展開が期待できるかもしれない。けれどもそんな気持ちは失《う》せていた。去られたことへの失望はあるが、それと同じだけの安堵《あんど》もあった。

彼女の後ろ姿がドアの向こうに消えてゆくのを、陸人はある意味感慨深く見送った。

女の恋愛にかけるあの情熱というのは、どこから湧《わ》いて来るのだろうと、不思議に思う時がある。それがセックスのためではなく、あくまで恋愛だということに、腰がひけてしまうことだってある。

恋愛は面倒臭い。突き詰めれば、いつもそのひと言に行き着く。

顔を上げると、バーテンダーと目が合った。

「ビールを」

陸人はグラスを目の高さまで持ち上げた――。

週明け、事務所に行くとすぐに社長に呼ばれた。

「実は今度、S化粧品が五年ぶりに新しいパフュームを売り出すことになったのよ。私としては、その壜のデザインをどうしてもうちで取りたいと思ってるの」

社長はひどく張り切っている。それも当然だろう。パフュームやオーデコロンといった類《たぐい》は、海外ブランドにシェアを独占されていて、デザインに関われるチャンスはほとんどない。パフューム はもちろん香りが命だが、壜のデザインも売り上げに大きく影響する。もし、うちのデザインが採用されれば、業界の中での注目度は俄然《がぜん》高くなる。

「でね、いつもはクライアントにうちのデザインを何点か提出して、その中から選んでもらうというやり方をとってきたわけだけど、今回はかなりの数のデザイン事務所が関わるのね。それで、各社ひとつだけデザインを提出する、ということになったのよ」

陸人は黙って聞いている。

社長の宮田《みやた》保子《やすこ》は陸人の母親とほぼ同い年だ。田舎に住む母親と較《くら》べるたび、人間は環境によって変わるものだということがよくわかる。若い頃、母親は美人だった。その頃の写真を見ているから知っている。けれども、結婚して専業主婦に納まり三十年たった今は、その面影すら見出《みいだ》せないただのおばさんだ。

その点、宮田社長は美人ではないが、存在感がある。年より若く見えるわけではないが、年齢を感じさせない不思議な雰囲気がある。すごいなと思うと同時に、恐《こわ》いなとも思う。男は、年相応に見えることを当たり前に思い、むしろ安心するが、女は決して受け入れようとしない。いったん受け入れたら、年齢というウィルスに侵食されてゆくとでも思っているかのように、頑として拒否する。そうして、こういう宮田社長のような女が出来上がってゆく。

「それでね、考えたんだけど、今回は島原くんと津久見さん、ふたりで共同してデザインを作ってくれないかしら」

「共同ですか」

「できない？」

「そんなことはないですが、津久見さんの方が何て言うか。僕よりずっと先輩だし」

「この世界に、先輩も後輩もないわ。そのことはわかってるでしょう」

陸人は曖昧《あいまい》に頷《うなず》いた。

「うまくいかないようなら、また考えるけど、とにかくやるだけやってみてちょうだい」

「わかりました」

社長の決定は絶対だ。内心、津久見さんが断ってくれないかな、と思っていた。できるものなら、ひとりでやりたい。デザインなど、所詮、個人のアイデアと技術でしか成り立たない仕事だ。

「本当は、ふたりが一緒のところで話したかったんだけど、ほら、彼女のマンションが大変なことになったでしょう」

その話なら、事務の女の子から聞いていた。

「上の階の人が火事を出したとか」

「そうなの、すっかり水をかぶったらしいわ。だから、このことは彼女にはさっき電話で伝えておいたから。それでね、私は今日から三日間出張だから、帰るまでに、どういったコンセプトでイメージするか、ある程度、ふたりの意見をまとめておいてくれるかしら」

「津久見さん、いつから出社ですか？」

「二、三日は休むって言ってたわね」

「それじゃあ」

「今、調布の実家にいるそうよ」

行け、と暗に言っている。そこまで行って打ち合わせて来い、と。

社長に言われたことは断れない。カメラ会社にいた陸人が、この事務所に来てからまだ半年だ。経験の浅い陸人に、社長が大きな期待を抱いてくれているのは知っている。実際、来春の口紅ケースに陸人のデザインが採用されたばかりだ。

「わかりました。携帯電話に連絡を入れてみます」

「頼むわよ。これは何としても、うちが手に入れたい仕事なんだから」

社長は満足そうに唇の両端を持ち上げて笑った。

## 結子

結婚するまで、結子は調布の実家に住んでいた。

三十過ぎてよく両親と暮らせるわね、などと友人たちに揶揄《やゆ》を込めて言われたが、結子は平気だった。確かに、帰宅時間が遅かったり、休日にパジャマ姿でうろうろしていると小言を言われたが、所詮《しょせん》はその程度のことで、快適さに較《くら》べたら大した問題ではない。

帰れば食事が用意されているし、風呂《ふろ》も沸いている。天気のいい日は布団《ふとん》が干され、陽なたの匂《にお》いがするベッドで眠ることができる。食費も光熱費も、月に三万ほど渡しておけばそれですべてが賄《まかな》える。洗濯は自分でやったが、アイロン掛けを母に任すのはしょっちゅうだったし、掃除も怠けているといつの間にか掃除機が掛けられていた。時には、母と買物に出かけ、新しい服やバッグを買ってもらうようなこともあった。

友人たちは、一人暮らしの快適さを強調したが、それが感じられるのはたぶん、好きな男がいる間だけのことだろう。そういった友人たちの部屋を何度か訪ねたが、キッチンや洗面所や風呂場といった水回りは掃除が行き届かないまま汚れがくすみ、日中閉めきったままの部屋はどこか湿っぽい匂いがしみついていた。その上、不燃ゴミの袋の中にはプラスチックの弁当殻が溢《あふ》れんばかりに詰め込まれていた。

確かに、好きな男がいる間は、帰らなければならない家があることを負担に感じることもある。けれども、どうせ結婚したら家を出ねばならないのだ、焦《あせ》って一人暮らしを選ぶ必要はないと思っていた。友人たちを見ていても、食事を作らされたり、ラブホテル代わりに部屋を利用されたりしているだけのように思えた。もちろん本人たちは、自分が好きでやっていることだ、と口を揃《そろ》えて言っていたが。

独身寮に住む士郎と、自宅通勤の結子だからこそ、結婚まですんなりとこぎつけられたのかもしれないと、今になって思う。半同棲《どうせい》状態から、壊れていった関係は何度も見てきた。そうして彼女らはいつか、結婚前から結婚に失望してしまったところが窺《うかが》える。

結子の部屋は、ほぼ結婚前そのままになっていた。

学生時代から使っているベッドや勉強机、就職して買ったドレッサー、あの頃流行《はや》っていたパイン材のチェストと洋服ダンス。その中には何着か独身時代の服も残っている。

火事のせいで、ほとんど着のみ着のままで戻ってきた結子にとって、それは実にありがたいことだった。確かに十年近くも前の服となると、スーツやワンピースは流行という点でとても着られたものではなかったが、カジュアルな服なら今とあまり大差ない。

それを着て、鏡の前に立つと、どこか気持ちが華やいだ。サイズが変わってないのと、今も似合わないことはない、ということにすっかり気をよくし、結婚前の自分に戻ったような気分になった。

娘であるということは何て快適だったのだろうと、改めて思う。毎日、自分の幸福しか考えていなかった。いや、今もそうには違いないが、それを無意識のままできなくなった分だけは違うと思う。頭の隅にはいつもつまらないこと、たとえば冷蔵庫の中に足りないもののことや、風呂場の目地のカビ取りのことが引っ掛かっている。

どうして結婚なんかしたのだろう。

そんな埒《らち》もない疑問がふと浮かんだ。

士郎が好きだったというのはもちろんある。けれどあの時、その快適だったはずの

「娘」というポジションでしかいられない自分が心許《こころもと》ないような気持ちになったのも確かだ。老いてゆく両親や、兄の家庭や、ウェディングベルを鳴らしてゆく友人たちの様子を見てゆくうちに、どこかとり残されてゆくような不安に包まれた。「娘」ではない新たなポジションが欲しくなった。それが「妻」だった。だからそれを手に入れられた時は本当に嬉《うれ》しかった。けれど今は、その「妻」というポジションにもどこか居心地の悪さを感じている。

士郎と駅前のファミレスで会った。

ダンガリーシャツとチノパンという格好を見て「おや?」という顔をした。そう言えば、結婚前、よく伊豆や軽井沢にドライブをしたが、この服を着ていた時もあったはずだ。あの頃、結子に向けていた情熱を、士郎はどんな気持ちで思い出しただろう。

仮住まいの話になった時、士郎が調布の家で暮らすことを断るだろうということは、最初からわかっていた。母が苦手なのだ。結子からすれば、母はどこにでもいる平凡な母親でしかないと思うのだが、十六歳で母親を失った士郎には、ひどくすげなく映るらしい。母親というものに対する幻想が捨てきれないでいるのだろう。以前、母親にそのようなことを言うと「男なんてみんなそうよ」と、あっさり返された。

だから、士郎から独身寮に入ると聞かされた時は、正直言ってほっとしたところもある。短い間のこととわかっていても、母親と夫の間で気を遣うような生活は送りたくなかった。それならふたり揃って住まえる部屋を探せばよいのだろうが、とりあえずの生活でも必要なものを揃えなければならない、ということを考えるだけでため息がでてしまう。せいぜいひと月かそこいらのことだ、次にどこでどう暮らすか、それが決まってから買うものは買い、用意するものは用意したい。それまで、どう考えても実家に戻るのがいちばん賢い選択に思えた。

結婚して七年になるが、別居するのは初めてだ。まさかこんな状況に陥るとは、あの夜、考えてもいなかった。

結子はふっと笑いたくなった。あの夜、子供を作るつもりでいた。排卵日だったのだ。あの日のために、酒と煙草《たばこ》をやめ、食事に気を遣い、体調には万全の注意を払って来た。

子供を持つことは、自分には最後のチャンスのように思えた。年齢のことはもちろんだが、今なら夫婦としての関係に次のページをめくるような新たな展開を期待できると思った。一言で言ってしまえば、士郎と家族になりたかったのだ。

結婚した時から感じていたことだが、夫婦は家族と少し違う。夫婦はやはり夫婦という単位でしか計れない。結び目で言えば堅結びではなく蝶結《ちょうむす》びのような、植物で言えば根ではなく茎のような、繋《つな》がってはいるのだけれど覚悟のつけ方におぼつかなさのようなものがいつも付きまとっている。結子が実家で味わっていた感覚、父がいて母がいて兄がいて自分がいる、その当たり前の感覚が、士郎とのふたりの生活には稀《き》薄《はく》に思えた。もしかしたら「妻」というポジションから、今度は「母」というポジションに移りたくなったのかもしれない。

きっかけはどうあれ、士郎との別居は決まった。

それまで離れて暮らすことなど考えてもみなかったのに、自分がそれをまるで幸運な出来事のようにすんなりと受け入れたことに驚いていた。

必要だったのは子供ではなかったのかもしれないと、今になって思う。生活を変化させる何か、もしかしたら、変化させようと意識するだけでもよかったのかもしれない――。

翌日、調布にまで事務所の島原陸人がやって来た。

新作のパフューム壜《びん》のデザインを共同で行なう打合わせのためだ。

駅前の窓の大きいティールームで向かい合うと、差し込む午後の日差しが眩《まぶ》しい。

「わざわざ来てもらって、悪かったわね」

「いいんですよ、社長命令なんですから」

結子は改めて陸人を見た。事務所ではいつも顔を合わせているが、こうして外で会ってみて改めて思った。

若い。

頬から首にかけての肌はきめ細かく潤《うるお》っていて、指はすんなりと伸び、爪《つめ》はきれいに切り揃えられている。これと言って特徴のない白シャツに、コットンのジャケットを羽織っているだけの格好だが、たぶん、相当のこだわりがあるのだろう。シャツの第一ボタンをはずした開き具合や、ジャケットの衿《えり》の太さが洗練されている。デザイナーという職業に惑わされがちだが、自分が作り出すモノに関しては必要以上にこだわっても、自分自身のこととなると無頓着《むとんちゃく》になるタイプは結構いる。特に、結子の年代より上のデザイナーによくそれが見受けられる。けれど、陸人は生活スタイルそのものを楽しんでいるように見えた。そうして、これは彼だけでなく最近の若い男たちに共通のことでもあるが、男くささというものがない。女っぽいというわけでもないが、どこかで、自分の男という部分をやっかいなものと感じているような印象がある。

今更ながら、日差しに気づいて、結子はわずかに顔をそむけた。太陽の光をまともに受けられる年代は過ぎてしまった。シワやシミが晒《さら》されているのは、いくら女としてての感情を持たない相手といえども、ためらいがある。

「それにしても、無茶を言うわね、社長も」

結子は自分の気持ちを切り替えるように呟《つぶや》いた。

「僕もそう思います」

陸人とはデザイナーとして正反対のタイプだ。どう転んでも、意見の一致をみるような相手ではない。

「とりあえず、パフュームのサンプルをもらってきたんで、試してみますか」

「ええ」

陸人はバッグの中から小さな壜を取り出し、結子に手渡した。手首に一滴たらし、ゆっくりと揉《も》み込み、温まったところで鼻を近付ける。

やや動物的な、けれども決して重くはなく、かと言って爽《さわ》やかというわけでもなく、どちらかというと甘めの匂いがする。

「最近、こういうのが流行るのよね」

「嫌いですか？」

「そうじゃないけど、日本人にはちょっと馴染《なじ》まないような気がするわ」

「そうかな」

「もうちょっと植物的な方が私は好きだけど」

「ターゲットは二十代の女性だそうですから」

つい、かちんと来た。

「あら、私じゃこの匂いは理解できないってことかしら？」

言うと、陸人は結子を見直した。なぜそんな言い方をされるのか理解できない顔をした。一瞬にして、結子は恥じた。かちんと来ること自体が、勘違いも甚《はなは》だしい。

「島原くんは、どんなふうに思った？」

結子は話題を変えるつもりで質問した。

「強さ、かな」

「強さ？」

「男に媚《こ》びるのではなくて、男を屈伏させるような匂い。男を気持ち良くさせるためにではなく、自分を気持ち良くさせるための匂い」

「なるほどね」

「津久見さんはどうですか？」

「同感のところもあるけれど、自分のためだけの匂いじゃないと思うわ。十分に男を意識している匂いよ、これは」

「そうですかね」

　陸人はティーカップを手にした。コーヒーではなく、ストレートティーを躊躇《ちゅうちょ》なくオーダーしたのを見た時も、結子は陸人とのギャップを感じた。結子の知っている男たちは、紅茶というのは女が飲むものと思っている。結子が飲んでいるのはエスプレッソだ。ここしばらく、刺激物を抑えていた反動で、思い切り濃厚なのが飲みたかった。

「じゃあ、壜のイメージはどういうのを？」

　陸人が尋ねた。

「そうね」

　しばらく考えて、結子は逆に聞き返した。

「島原くんはどう思う？」

　前回の、口紅のケースが彼のデザインに決まったことを思い出し、先に意見を述べるのが少し不安だった。

「僕は、形としてはすごくシンプルな感じかな。パフューム壜とは思えない、まるで理科とか化学の実験用具みたいなやつ。ただ、壜の素材は琉球ガラスとか贅沢《ぜいたく》なものを使いたいって感じですね。色も、思い切って濃いブルーとか赤とか。マーブルにし

ても いいかもしれない」

　いかにも彼らしいと結子は思った。だからこそ、結子は負けられないと感じた。

「私はクラシカルな凝った形がイメージよ。パフュームというのは、結局、フェロモンの象徴だもの。それを手にした瞬間から、自分が女だって意識を呼び覚まさせてくれるような色っぽい墺がいいわ。口紅と違って、しょっちゅうバッグの中に入れておくものではないでしょう。だからこそ、特別なモノって感じにしたいの」

　陸人が椅子《いす》の背にゆっくりともたれかかった。

「やっぱり正反対ですね、僕たち」

「ええ、そうね」

　そんなことは最初からわかっている。

「社長にはどう説明しましょうか」

「そのまま言ってくれて、私は構わないけど」

　どだい共同デザインなんて、無理な話なのだ。

「津久見さん、いつまでお休みですか」

「三日後には出るつもり」

「じゃあ、その時には社長も出張から戻るので、揃って話すというのはどうですか」

「そうね、じゃあ、そうしましょうか」

窓の外に何気なく目を向けると、バスロータリーに母娘《おやこ》の二人連れが立っているのが見えた。

娘の方は十二、三歳ぐらいだろうか。太って、緊張感のない様子の母親に較《くら》べると、利発でちょっと人目を惹《ひ》く華やかさがあった。少女にどこか懐《なつ》かしさを感じて目を止めた。結子が同じ年ごろにクラスメートだった少女とよく似ていた。制服のプリーツスカートから伸びたまっすぐの足と、少しウェーブがかかった長い髪をポニーテールにまとめていた。綺麗《きれい》な子で、男の子たちにも騒がれていた。あの子にどこか似ている……それからハッとして、母親の方へと視線を向けた。母親は、間違いなくクラスメートだった。

「どうかしました？」

陸人に言われて、結子は顔を向けた。

「えっ、ああ、ちょっと同級生がいたものだから。ここ、地元でしょ、時々会ったりするのよね」

彼女は主婦以外の何者でもなかった。あの少女の頃の輝きは片鱗《へんりん》さえも窺《うかが》えなかった。もし、彼女と直接会ったら気がつかなかったろう。

「ああ、あのバス停に立ってる人ですか」

何でもないように言った陸人に、結子は思わず言葉に詰まった。

陸人が紅茶を飲み干した。

「じゃあ、そういうことで僕は帰ります」

「ええ、そうね、わざわざありがとう」

陸人が伝票に手を伸ばすのを、結子は遮《さえぎ》った。

「いいの、ここは私が」

「そうですか、じゃあお言葉に甘えてご馳走《ちそう》になります。お先に」

「お疲れさま」

店を出てゆく陸人を見送ってから、結子はエスプレッソをもう一杯注文した。ちょうどロータリーにバスがやって来て、母娘を乗せて走り去って行った。

同級生にもうあんな大きい子供がいる、ということに傷ついているわけではもちろんなかった。かつてあんなに綺麗だった少女がそうとわからないくらい変わり果てていた、ということに衝撃を受けたわけでもない。同級生を見ていると告げた時、陸人が躊躇なく彼女のことだとわかったことにひっかかったのだ。

彼ぐらいの年齢の男からすれば、結子も彼女もいっしょくたなのだろうか。たとえお世辞でも「まさか」ぐらいの言葉が口をついて出てもよいのではないだろうか。冗談じゃないわ、と身体《からだ》の奥から細かな泡のような怒りが湧《わ》いてきた。ぜんぜん違う、まったく違う、彼女と私とはもう別の生き物と言っていいくらいの差がついているはずだ。

けれど、そう思っているのは自分だけなのかもしれない。まだ若い、まだイケる、などというのは見当違いの自惚《うぬぼ》れに過ぎないのかもしれない。

運ばれて来たエスプレッソを口にした。熱くて、火傷《やけど》しそうになった。

結子はしばらくその姿勢のまま、冷めるのを待った。しかし、冷めてしまうと飲む気になれず、これを機会にやめようと思っていた煙草を買いにレジへと立った——。

夕食の後、居間のソファに寝転がりながらテレビを観《み》ていると、母が全裸でドアを開けたのでびっくりした。

「なに、どうしたの」

「あら、やだわ」

母は慌《あわ》ててドアを閉め、風呂場《ふろば》に戻ってパジャマを着て再び姿を現した。

「一人暮らしに慣れちゃって、あなたがいることを忘れてたわ」

「やだわ、勘弁してよ。いつもそうやって裸で出てくるわけ？」

「そうよ、誰に見られるわけじゃなし」

母が向かいのソファに座って、髪をタオルで拭《ふ》いている。

見たのは一瞬だが、目蓋《まぶた》の中には母の裸がはっきりと残っていた。母の裸など見たのは何年ぶり、いや何十年ぶりだろう。記憶にあるのは、結子が小学生の頃に一緒に風呂に入ったのが最後だ。

あの頃、母は胸が大きく、白く柔らかくなめらかな肌をしていた。子供心にも、圧倒されるような女の身体そのものだと思えた。

それが、今、一瞬見た母の身体は、すでに老いに満ちていた。垂れ下った乳房や、角張った腰骨、貧相な陰毛、六十五歳という年齢が確実に刻まれていた。

もしかしたら、記憶の最後にあった母の裸は、今の自分と同い年くらいではなかったか。その計算は、結子を空恐ろしくさせた。

結子は母似だとよく言われる。顔立ちや体形だけでなく、体質そのものも似ていると、結子も思う。たとえば、生理の周期が人より少し長いとか、体調が悪いと蕁麻疹《じんましん》がでるとか、雨が降る前の日は頭痛がするとか、母はいつも「変なところが似ちゃったわね」と笑っていた。

いつか自分の身体もああなるのだ、という想像は容易についた。母の年齢になるまで二十七年ある。その中で、女でいられるのは、いったいあとどのくらいだろう。

「お母さん」

「なに？」

「生理がなくなったのっていつ？」

「いつだったかしらねえ」

「五十になってた？」

「それくらいだったわね」

「更年期障害って、どうだった？」

「まあ、のぼせとかイライラとかそれなりにあったけど、軽い方だったと思うわよ。なに、あなた、もうそんな心配してるの」

「そうじゃないけど、ちょっとね」

母が化粧ボックスを開いて、化粧水で顔をパッティングし始めた。

「それより、士郎さんとはどれくらい別居するつもりなの」

結子はソファの上であぐらをかいた。何となく母から目が離せない。

「保険会社と話がついて、どこに住むか決まるまで。せいぜい一ヵ月かそこらってとこだと思う」

「ふうん」

「ねえ、お母さんはお父さんとこれからも別居するの？」

「ああ、私たちは、そうねえ」

曖昧《あいまい》に母は答えた。

「もう六年でしょう」

「お互いに、この生活に慣れちゃったからね。でも、週末にはちょくちょくあっちに行ってるわ。お父さんもほら、散髪はこっちに馴染みの理髪店があるから月に一度は来るし。広和《ひろかず》のところも、夏休みとか春休みに家族で遊びに行ってて、孫たちは故郷ができたって大喜びしてるし」

兄の広和は大手の空調設備会社に勤めているのだが、今は名古屋に住んでいる。東京本社に戻れるまで、あと五、六年はかかるだろう。

定年を待っていたかのように、父は岐阜にある生家で生活を始めた。最初の頃は週に二、三日だったのが、半年ほどするとほとんど移住という状況になっていた。祖父母はすでになく、空き家になってから三年ばかりがたっていた。

結子にしたら、長いサラリーマン生活の反動で田舎暮らしを楽しみたいのだろう、ぐらいに考えていたのだが、今は本格的と言っていいほどの農業をやっている。結子も士郎と何度か訪れたことがあるが、父は確かに、土と接している毎日が楽しそうだった。

母が同行しなかった理由は簡単だ。もう長く続けている俳句の会とちぎり絵教室と気功を辞めたくないからだ。そこでできた友達とちょくちょく温泉や旅行に出掛けていて、岐阜に行ってしまうとそれが叶《かな》わなくなる。

父は文句を言わなかった。慣れない家事をどうしているのか心配だったが、何とか自分でこなし、今では地元に知り合いも多くできているようだ。

「もしかして、離婚するつもりとか？」

母が鏡から顔を上げた。

「まさか」

「だって、今の状態は離婚と同じでしょう」

「ぜんぜん違うわよ」

「そうかしら」

「一緒に暮らしてた方が、きっと離婚してたわ」

「そうなの？」

「誰かのために何かをするって、限界があるの。私はいつもお父さんのために仕方ないって思ってきたし、お父さんも私や家族のためなんだって我慢してきたのよ。可笑《おか》しいのは、それが実は少しも相手のためにならなかったってことね。お互いに、してやってることだけが残って、してもらってることは何もないの。それが今はね、互いに自分の好きなことを優先させているって、ちょっと後ろめたいような気持ちがあるものだから、してもらってることに敏感になれるのよ。たまに会うと、お父さん、すごく優しいの。私だって優しくなれるし」

「そんなもんかな」

「そんなもんよ」

「別居したら、私たちもそうなれるかな」

「早すぎるわよ、あんたたちはまだ」

「でも、仕方ないって気持ちはわかるわ」

「まあ、今回のことは火事に遭ったんだからしょうがないけど、正直言って、あなたたちの別居はあまり賛成じゃないわね」

母がそんなことを言うとは意外だった。

「どうして」

「夫婦が離れて暮らす快適さを知るには、それなりに二人で暮らした年季が必要だから。まだ七年やそこいらじゃね」

「まあ、別居って言っても、うちはほんの一ヵ月かそこらのことだから」

母が再び鏡を覗《のぞ》き込んだ。

「なるべく早く戻りなさいよ」

「わかってる」

短く答えて、結子はソファに寝転がった。母の言葉は的《まと》を射ていた。離れて暮らす快適さは、たった五日しかたっていないというのに、もうどこかで味をしめてしまったような気分でいる。

母は熱心にクリームを顔に塗《ぬ》り込んでいる。化粧気のない顔は、頬にシミが広がり、口の周りのシワも目立ち、まぎれもなく六十五歳そのものの年齢を顕《あら》わにしている。

母が最後にセックスしたのはいつだったのだろう。

聞いてみたい気がしたが、もちろん娘が口にするセリフではなく、結子は寝転がったまま天井を見上げた。

# 志木子

「で、今は独身寮住まいってわけ」

津久見がおどけたように言ったので、親爺《おやじ》さんとおかみさんがカウンターの向こうで困ったように笑っている。

「大変でしたね、本当に」

志木子はからになった猪口《ちょこ》に酒をつぎながら言った。

「うん、火事のことはそうなんだけど、何か変に楽しい気分でもあるんだよね。独身に戻ったみたいでさ」

「そんなこと言ったら、奥さんに叱《しか》られますよ」

「その奥さんの方も、結構、楽しんでるみたいなんだな、これが」

津久見は酔いで少し目の縁を赤くさせながら、子供みたいにはしゃいでいる。マンションは水浸しで、使えなくなったものが山ほどあるというのに、どうしてそんなに呑気《のんき》でいられるのだろう。

「お湯割り、お願い」

客に呼ばれ、志木子は津久見から離れてテーブル席に向かった。

「はーい」

からになったグラスを手にする。

「梅干しどうしますか？」

「うん、追加でもう一個入れてもらおうかな。それと焼き鳥を三本、タレでね」

「親爺さーん、焼き鳥タレ三本おねがいしまーす」

志木子はカウンターに声を掛ける。ついでにいっぱいになった灰皿を取り替えた。

この居酒屋に集まるのは、八割方、男のサラリーマンだ。ひとり客が多く、連れ立ってもせいぜいが三人までで、団体客はほとんどない。主人がそれを受けないということもあるが、どんな時も、一時の団体客に店を占領されて、馴染《なじ》みの客の居心地が悪くなるような状況にはしたくないのだそうだ。

この店で働くようになってからますます思うのだが、どうしてサラリーマンたちはみな真っすぐ家に帰ろうとしないのだろう。キャバクラにいた時にはまだわかる。目当ての女の子に会いたいと思うのは、恋愛と似ていて、たぶん帰宅前にデートをするような気分なのだろう。けれど「つるや」は六十歳を過ぎた夫婦がやっているし、どう考えても志木子目当てで来る客がいるとは思えない。だいいち、客のほとんどは志木子がこの店に来る前からの常連だ。

誰もがわずかな酒とちょっとした肴《さかな》を口にして、親爺さんやおかみさんや志木子と短い言葉を交わしたり、ぼんやり頬杖《ほおづえ》をついたりして一時間ばかりを過ごす。食事は家に帰ってから食べるようだ。どうせ食べるのなら、家族揃《そろ》って食べた方がいいに決まっていると思うのだが、そういうものではないらしい。

志木子の父親は、いつも六時半には家にいた。役所勤めのせいで帰宅時間が狂うようなことはほとんどなかった。晩酌《ばんしゃく》は夏は罎《びん》ビール一本、冬は熱燗《あつかん》一合。それ以上飲むことはまずない。酔って絡《から》むように子供を叱ることもなかった。三歳上の姉の八重《やえ》子《こ》と志木子は、食卓で父と学校や友達やクラブ活動の話をするのが楽しみだった。

家は兼業農家で、昼間は祖母と母が畑仕事をしていたが、土日はたいてい父が出ていた。町内の世話役を引き受けたりもしていた。父は真面目《まじめ》で誠実だった。あの頃、そんな父を当たり前のように思っていたが、家を出て、さまざまな男たちを見るようになった今はよくわかる。父のような男は世の中にあまりいない。

あんなに父が大好きだったのに、どうして父を裏切るようなことをしてしまったのか。いいや、志木子自身がそれがどういうことなのかよくわからないまま、気がついたら、生理は半年も来てなくて、乳首の色が変わっていた。

事実を知った時の父の顔を、志木子は今も時々、夢に見る。絶望と怒りと驚きに混乱した父の目は、まるで人間とは違う生き物のようだった。

「しいちゃん、津久見さんお帰りだよ」

カウンターの中からおかみさんが呼んでいる。

「はーい」

志木子はレジへと向かった。

「いつもありがとうございます。二千三百円です」

津久見が胸ポケットから財布を出した。

「早く、おうちに戻ればいいですね」

「言っただろう、今の方が快適だって」

「そんな強がりばっかり」

「強がりってわけでもないんだよなぁ。でも、うん、まあそうしとこう。あ、そうだ」

と、思い出したように、津久見はポケットの中に手を突っ込んだ。出てきた手にはチケットが二枚摑《つか》まれている。

「こんなの、嬉《うれ》しかないかもしれないけど、よかったら匠くんと一緒にどうかと思って。得意先から貰《もら》ったんだ」

それを手にして、志木子は思わず声を上げた。東京タワーの入場券だ。

「嬉しい。私、まだ一度も東京タワーに行ったことないんです」

津久見が目を細めた。

「よかった。だったら行っておいでよ。と言っても、実は俺も行ったことがないんだけどね」

「ほんとに？」

「いつでも行けると思うと却《かえ》って行かないもんなのさ。上京して二十年以上になるっていうのにね」

「じゃあ、津久見さんも一緒に行きましょうよ」

志木子は思わず言っていた。

「俺？」

津久見が自分を指差し、すぐに苦笑いしながら首を振った。

「いや、遠慮しとくよ。匠くんとふたりで行って来るといい」

慌《あわ》てて志木子は頭を下げた。

「すみません、厚かましいこと言って。券をいただだけで感謝しなくちゃいけないのに」

津久見の眉間《みけん》がわずかに曇った。

「別に、そういうつもりで言ったんじゃないんだ」

「わかってます。本当にありがとうございます。遠慮なくいただきます。じゃあこれ、レシートとお釣りです」

「うん、じゃあまた」

津久見が店を出てゆく。店先で、志木子はもう一度「ありがとうございました」と、声を掛けた。

店は十一時に閉まる。後片付けをして、匠を託児所に迎えに行けるのは、どうしても十二時近くになってしまう。

眠っている匠を起こし、自転車の後の席に乗せてアパートまで帰る、というのがいちばん大変だった。寝呆《ねぼ》けているくらいなら何とか席に座らせていられるが、熟睡している時はさすがに落ちるのが心配で、おんぶして自転車を引きながら帰る。五歳になった匠はずっしりと重く、おんぶ紐《ひも》が肩に食い込み、立ち仕事の疲れと重なって、足が前に出なくなってしまうこともあった。

匠とふたり、東京で暮らすようになってから心細い思いは何度もした。強い決心で出て来たはずだったが、くじけそうになったこともしょっちゅうだ。

匠がまだ本当に赤ん坊の頃、ミルクをあげてもオムツを替えても泣きやまず、アパートの隣の部屋の住人に「うるさい」と壁を叩《たた》かれ、仕方なく明け方の街を徘徊《はいかい》したあの時。匠が急に熱を出し、医者にかからねばならなくなったが、自分に健康保険証というものがないと気づいたあの時。違法と知りながらキャバクラの子どものいる同僚に頼み込み、お金を払って、何度も保険証を借りた。支払いを滞納してガスと電気を止められた時。冷蔵庫に食べるものが何ひとつなくなった時。ぎりぎりで生きて来た。崖《がけ》の向こうに落ちても、少しもおかしくない状況だった。それでも何とかここまでやって来た。

匠の重さは、ふたりで生きてきた年月の重さだ。生まれた時、匠は二千五百グラムにも満たなかった。志木子の手に渡された時、想像よりずっと小さくて、ちゃんと生きられるのか不安に思った。あの子が、こんなに大きくなった。今では足が前に出なくなるくらい両肩に食い込む重たさだ。それだけで感謝しなければならない——。

朝は遅くとも八時には起きて、匠と朝食を取り、掃除と洗濯をする。

十一時になると、匠を自転車に乗せ「つるや」に向かう。店の掃除と、簡単な料理の下ごしらえをすることになっていて、その間、匠は絵本を眺めたり、絵を描いたりしてひとりで遊んでいる。だいたい一時半頃には終えて、アパートに戻って昼ご飯だ。

「匠、帰ろうか」

と、声を掛けると、ドアが開いておかみさんが顔を覗かせた。

「ああ、よかった、間に合った」

「どうしたんですか、こんな時間に」

おかみさんが店の中に入って来て、テーブルに紙袋を置いた。

「匠ちゃん、こんにちは」

「こんにちは」

たどたどしく匠が頭を下げる。おかみさんがしゃがんで、匠の顔を覗き込んだ。

「えらいね、匠ちゃん、いつもちゃんとご挨拶《あいさつ》ができて。それに、また大きくなったみたい。今日はね、おばあちゃんがお弁当をこしらえてきたの。匠ちゃんに食べてもらおうと思ってね」

おかみさんは紙袋の中から、いくつかタッパーを取り出して、テーブルに並べた。

「おかみさん、そんなことしていただいて」

「いいのよ、お昼、まだなんでしょう」

「はい」

「さ、匠ちゃん、座って」

促されるまま匠が席に着く。

「しいちゃんもどうぞ。私もここで一緒にいただくつもりで来たの」

「じゃあ、今、お茶をいれます」

志木子は慌ててカウンターに入った。

「匠ちゃん、たくさん食べてね。卵焼きもウインナーもあるのよ。これは肉団子。これはじゃがいもの揚げたの。えっと、こういうのは何て言ったかしらね」

「フライドポテトだよ」

匠が答える。

「そうそう、それ。どう？　おいしい？」

「うん、おいしい」

「そう、ああ、よかった」

おかみさんの嬉しそうな声が聞こえてくる。志木子は湯呑《ゆの》みを三つ盆に載せて、ふたりへと近付いた。

「ありがとうございます」

「いいのよ、遠慮しないでたくさん食べてね。ね、匠ちゃん」

「うん」

匠は両頬をいっぱいにして頷《うなず》いた。

手のこんだ弁当を食べた後、志木子がタッパーを洗っていると、おかみさんがカウンターに座り改まった表情を向けた。

「あのね、しいちゃん、気を悪くしないで欲しいんだけど」

どきんとして、志木子は思わず顔を上げた。

「クビですか？」

「え？」

もう何度も、同じことを聞いている。この後に続くセリフは決まっていた。「明日から来なくていいから」。手に洗剤の泡がついたまま、志木子は腰を折るようにして頭を下げた。

「すみません。いたらないところは一生懸命直します。ですから、もうしばらくこちらで働かせてください」

おかみさんは顔の前で手をひらひらさせた。

「いやね、何言ってるのよ、そんなわけないじゃないの。うちはしいちゃんにいてもらって大助かりなんだから、いつまでもいてもらいたいの」

志木子はゆっくりと顔を上げた。

「そうじゃなくて、ちょっと立ち入ったこと聞くかもしれないから、それを先に謝っておこうと思ったの」

ほっとしたと同時に、新たな不安が湧《わ》いた。

「立ち入ったことって、何でしょう」

「話したくないなら、話さなくてもいいの。ただね、もしよかったらなんだけど、しいちゃんのご両親のこととか、匠ちゃんのお父さんのこと、ちょっとだけでも聞かせてもらえたら、なんてね」

志木子は黙った。ついにその時が来た、という感じだった。津久見の口利《き》きでこの店に働くことが決まった時、親爺《おやじ》さんもおかみさんも細かいことは一切聞かなかった。それだけ津久見を信用していたということだ。けれども志木子自身、いつまでも何も話さないままでいるわけにはいかないだろうと、漠然《ばくぜん》と考えていた。

「すみません、こんな身元もはっきりしないような私を雇っていただいてること、本当に感謝してます。いろんなこと、ちゃんとお話ししなくちゃいけないということはわかってるんです」

「勘違いしないでね、身元がはっきりしてないとか、そういうことにこだわってるわけじゃないの」

それから、おかみさんはいくらかためらいながら言葉を続けた。

「私はね、この一年、しいちゃんの働きぶりを見てきて、何て言うか、もし、しいちゃんが私たちの本当の娘だったらどんなに幸せだろうなんて思うようになってるのよ。こんな話を急にして、ごめんなさいね。びっくりしたでしょう。ほら、私たちには子供がいないものだから、ついそんなことを考えたりしてしまうの。その上、匠ちゃんという可愛《かわい》い孫までいっぺんにできるとしたら、これはもう神様からの贈り物に違いないなんて。もちろん、それは私の勝手な心積もりで、しいちゃんにはちゃんとご両親がいらっしゃるわけだし、匠ちゃんにもそうだろうし、だからね、そこがどうなってるのか教えてもらえたらなんて、勝手なことを思ったわけよ」

驚きと同時に、胸が熱くなった。ただただ、匠とふたり、食べてゆくために精一杯のことをしていただけだというのに、おかみさんがこんなにも温かい気持ちで見てくれているとは想像もしていなかった。東京に出てきてから、いつも目障《めざわ》りな存在でしかいられなかった自分は、ひっそりと目立たぬよう、誰の邪魔にもならぬよう、俯《うつむ》いたまま生きてゆくしかないと思っていた。そうすることがいちばんふさわしい立場なのだと、自分にも匠にも言い聞かせてきた。

志木子は指先で素早く目尻《めじり》を拭《ぬぐ》った。

「ありがとうございます。本当に、何て言っていいのか、私と匠にはもったいないくらいのお言葉です。そんなふうに思ってくださってると知っただけで、胸がいっぱいになるくらい嬉しいです」

志木子は匠に目をやった。おかみさんが持って来てくれたミニパトカーに夢中になって遊んでいる。

「私、両親にはひどい親不孝をして来たんです。匠にも、いつか父親のことを話さねばならない日が来ることはわかってるんですが、まだどう話していいのか見当もつきません。本当に、私ときたら、ぐずで、のろまで、こんなことになったのはみんな私のせいなんです」

「しいちゃん……」

おかみさんは慌てて首を振った。

「もう、いいわ。やっぱり、いやなこと無理に話させようとしちゃったわね。これじゃただの詮索《せんさく》好きのばあさんだわ。みんなそれぞれに事情ってものがあることぐらい、わかってるはずなのに、いやね、年を取るとせっかちになって。うちの人にも言われてたの、余計なことを口にすると、しいちゃんに辞められるぞって。ほんとにそうだわ。いいの、いつか話したくなったら話してくれればいいの。急ぐことなんかぜんないんだから。だから、このことで辞めるなんて言わないでね」

「とんでもないです。こちらこそ、ずっとここで働かせてください」

おかみさんは頷き、ゆっくりと匠を振り返った。

「匠ちゃん、それ気に入った？」

「うん」

はしゃいだ声が返って来た。

「じゃあ、今度は消防車を買って来てあげるね」

やった、と、匠は目を輝かせて叫んだ――。

それから三日ほどして「つるや」に津久見が現われた。

いつものように熱燗《あつかん》を一本と、肴《さかな》を注文し、ついでのように志木子に尋ねた。

「ところで、東京タワーにはもう行った？」

志木子は伝票に書き込んでから、顔を向けた。

「それが、まだなんです。今度の土曜日にでも行ってみようかなって思ってるんです」

「それ、僕も一緒に行っていいかな」

「え？」

志木子は思わず津久見の顔を見直した。

「何だか、あれから急に行きたくなったんだ。こんな機会でもなかったら、一生、東京タワーなんて登らないかもしれないし。邪魔かな、親子水入らずのところ」

「いいえ、とんでもないです。でも、いいんですか？」

思わず聞き返した。

「何が？」

「だって私や匠みたいなのと一緒に」

津久見の表情に、わずかに影が横切った。

「しいちゃん」

「はい」

「そういう言い方はよくないよ」

「え……」

「自分を卑下《ひげ》するっていうのは、自分に対してだけじゃない、俺に対しても失礼っていうものだよ」

志木子は神妙に頷いたものの、津久見の言葉の意味はあまりよくわからなかった。

ただ、東京タワーに津久見と一緒に出掛けるということに、ひどく浮き立った気持ちになって、土曜日が晴れてくれたらいいな、と考えていた。

## 士郎

七年ぶりの六畳ひと間での独身寮生活は、想像以上に快適だった。

ここには必要最低限のモノしかないが、生活するには十分という気がする。

火事の被害に遭ったことは腹立たしく思っている。けれども、不思議なのだが、どこかでホッとしたような気分もあるのだった。いや、ホッとしたなどと言っては結子に叱《しか》られる。被害は甚大《じんだい》だ。何と言えばいいのだろう、背負っていたものを下ろしたような気分だ。身軽になったような、自由になったような爽快《そうかい》さだ。

マンションに住んでいた時は、どうしてあんなにモノが多かったのかと改めて考えてしまう。ふたりで暮らしていたのだから独身の頃の倍になるのは仕方ないにしても、五倍ぐらいの量があったように思う。押入れも納戸《なんど》も満杯で、結子もいつも「収納スペースが足りない」とぼやいていた。

先日、互いに仕事を休み、業者を呼んで、丸一日かけて荷物を整理した。それぞれに今必要となるものを自分の生活の場へ運び、当面いらないものはトランクルームへ預けた。残ったものは処分することで、管理会社と話がついていた。押し入れの奥の覚えのない段ボール箱や、納戸の中にあるガムテープで口を閉じられた紙袋は、中身を見ないまま処分した。覚えていないものは、所詮《しょせん》、必要のないものと思えた。結子も意外とあっさりと、見切りをつけていった。それにしても、あれらの中にはいったい何が詰まっていたのだろう。こうして改めて考えてみても思い出せない。

士郎はベッドを背もたれに、ぼんやり煙草《たばこ》を吸った。

今日は午後三時から、志木子と匠の三人で、東京タワーに出掛ける約束になっていた。それも、こんな状況でなければ行かなかっただろう。

田舎から上京した十八歳の時、初めて東京タワーを見て圧倒されたのを覚えている。いつか登ってみようと思いながら、そんなことをするのはいかにも田舎者のような気がして、わざと興味のないふりをして来た。そのうち、本当に興味が失《う》せてしまい、行く気がしなくなった。ところが、独身寮に舞い戻って、何やら気分が一新されると心惹《ひ》かれるものを感じた。

細かく結子に言い訳をしなくていいというのも理由のひとつには違いない。休日に出掛けても、もちろん結子は嫌な顔をするわけではないが、とりあえず理由は告げなければならない。

昨夜、電話で「明日はどうするの？」と聞かれ「ちょっと出掛ける」と言うと「そう」と短い返事があり、それで終わりだった。顔を合わせてだとこうはいかない。士郎の方がどうにも後ろめたい気持ちになって、つきたくもない嘘《うそ》をついてしまうことになる。たとえば「得意先とのゴルフ」というような具合にだ。別に志木子は訳ありの相手ではないが、言い訳しなくてよい分だけでも、心が軽くなった。

三時少し前に、待ち合わせの麻布十番の駅前に行くと、すでに志木子と匠がどこか所在なげに立っていた。地下鉄の駅ができてから、ここはめっきり人が多くなった。週末となれば尚更《なおさら》だ。その中で、どこから見ても田舎者の母子《おやこ》といった風情《ふぜい》で佇《たたず》むふたりは確かにそぐわないのだが、士郎はどこかほほ笑ましい思いで眺めた。ふたりの辺りだけ、空気が緩く流れているような気がした。このままもう少し眺めていようかと思ったら、すぐに志木子に気づかれた。

「あ、津久見さん、ここです」

志木子が手を上げる。ホッとした表情が、顔に広がってゆく。

「ごめんごめん、待たせたかな」

士郎は近付き、すぐに屈《かが》んで匠に挨拶《あいさつ》をした。

「こんにちは、匠くん。大きくなったなぁ。おじさんのこと、覚えてる？」

おじさん、というセリフに自分で抵抗を覚えたが、それ以外、どう自分を表現すればいいのかわからない。

「ほら、ご挨拶は？　前に『つるや』でお会いしたことあるでしょう」

志木子を「つるや」に紹介する時、一緒に匠も連れて来ていた。けれども、あれからもう一年以上が過ぎていて、匠が覚えていないのは無理もない。士郎にしても志木子が連れていなければ誰の子かもちろんわからない。

「こんにちは」

匠がぺこりと頭を下げた。

「えらいなあ。ちゃんと挨拶できるんだ。じゃあ、行こうか。少し歩くけど、大丈夫かな」

「もちろんです。ね、匠も歩けるわね」

「うん」

東京タワーが近付いて来るにつれ、頭を上げる角度が大きくなる。昼間のタワーは人工的過ぎて興醒《きょうざ》めだが、匠は興奮して「すごい、すごい」を連発した。入り口でチケットを渡し、エレベーターの列に並んだ。五分ほどで順番が来て、ガラス張りのエレベーターに乗ると、もう匠は声を失って、見る見る小さくなってゆく人や車を瞬《まばた》きもせず見つめている。

展望台に着くと、さすがに全体的に古びた印象だったが、一部に思いがけずオープンカフェが作られ、洒落《しゃれ》た雰囲気になっていた。しかし、客はロマンチックなカップルばかりというわけにはいかず、やはり、全体的におのぼりさん的なムードが漂っていた。

はしゃぐ匠を抱き上げて望遠鏡を覗《のぞ》かせたり、あれがディズニーランドとか、あっちが匠くんの住んでる新宿、などと説明をしているうちに、すっかりなつかれてしまい、匠はずっと士郎の手に摑《つか》まるようになっていた。手というより、人差し指と中指の二本に摑まっている。小さい手には、それがちょうどいい太さなのだろう。

一時間ばかり展望台で過ごし、下りて土産《みやげ》物屋を見物した。匠は物珍しそうにショーケースに並んだミニチュアの東京タワーやペナントを眺めていたが、やがてそれとは全然関係のない救急車のミニカーに目を止め、士郎のシャツの袖口《そでぐち》を引っ張った。

「あれ、欲しいの？」

匠が頷《うなず》く。士郎は腰を屈め、匠と同じ目線になった。

「よし、買ってあげよう」

「ダメよ」

背後から、志木子の厳しい声がした。

「匠、おねだりなんかしちゃダメじゃない」

「いいよ、これくらい」

たかだか六百円だ。士郎はすでにポケットから財布を取り出していた。

「いいえ、いいんです」

志木子はめずらしくきっぱりとした口調で言った。それから「ちょっと、こっちに来なさい」と、匠の手を引いて、壁ぎわに連れて行った。どうやら叱っているらしく、匠は泣きそうな顔をしている。

志木子には志木子の育て方というものがあるだろうし、それを無視して買い与えるような真似《まね》をしてはいけないことぐらいわかる。俺は父親じゃない。けれど、ミニカーひとつじゃないか。お菓子のおまけ程度のものだ。あんなにきつく叱るほどのことではないようにも思える。士郎はもう一度ミニカーを見たが、それ以上は何も言わなかった。

それから麻布十番まで戻り、少し早いが夕食をとることにした。士郎にしたら、せっかくだから寿司《すし》か鰻《うなぎ》でも食おうと言ったのだが、志木子はことごとく遠慮する。じゃあ天ぷらは、蕎麦《そば》は？　と案を出し、最後に妥協したのはもんじゃ焼きだった。

「本当にそれでいいの？　俺、しょうちょっとお金持ちだよ。俺のこと、見縊《みくび》ってない？」

志木子はびっくりしたように首を振った。

「すみません、そんなつもりで言ったんじゃないんです。気を悪くしないでください」

真剣な表情で言い訳をする。士郎は苦笑した。

「やだなぁ、冗談だよ。でも、何でもんじゃ焼きなの？」

「ずっと、一度、食べてみたいと思ってたんです。どんな味がするのかなぁって。でも匠と二人じゃ、どうやって食べればいいのかわからなくて」

志木子の言葉に、士郎は少し胸が熱くなった。東京に出てきて、自分もどうすればいいのかわからないことがたくさんあった。コインランドリーの使い方、コーヒーシヨップでのコーヒーの注文の仕方、地下鉄の乗り換えがわからなくて、気がついたら埼玉まで行ってしまったこともある。もんじゃ焼きもそうだったと、懐《なつ》かしく思い出された。今、いけしゃあしゃあと何でもわかっているような顔をして生きている自分が恥ずかしくなった。

三千円もかからない夕食を終えて、遠慮する志木子を説得し、ふたりをタクシーでアパートまで送った。もんじゃ焼きを食べている途中、匠が士郎の膝《ひざ》に頭を乗せてすっかり眠ってしまったからだ。寝込んだ匠は、よくこんなに信用できるものだと感心するくらい、全体重を士郎に預けている。アパートの前に着くと、先に降りた志木子が腰を屈めて匠を抱き上げようとしたが、さすがにそれは無理に思えた。

「よければ、部屋まで運ぶよ」

「すみません」

士郎は匠を抱き、タクシーを降りて、アパートの階段を登って行った。さすがに、部屋に入るのはためらわれたが、志木子は鍵《かぎ》を開けると「どうぞ」と、士郎を招き入れた。

「そっか、うん、じゃ」

志木子が慌《あわ》てて座布団《ざぶとん》を二枚ならべ、押入れから毛布を取り出している。部屋はあっさりとしたものだった。奥に六畳の和室と、手前に四畳半程度のダイニングキッチン。1DKというやつだ。外観もそうだが、今時めずらしい古い造りになっている。しかし、それがまた志木子と匠に妙に似合っている。決して、バカにして言っているのではなく、こんな質素なアパートでも、母子の慎《つつ》ましやかな幸福がひっそりと息づいているように感じた。

士郎は匠を寝かし付けた。

「小さいけど、やっぱり重いね」

「そうなんです、寝てしまうと、特に」

それから志木子は慌てて「今、お茶を」と立ち上がった。

「いや、いいんだ。すぐ失礼するから」

「でも」

「それは、いつかまたご馳走《ちそう》になるよ」

士郎は玄関に行き、靴を履いた。志木子が見送りに近付いて来る。振り向いて顔を見合わせた。

「これ」

「え？」

士郎はポケットからミニカーを取り出し、志木子の手のひらに乗せた。

「よかったら匠くんに」

「さっきの？」

「ああ」

「いいんですか」

「もちろん」

「ありがとうございます。匠、目を覚ましたら、きっとものすごく喜びます」

志木子が嬉《うれ》しそうにそれを胸の前で握り締めた。何やら、やけに可愛《かわい》らしく見えた。

ふと、こういう時キスするんだろうか、と思った。まがりなりにも独身女のアパートにまで上がったのだ。少しぐらい、性的欲求のようなものが胸を掠《かす》めてもよいのではないかと思う。しかし、自分でも信じられないくらい、そういった感情はまったく湧《わ》かなかった。

「じゃあ、おやすみ」

「おやすみなさい。今日は本当にありがとうございました」

志木子に見送られながら、士郎はアパートの階段を下りた。

帰りのタクシーに揺られながら、目を閉じ、士郎は思いを巡らした。志木子は確かに男の性的関心を刺激するような女ではない。美しくもないし、色っぽいというような雰囲気からもほど遠い。もし、志木子が女としての魅力を備えていたら、キスするとか手を握るというようなことを自分はしただろうか。

したかもしれないと思う。きっと人並みの下心も持ったに違いない。けれど、もし、志木子が本当にそんな女であったら、自分はたぶん、部屋に入るようなことはしなかったろう。どころか、アパートに送ることも、いや東京タワーに一緒に行くことも、もっと言えば、「つるや」に紹介することもなかったろう。

志木子は死んだ母親に似ている。そのせいもあってか、女というより、肉親に近いものを感じてしまう。自分には結子という妻がいるが、その関係とは別の意味でやけに寛《くつろ》げる。大した付き合いがあるわけではないのに、そばにいるとしみじみと気持が和む。その感覚は上京してから、すっかり忘れていたものだった。

俺も枯れてきたのかな。

士郎は思わず苦笑した。女でなくて肉親と思うなどまだ早い。四十になったばかりではないか。しかし最近、淫《みだ》らな妄想が頭を横切るようなことはめっきり少なくなった。いや、妄想そのものはまだ残っている。ヌードのグラビアはつい眺め入るし、社の若い女の子を見ると、裸はどんなだろうとか、セックスする時はどんな顔をするのだろう、などと想像することもある。ただ、それが自分の性欲とは結びつかない。やはり年をとったということだろうか。

「お客さん、着きましたよ」

士郎は目を覚ました。いつの間にか寝込んでしまったらしい。慌てて料金を払い、タクシーを降りてから気がついた。ここは三宿《みしゅく》のマンションの前だ。

「参ったな」

習性とは怖いものだ。無意識のうちに、ここの住所を告げてしまっていたらしい。またタクシーを拾って、広尾の独身寮まで帰ってもいいのだが、せっかく来たのだから部屋の中がどうなっているか、ちょっと覗いてみる気になった。

残ったものは、みな処分するということで、すでに管理会社と話はついている。ところが、部屋に入ってみると、ほとんど手付かずの状態のままだった。そろそろ内装ぐらいにはかかっているのではないかと思っていたので拍子抜けだった。処分すると決めたものではあるが、無残な姿のまま放置されているのを見るのはどうにも後味が悪かった。自分が見捨てたような気になった。

滅入《めい》った気持ちで部屋を出ると、隣家の梶井許子がドアを細く開け「やっぱり津久見さん」と、にこやかに出てきた。相変わらず、夜だというのにしっかり化粧をしている。

「ああ、どうも」

士郎は頭を下げた。

「音がしたものだから、もしかしたらって」

「どうなってるか様子を見に来てみたんですけど」

「前のままでしょう」

「ええ、そうでした」

「そのことなんですけど、私、この間、大家さんからちょっと聞いたことがあって」

「何でしょう」

許子が思いついたように言った。

「よろしかったら、うちにいらっしゃいません？」

「え？」

びっくりした。

「どうぞ、遠慮なさらずに」

「いや、でも」

「どうせ今夜は夫もいなくて、私ひとりなんです」

だからこそマズイのではないか、と思う。けれども許子は一向に気にするふうでもなく、もう玄関ドアを開け、士郎を招き入れる姿勢を取っている。そうまでされると、断る方がやましいことを意識しているように思えて「じゃあ、少しだけ」と言い訳のように呟《つぶや》いて、士郎は部屋に上がった。

部屋の造りは同じ2ＬＤＫだが、雰囲気はまるで違っていた。結子はもともと部屋を飾り立てる趣味はなく、色彩的にもモノトーンでまとめていた。しかし、許子はデコラな感じだ。花柄のソファに、同じ柄のカーテン。ガラス張りの飾り棚には、高そうな洋食器が整然と並べられていた。白いテーブルの上に、半分になったワインのボトルと、飲みかけのグラスがあった。ようやく気づいたのだが、許子は少し酔っているらしい。

「津久見さんも飲まれるでしょう」

「いや、僕は」

「そんなことおっしゃらないで、付き合ってください」

まさか、誘惑でもしようっていうのか。一瞬、そんな気になった。許子がグラスを持ってきて、士郎のためにワインを注いだ。

「じゃ、一杯だけ」

士郎はグラスを口に運ぶ。許子が向かいのソファに座り、少し身体《からだ》を斜めにして足を組んだ。素足だ。血管がうっすらと透けて見える白い脹《ふく》ら脛《はぎ》から、士郎は慌てて視線を逸《そ》らした。

「それでね、さっきのお話。実は大家さんから聞いたんですけど、火を出した四階の住人、逃げちゃったんですって」

「逃げた？」

「ええ、若い同棲《どうせい》カップルだったようなんですけど、部屋から必要なものだけ持ち出して、行き先も告げず、どこかに行っちゃったそうなんです」

許子がワインを飲む。反《そ》った首の喉仏《のどぼとけ》が、別の生き物のようにゆっくりと上下する。

「でも、入居の際に保証人がいるでしょう。そちらに連絡すれば」

「架空の保証人だったみたいですよ。よく知らないけれど、お金さえだせば、そういうのを引き受けてくれる商売があるそうです。それでまあ、保険会社と管理会社と大家さんと、補償についていろいろモメてて、なかなか折り合いがつかず、結局、今もあのままになってるってことらしいの」

「そうなんですか」

もしそれが本当なら、自分たちへの補償も、引っ越しも、時間がかかることになるだろう。

「今、どうしていらっしゃるの？」

許子は自分のグラスにワインを注いだ。

「ああ、女房は実家で、僕は会社の独身寮に入ってます」

「まあ、それは大変」

「いや、これが結構快適で、このままひとりに慣れたら困るな、なんて思ってるんです。たぶん、女房の方も同じなんじゃないかな」

冗談めかして言ったつもりだが、あまり適切な発言ではなかったかもしれない。

「私ね」

許子が目を向けた。酔いが目に薄い膜のようなものを作っている。まずいな、と思った。けれど、そのまずいなは、果てしなく、ときめきに近かった。

「いつも、津久見さんご夫婦のこと、羨《うらや》ましく見てたんですよ。仲がよくて、まるで恋人みたいだって」

「うちがですか？　それは何か誤解されてるんじゃないかなぁ。もう、結婚して七年もたつマンネリ夫婦そのものですよ」

「うちなんか、まだ三年しかたってないのに、もう全然。私に興味がないっていうか、関心がないっていうか。時々、主人は結婚してるってこと忘れてるんじゃないかと思うくらい。帰りは遅いし、出張は多いし」

そろそろ引き上げ時だと士郎は思った。夫の愚痴に付き合うのは、女同士でなければならない。男が聞けば、その先の展開はきっと気まずいものになる。そのくせ、もう少しここに座っていたいというような気もしている。

「じゃあ、僕は」

「あら、そうですか。付き合わせてしまってごめんなさい」

あっさりと許子がソファを立ったので、士郎は少し拍子抜けした。もしかしたら引き止められるかもしれないと思っていた。それならあと三十分ぐらいは付き合ってもいいと考えていた。

「すみません、お引き止めしちゃって」

玄関で靴を履き、士郎は許子と向き合った。

「とんでもない、また何か情報がありましたら教えてください、助かります」

「じゃあ、お名刺いただいてもよろしいかしら」

「あ、そうですね」

士郎は胸ポケットから名刺入れを取り出し、一枚、手渡した。

「どうもご馳走さまでした」

「いいえ、そんなこと……」

と言ったとたん、許子の身体が崩れるように士郎に倒れかかった。何が起こったのか、よくわからないまま気がつくと、許子の唇が士郎のそれに重ねられていた。ワインの混ざった許子の唾液《だえき》が、士郎の唇を濡《ぬ》らしてゆく。舌が入り込んで来た。その生々しい柔らかさに、士郎は背骨が砕けるような興奮を覚え、一瞬、理性を失いそうになった。

手を許子の背に回そうとしたとたん、呆気《あっけ》ないほどさらりと許子が身体を離した。それから肩をすくめ、くくっと小さく笑った。

「やだわ、私ったらすっかり酔ったみたい」

士郎は自分の動転を知られないよう、あくまで冷静さを装《よそお》い、無理に笑顔を作った。

「あはは、そうですね、今夜はもう寝た方がいいですよ」

たぶん、自分は今、ものすごく格好悪い顔をしていると思った。

「ええ、そうします」

何事もなかったように、許子が頷《うなず》く。

「それじゃ」

「おやすみなさい」

玄関を出てから、士郎はまだ自分の唇に残る許子の唾液を指で拭《ぬぐ》った。それからゆっくりと指を口に含み、欲情するのは久しぶりだと考えていた。

## 陸人

「ですから、前にも言いましたけど、僕と津久見さんとじゃタイプがぜんぜん違うので、共同でデザインというのはちょっと無理だと思うんです」

陸人の言葉に、隣に立つ結子が後を引き受けるように続けた。

「私も、できたら今までのように別々に作品を制作して、どちらかを選んでいただくというやり方にしていただいた方が、すんなり決まると思います」

社長は背もたれに身体を預けて、まるで人を食ったような目で、ふたりを交互に見比べた。

「それであなたたち、その件についてどれくらい話し合ったの？」

陸人は結子と顔を見合わせ、答えた。

「それは、一回ですけど」

「たった一回で、今の結論に至ったの？」

返す言葉を見つけられずにいると、社長が呆《あき》れたように息を吐き出した。

「あなたたち、本当にわかってるのかしら、今度の仕事がうちにとってどれほど重要なものか。そんな簡単に『できません』で済ませてもらっちゃ困るのよ。これはシーズンごとに変わるパッケージと違って、少なくとも五年、ううん十年、もしかしたら半永久的に世の中に残る商品なのよ。つまりうちの今後を左右するくらい大きな仕事なの。今までと同じやり方じゃ通用しないのよ。それだけ他社も必死なの。私だって、ふたりの作品が正反対だってことぐらいわかってるわ。わかってるからこそ、協力して制作して欲しいと言ってるんじゃない。そんな簡単に投げ出さないで、もっと徹底的にやりあってちょうだい」

一言もなかった。

陸人は席に戻って、デスクに頬杖《ほおづえ》をついた。

不満はないわけではないが、社長の言うこともっともだと思う。パフューム壜《びん》のデザインとなれば、確かに、他の化粧品と同じ扱いというわけにはいかない。メーカーの採用が決まれば、事務所の名前は業界の中でランクアップするのは間違いない大きな仕事だ。当然のことながら陸人としてもやりたいと思っている。しかし、できるなら自分ひとりに任せて欲しい。結子に負けないだけの自信はある。ただ事務所に所属している以上、我を通すにも限度があり、社長の言葉に従わないわけにもいかない。

顔を上げると、タイミングを測ったように結子と目があった。

「あの」

「ええ」

「今夜、少し、時間あります？」

「今、私も同じこと聞こうと思ってたの」

「じゃあ」

「どこかで軽く夕食とりがてら、話さない？」

「そうしましょう」

六時に事務所を出て、陸人は二、三度利用したことがある赤坂駅近くの寿司《すし》屋に結子を案内した。店が清潔で、ネタもまあまあで、値段はさほどではない。主人の威勢のいい声に出迎えられて、ふたりはカウンターに腰を下ろした。

「島原くん、いいお店知ってるのね」

結子が感心したように店を見回した。

「最近、ちょっと気に入ってるんです」

まずはビールを注文し、形ばかりの乾杯をした。タイミングよく、主人が声を掛けてきた。

「今日は、いい赤貝が入ってますよ」

陸人は困りながら首を振った。

「申し訳ない、僕、貝がダメなんです」

「それは残念。そちらさまは？」

今度は隣の結子が首をすくめた。

「実は私もなの、ごめんなさい」

「おやおや」

陸人は鰺《あじ》や小鰭《こはだ》といったひかりものが好きで、結子は烏賊《いか》と平目《ひらめ》を頼んでいる。

「社長の言ったこと、どう思いました？」

陸人が単刀直入に尋ねると、結子からもストレートな答えが返って来た。

「正直言って、もっともだと思ったわ」

「やっぱりね」

「私たちの言ってることは、社長にしてみれば我儘《わがまま》に映って当然だわ」

「まあ、僕たちはいわば、サラリーマンなわけだから」

「じゃあ、どうする？」

「そうですね、どうしよう」

もちろん、すぐに意見がまとまるわけはなく、陸人はぼんやりと宙を眺めた。隣でも同じように結子が考え込んでいる。これからどんな形で共同デザインを行なえばよいのか、見当もつかない。

けれども、こんなふうに黙り込んだまま寿司を食べていても気まずいだけの気がして、陸人は話題のきっかけを作るつもりで言ってみた。

「モノが女性用のパフュームなんだから、女性って生き物について、津久見さんに少しレクチャーしてもらおうかな」

結子がわずかに笑った。

「私でよければね」

「じゃあ、お願いします」

「たとえば、女性のどんなこと？」

「そうだなぁ」

陸人は、先日、青山のレストランであっさり振られた彼女のことを告白した。

「もちろん、僕が正しいなんて思ってないけれど、女の人って、どうしてあんなに恋愛を最優先できるんだろうって、不思議です」

結子からどんな反応が返って来るか、陸人はいくらか関心を持った。

「最優先ってわけじゃないのよ」

結子がグラスを口に運ぶ。

「女だって、恋愛だけで生きているわけじゃないもの。でもね、何て言うのかな、恋愛はいわば別腹なのよ」

「別腹？」

「そう、よく女はどんなにお腹《なか》がいっぱいでも、デザートだけは別腹だからって食べるって言うじゃない。それと同じ。仕事も趣味もあって、友人にも恵まれていたとしても、ちゃんと恋愛のためのスペースってものが身体《からだ》の中に残されているの」

「なるほどね」

「ヒマでビデオを観《み》ていた、なんて言う恋人は、こう言っては何だけど、振られて当然ね。私が彼女でもそうしたわ、きっと」

はっきり言われて、陸人は肩をすくめた。

「やっぱり、そうか」

結子が苦笑を返した。

「いやね、冗談よ。もう恋愛からずいぶん離れちゃった私の言うことなんか、真剣に聞くことないんだから」

ビールから陸人は熱燗《あつかん》に、結子は焼酎《しょうちゅう》のロックに変わった。それと一緒に、目の前に浅漬けの小鉢が出された。瑞々《みずみず》しい大根と茄子《なす》と胡瓜《きゅうり》が並んでいる。

「逆に聞くけど、男にとってはどうなのかしら。恋愛ってどういう位置にあるの？」

「そうだなぁ。うまく言えないけど、かなり流動的なものなんじゃないかな」

「一番大事になることもあるけれど、次の瞬間には十番目ぐらいになっているとか？」

「まあ、そういうことかも。たとえばベッドに入ってる最中は頭の中は彼女のことでいっぱいだけど、途中で仕事の電話が入って、それがちょっと重要な件だったりしたら、もうほとんど彼女のことは頭から消えてる」

「失礼しちゃうわ」

「ほんとだ」

「それが本当に重要な仕事だったらまだ許せるけど、大したことのない男同士の約束とか、遊びとか、どうでもいいようなことの後ろに回されたりするのよね」

「まあ、時には」

「そりゃあ、デートよりビデオを優先する島原くんなら、そうするわよね」

結子がゆっくり陸人に顔を向けた。酔いで、目の端がわずかに赤く色づいている。さほど強くはないみたいだ。

「結局のところ、彼女のことは本気じゃなかったのかもしれない。だからあの時、ビデオだったのかもしれない」

「島原くんって、本気で恋愛したことある？」

「どういう意味ですか」

「何だか、基本的に、自分以外の誰にも興味がないような気がするから」

「人を変人みたいに言わないでくださいよ、そりゃあ僕だって」

言ってから、少し口籠《くちごも》った。

「本気になったことぐらい、ありますよ」

カウンターの中から、主人がふたりの小鉢を覗《のぞ》き込んだ。

「おや、おふたりとも胡瓜お嫌いでしたか」

確かに、浅漬けの胡瓜だけが残っている。

「あら、胡瓜嫌いなんだ」

「ええ、津久見さんもそうなんですね」

「まあね」

それから、結子はしばらく黙った。

「どうかしました？」

「ねえ、変なこと聞くけれど、好きな学科は何だった？」

「僕ですか、うーん、国語と図画かな」

「私は英語と音楽。じゃあ、嫌いな学科は？」

「数学と体育」

「同じだわ。私は体育の中でも、鉄棒とマット運動が大嫌いだった」

「そうそう、僕もだ」

「もしかして、カラオケ嫌い？」

「うん、嫌い」

「私もよ」

「でも、津久見さん、いま音楽が好きだったって」

「音楽は好きよ。でも、カラオケは嫌い。あれって、何人集まっても自分のことしか考えない集団になるから。自己陶酔したいなら、ひとりで歌えっていつも思うわ」

「あはは」

陸人は笑ったが、結子はまじめな顔つきで何かを考え込んでいる。

「どうかしました？」

「じゃあ今度はデザイナーとして聞くわね。さすがに嫌いな色っていうのはないと思うけれど、使うときに慎重になる色ってあるでしょう。島原くんにとってそれは何色？」

「そうだなぁ、黒と白かな。その色に関しては安易に使いたくないっていつも思ってるから」

「どうしてそう思うの？」

「逃げという気がするんだ」

結子がため息をついた。

「何か？」

「私も同じ意見だから」

「へえ」

「ねえ、何だか不思議だと思わない？」

さすがに陸人も気づいていた。

「ええ」

「私たちって、好きなものは別々だけれど、嫌いなものがやけに一緒なの。これって、すごいことじゃないかしら」

「ほんとにそうだ」

陸人は結子を見て尋ねた。

「もしかして、どんなに暑くても冷房が嫌いで首にあせもなんか作るタイプ？」

「まさにそう。じゃあミステリー小説は？」

「もちろん苦手、頭がこんがらがる。えっと僕はつぶ餡《あん》がダメなんだけど」

「それ、口の中に皮が残るからでしょう」

「そうそう」

「あのね、私、みんなに変だって言われるんだけど、メロンのどこがおいしいのかわからないの。あれにあんな高いお金をよく払う気になるなぁっていつも思うわ」

「参ったな、僕もあそこまで有り難がるほどのものでもないと常々思ってた」

その時、カウンターの向こうから、主人がまたもや景気のいい声で言った。

「脂《あぶら》の乗った、極上のトロが入ってるんですけど、いかがですか」

陸人は結子の表情を見た。結子が頷《うなず》く。それだけでわかる。つまり、そういうことだ。

「すみません、ふたりともちょっと苦手で」

「おや、またですか」

主人が残念そうな顔をする。ふたりは顔を見合わせて、小さく吹き出した——。

帰りの電車に揺られながら、結子の印象が毎日事務所で顔を合わせていたのとはまったく違ったものとして、胸の中に残っているのを感じた。

それは、陸人が今まで女というものに抱いて来た思いともまた異質のものだった。

自分は女が嫌いなわけじゃない。セックスだって大好きだ。だから彼女という存在があって欲しいという思いはある。けれども、付き合い始めてしばらくすると、女たちはたいてい面倒な要求を持ち出してくる。たとえば週末の予定だ、たとえば誕生日だのクリスマスだののイベントだ。女たちの要求は容赦なく、恋人同士であればこうでなければならないということが多過ぎる。もちろん全部を全部、否定するつもりはない。時には無理も媚薬《びやく》になる。ただ自分にも自分のための時間が必要だ。飼っている二匹の猫もいる。ビデオだって観たい。けれども、そうすると大概、この間去って行った彼女と同じことを言う。

「こういうの、何か違うと思うのね」

違って当たり前じゃないか。みんな違う人間だ、みんな違う男だ。接し方も愛し方もそれぞれ違う。みんな一緒だったら、却《かえ》って気味が悪いじゃないか。

その違いを結子に認めてもらえたような気がした。好きなことが一緒でなくても、嫌いなことが同じなら、もっと肩から力を抜いて付き合える。これから始まる結子との共同デザインが、何だか楽しみにさえ感じられるようになっていた――。

ところが、せっかくの気分は、家に着いて開いたパソコンのメールで、いっぺんにケチがついていた。

そこには大学時代の友人、伊鳥貴夫《いじりたかお》からのメッセージが届いていた。

『元気か。久しぶりだな。今度、代官山に俺の設計した店がオープンするんだ。そのパーティに招待するから来いよ。言っておくけど、必ず女連れでな。場所は添付しておくから確認してくれ』

読み終えて、すぐにパソコンを閉じた。陸人はシャワーを浴び、ベッドに潜り込んで、固く目を閉じた。胸の中に、しばらく忘れていた不快感が粘つきながら広がって行った。

今にして思うと、貴夫が嫌な奴《やつ》だということは、出会った時からわかっていた。狡《ず》る賢《がしこ》さが生まれながらに身についていて、人を見下したような傲慢《ごうまん》さがあり、整った風《ふう》貌《ぼう》をいいことに、女にも金にもとことんだらしない男だった。

それでも貴夫には、陸人にない持って生まれた才能とセンスがあった。設計の力は見事で、いつも圧倒されていた。その上、家が裕福で、貧乏学生の陸人とは住むところから、着るもの食べるもの、すべてに格段の差があった。早い話、それらすべてのことに心惹《ひ》かれたのだった。

今、何を言おうと、あの頃確かに、自分は貴夫に媚《こ》びていた。そうすれば、自分もおこぼれに与《あずか》っていい思いができたからだ。

卒業して、別々の仕事についても、しばらくは同じように付き合いが続いた。遊び好きな貴夫は、パーティだ合コンだとしょっちゅう誘いを掛けてきた。たまのことだからと、顔を出すと、帰りは大抵、脂の塊を飲み込んだような胸くその悪さと一緒だった。貴夫と会うと、自分まで汚れてしまうような気がした。

前に会ったのは三年前だ。あの時は貴夫の誕生パーティだった。女を連れて来い、と今夜と同じようなことが書いてあり、その頃付き合っていた彼女を連れて行った。連れて行かなければよかった、と後悔した時はもう手遅れだった。

パーティから一週間ほどして、貴夫から掛かって来た電話を、今もよく覚えている。

「彼女とやったよ」

すぐに、何を言っているのかわからなかった。

「何の話だ？」

まったく間の抜けた質問をしたものだと、こうして思い出しても自分に腹が立つ。

貴夫は受話器の向こうで、この世のことは何ひとつ自分の自由にならないことはない、というような声で笑った。

「彼女、なかなかだったよ、胸も大きいしイク時の声も色っぽいし。おまえの趣味、見直したよ」

瞬間、頭に血が昇った。

「また、いい子がいたら紹介しろよ」

貴夫の笑い声が、受話器の向こうで糸を引くように続いていた。

彼女のことが好きだった。結婚したいと初めて思った相手だった。まさか、あんなに敢《あ》えなく貴夫になびくとは考えてもいなかった。いや、貴夫にうまいこと誘惑されたのかもしれない。もしかしたら、強姦《ごうかん》まがいのことをされたのかもしれない。けれど、そんなことはどうでもよかった。自分の恋人と思っていた相手が、自分のいちばん嫌いな男と寝た。その男に足を広げた。それは事実なのだ。彼女からいっさい連絡はなかった。もちろん、陸人もしなかった。すべて、それで終わりだった。

「行くわけないだろう」

ベッドの中で、口に出して言ってみた。

「あいつとは、もう二度と関わらない」

その声に反応するように、本棚の上で、二匹の猫がわずかに鳴いた。

## 結子

今さら気づくのも遅すぎるかもしれないが、夫婦にとって必要なのは共通の目的を持つか、共通の敵を作ることだ。

たとえば、家を建てるとか子供を作るとかその子供をいい学校に入れるとか、そういった目的の片方の責任を担《にな》うことによって、夫婦としての一体感が生じてくる。ふたりが協力し合わなければ目的は達成されないという連帯意識。それが絆《きずな》を強めてゆく。

さもなくば、戦うべき対象が一致した時。たとえば、隣家と境界線で揉《も》めて敵対意識を燃やすとか、親の相続できょうだいが分配を争うとか、夫婦の利害関係が一致するものに関しても団結する。いや、団結せざるを得ない。

とにかく、向き合ってお互いを見るのではなく、肩を並べて同じ方向を見る、という状況が夫婦として快適な形態になるに違いない。見合っていれば必ずアラばかりが目につくようになり、うんざりする。

士郎と別居してからよく考えるのだが、自分たち夫婦を繋《つな》げていたものはいったい何だったのだろう。

子供もなく、これといった揉め事もないまま今まで来た。よく他人は「イザという時、頼りになるのはやっぱり夫婦よ」などと言うが、イザという時など、人生の中でそうそう起こるものではない。もしかしたら、一生起こらないかもしれない。先日の火事の被害を被《こうむ》った件が、そのイザという時になるのかもしれないが、結局、団結どころかあっさりと別居することに決まった。

結婚して七年、小さな不満はあっても概《おおむ》ね可、といったところだ。けれど、その感覚はどちらかと言うと、自分たちを別れさせる決定的なものがなかっただけのようにも思う。それを平穏無事な人生と呼ぶほどには、まだ、自分も士郎も老いてはいない。

「津久見さん、今日、根津美術館に行きませんか？」

向かいの席の陸人に声を掛けられ、結子は顔を向けた。

「古代ガラスの展示会をやってるんです」

「そうなの」

「いい色が見られるらしいんです」

「いいわね、行きましょうか」

ここのところ、週に三回はこうして陸人と展覧会や美術館めぐりをしている。その他にも打ち合せがてらランチや夕食を一緒にとったり、本屋や図書館にも出掛けている。事務所にいても、一時間に一度は必ず言葉を交わす。たとえば陸人が「ちょっと思いついたんですけど」と言えば「この雑誌に洒落《しゃれ》た壜《びん》が載ってるわ」と結子が声を掛ける。時には「本当に社長ときたら無理難題ばかり押しつけるんだから」「まったく同感です」などと、愚痴ともつかぬやり取りを交わすこともある。

そんな陸人との付き合いを、結子は時々、可笑《おか》しく思った。

今回の共同デザインの件まで、陸人とはどちらかと言うと疎遠《そえん》な間柄だった。事務所でもそばにいながら、交わす言葉も必要最低限で、意識の中から互いの存在を排除しようとしていたようにすら思う。それが今、共通の目的と共通の敵を持つようになり、信じられないことに連帯意識を強めている。

その日、ふたりで根津美術館に出掛けた。南青山は相変わらずお洒落で浮き足立っている。歩いている女性たちはみな、ファッション雑誌を読み耽《ふけ》っていることが容易に想像できるようなスタイルだ。仕事上、流行に敏感でなくてはならないし、かつ流行を生み出していかなければならない立場であることもわかっているが、そんな若い彼女らを見ていると、どうにも結子は居心地が悪くなる。自分がまるで詐欺《さぎ》の片棒を担《かつ》いでいるような気になってしまうのだ。

古代ガラスは、思った以上に美しい色彩を放っていた。かつて地位の高い人間が使用したであろう髪飾りや腕輪といった装飾品、宗教的に使われたと想像できる器や皿や玉。くすんだ色の中に深い味わいがあり、パフューム壜に使うガラスにこの品のよさとグレード感を持たせられたらと思う。

「でも、赤系統の色はちょっと重いな」

ケースの中を覗《のぞ》き込みながら、陸人が言った。

「そうね、色の出方も今ひとつね」

結子も、赤や橙《だいだい》がかった色にはあまり惹《ひ》かれなかった。

「僕は、ベージュとか黄色とか琥珀色《こはくいろ》がいいなと思うんですけど」

「私は半透明っていうか、ほら、この乳白色なんてすごく神秘的な色じゃない？」

結子はケースの中の形の少し歪《ゆが》んだ盃《さかずき》を指差した。

「これですか、うーん、僕にはちょっと華やかさが足りないというか」

「シックに決めたいのよ、私は」

「僕は少々刺激的なものにしたいですね」

こんな意見の違いにはもう慣れっこになっていた。

美術館を出て、駅に向かって歩き始めた。わずかに見える青山霊園の森は、くもり空のせいか何やらくすんだ闇《やみ》に包まれていて、植物の匂《にお》いが風に乗ってかすかに漂ってくる。

「何か食べて行きましょうか」

「僕も、お腹《なか》がすいたなぁって思ってたところです」

「この辺りあまり詳しくないんだけど、島原くん、どこか知ってる？」

「そうだなぁ」

洒落た店なら掃いて捨てるほどある。けれども、店の作りや料理に凝《こ》り過ぎているというのも、却《かえ》って疲れてしまう。気取らない、気さくな店があればと思うのだが、ここら辺りではそれを探す方が難しい。

調布の実家で暮らすようになってから、結子はほとんど毎晩、外で食事を済ませて帰っていた。内心では、密《ひそ》かに母の手料理を期待していたのだが、母はすっかり料理を作らなくなっていた。母に言わすと「もう一生分作った」ということらしい。母も習いごとに出掛けた帰りに、友達と早めの夕食を食べて帰ってくるという生活で、そうでない日はコンビニやスーパーのお惣菜《そうざい》で済ませている。父が今、岐阜でマメに料理をしているということだから、生活はすっかり逆転してしまったらしい。

「人間でもそうなのかな」

唐突に、陸人が言った。

「え？」

「いや、何となく思ったんですけど、津久見さんと僕って、これだけ嫌いなものが同じなら、もしかしたら人間もそうなのかなって」

「さあ、それはどうかしらね」

焼鳥屋を見つけた。ガラス戸の奥を覗くと、結構、サラリーマンの姿がある。それでいて若い女性も入っている。悪くはなさそうだ。

「ここにする？」

結子が立ち止まって陸人を見上げると、彼は突然、口にした。

「実は今夜、代官山で知り合いがちょっとしたパーティをやってるんです。もしよかったら一緒に行きませんか？」

言われて戸惑った。

「どうしたの、急に」

「行くつもりはぜんぜんなかったんですけど、津久見さんと話してたら何となく行ってもいいかなって気になって」

「どういうパーティなの？」

「大学の時の知り合いなんですけど、そいつが設計したレストランのオープニングなんです」

「そのお知り合い、優秀な人？」

「才能は、ええ、確かにある奴《やつ》です」

ちょっと心惹かれた。

「でも、いいの？　私なんかが一緒で」

「いや、津久見さんが一緒だから」

ぼそりと陸人が言い、ゆっくりと結子から視線をはずした。

「つまり、そいつ、本当に嫌な奴だから津久見さんにも見て欲しいってことです」

少し口籠《くちごも》りながら言う陸人の様子を、結子はどこか微笑《ほほえ》ましく感じた。言葉通り、陸人は本当にその男のことが嫌いなのだろう。そこまで嫌うのはどんな男か、逆に興味が湧《わ》いた。

「いいわよ、行きましょうか」

結子が頷《うなず》くと、陸人は一瞬、緊張したような表情をしたが、すぐにタクシーに向かって手を上げた――。

代官山もずいぶん変わってしまった。

かつては住宅街の中にブティックやレストラン、雑貨店などが点在していて、日中は若い子たちが集まっても、夜となればそれなりに大人の雰囲気を備えた街だったが、同潤会《どうじゅんかい》アパート跡地に高層マンションとファッションビルが建ってから一変してしまった。もともと人気の高い街ではあったが、それ以上に、まるで名所のように毎日どっと人が押し寄せている。この辺りはデザイン事務所も多く、知り合いから聞いたところによると、家賃も相当値上がりしたらしい。

陸人はタクシーに乗った時から、やけに無口になっていた。嫌な奴に会いに行く気分とはどんなものだろう。けれども、ただ嫌な奴というだけならわざわざ会いに行ったりはしないはずだ。嫌な奴というだけではない何かが、たぶんそこにはあるのだろう。

もともと陸人は感情の起伏が少なく、声を荒らげたり怒りを顔に出したりするようなところはない。冷静と言えばそうだが、どちらかと言うと、何事に対しても無関心さが優先する。何しろ、デートよりビデオを優先させるような男なのだ。そんな陸人が、めずらしく感情を顕《あらわ》にしている。その男といったい何があって関係が壊れてしまったのか、少々悪趣味だと思いながらも、興味はますます膨らんでいた。

店は旧山手通りから路地を入ってすぐの、新しいビルの地下一階にあった。階段を下りてゆくと、チューブトップ姿で華奢《きゃしゃ》な肩を自慢げに見せている受け付けの女の子がほほ笑んだ。

「いらっしゃいませ。ご招待状をお持ちですか？」

「いや、伊島さんの友人で島原と言います」

女の子はノートをぺらぺらとめくり、グロスを塗りたくった唇の両端をきゅっと持ち上げた。

「はい、伺っております。どうぞ」

開け放たれたドアを抜けると、かなり広いスペースが広がっていた。今夜のためにテーブルと椅子《いす》は壁ぎわにすべて寄せられているが、四人掛けで十二、三席は設けられるだろう。奥には中庭もあり、庭木がライトアップされている。

「何を飲みます？」

「そうね、じゃあ白ワインをもらおうかしら」

「取って来ます」

陸人がカウンターに行き、結子は会場となっている店内を見回した。さすがに皆お洒落で、肌を露出した服も身についている。男たちのラフな格好も、崩れた感じがしないのは質と仕立てのよいものを着ているからだろう。誰もがこういった場所に慣れ切っているふうに見えた。男たちの年齢はばらばらだが、女たちは間違いなく全員三十歳以下だ。もちろん、この中では結子がいちばん年上であることは一目瞭然《いちもくりょうぜん》だった。

こんなことになるとわかっていたら、もう少しファッションを考えたのにと後悔した。今夜も結子の定番スタイルと言っていい、紺のパンツスーツに白シャツだ。年齢といい格好といい完全に浮いていたが、こうなったら開き直ってしまうしかない。

その時、ひとりの男が結子の目に止まった。

中庭との境目にあるガラス戸に身体《からだ》をもたせかけ、リラックスした表情で相手と談笑している。その佇《たたず》まいも、笑い方も、服の趣味も、靴も、指の動きも、とにかく男の何もかから結子は目を離せなくなった。

「津久見さん、ワイン」

耳元で陸人の声がした。グラスを受け取ったものの、目はまだその男を捕らえている。

「あの男でしょう」

結子は言った。

陸人は結子の視線を追い、頷いた。

「わかりましたか？」

その声には、ほんの少し安堵《あんど》のような響きが含まれていた。

「ええ、すぐに」

「そう、あいつです。あいつが僕のいちばん嫌いな奴なんだ」

そう言った時、まるでその声が届いたかのように男が陸人に気付き、もたれていたガラス戸から身体を起こして、こちらに近付いて来た。その自信たっぷりな歩き方からも、頬に浮かべた嘲笑《ちょうしょう》に似た笑みからも、結子はほとんど目を離せずにいた。

「なんだ、やっぱり来たのか。返事がないからどうするんだろうと思ってた」

その傲慢《ごうまん》なセリフを吐く唇からも。

「ちょうど、近くで仕事があったんだ」

それから陸人は結子を紹介した。

「会社の先輩で津久見結子さんだ」

貴夫がわずかに目を細めて結子を見た。一瞬にして、値踏みされたと結子は感じた。

「はじめまして、俺は伊島貴夫。こいつとは大学時代の同級生、ま、悪友ってところかな。今夜は料理もワインも最高のものを用意してあるんで、ゆっくり楽しんでいってください」

十歳近くも年上の女に、この男は何を感じているだろう。何も感じるわけがない。もう興味の対象にはならないと考えるのが普通だ。けれども、結子はそこに何かを感じた。この男はたぶん、女という存在なら、たとえ母親のような年代でも、少女と呼べる子供でも性的対象として眺めるのだろう。というより、それしか女を見る方法を知らないのだ。

「ありがとうございます。遠慮なく」

「じゃ、ごゆっくり。ちょっと島原を拝借しますよ」

そう言って、貴夫は陸人の腕を引っ張り、隅へと連れて行った。二、三分の立ち話を終えて戻って来た時、陸人は濁った息を吐き出し、手にしていた水割りのグラスを飲み干した。

「何だったの？」

「いいえ、何でも」

「だいたい、わかるけどね。何を話していたかぐらい」

陸人は黙った。結子もワインを飲み干し、グラスを空にした。

「『せっかくのパーティに、あんなダサいおばさんを連れて来るなよ』でしょう？」

「まさか、違いますよ」

「じゃあ『おまえも趣味が変わったな。年上の変な女に捕まってるんじゃないか。いい加減にしておけよ。年上女はしつこいぞ』どう？」

陸人が首を振る。

「違います、人妻かって聞いたんです」

「へえ、それで島原くん、何て答えたの？」

「そうだって答えました、本当のことだから」

「そうね。で、反応は？」

「津久見さん、気を悪くするかもしれないけれど」

「いいわよ、私が聞いてるんだから正直に言ってくれて」

『物好きだな』って」

「あっそ」

「あいつ、津久見さんと僕が何かあるって頭から誤解してるんです。違うと言っているのに、男と女をそういうふうにしか考えられない奴で」

「いいじゃない別に。嫌いな奴にどう誤解されても」

「まあ、確かに」

「ねえ、もうちょっと飲みたいわ」

「僕も」

ふたりはカウンターに近付き、互いにグラスを手にして向き合った。

「それで、どう思いました？」

陸人は探るような目を、結子に向けた。何を聞きたいのか、もちろんわかっている。

結子はゆっくりと頷いた。

「立ち話で約一分ってところだから、当然、印象でしかないわけだけど、会った瞬間思ったわ、私もこんな男、嫌いだって」

陸人の頬の緊張がわずかに解けたように見えた。本当は何か言いたいセリフがあるのだろうが、そんな自分を戒めるように、水割りのグラスを立て続けに口に運んだ。

「とにかく自信たっぷり。もしかしたらその自信を裏付ける実力があるのかもしれないけれど、ひけらかすことを恥ずかしいと思わないっていうのは無神経でしかないわ。それにすごく傲慢ね。きっと人を見下すようなことを平気でするの。彼にとって、友達なんか必要じゃない、周りは利害関係の一致する者だけで十分。女に対しても同じね。恋愛なんて馬鹿《ばか》にしてるわ。きっと平気で相手をモノ扱いするんだわ。女なんて自分の欲望を晴らすだけの存在くらいにしか思ってないの」

言いたいことを言ってから、結子は可笑《おか》しくなって吹き出した。

「想像だけで、ここまで言う私も、相当傲慢だけれどね」

陸人は真顔のまま黙っていたが、不意に、結子の手からワイングラスを取り上げた。

「もう、出ましょう」

「え？」

「こんなところにいてもしょうがない」

陸人は結子の手を取り、まるで拉致《らち》するかのように強引に店から連れ出し、階段を登り、外へと出た。

そうして通りに立った瞬間、不意に、抱きすくめられた。

「ちょ、ちょっと島原くん」

「今の僕の気持ちを、何て伝えたらいいんだろう」

陸人の声がわずかに震えている。

「何、どうしたの」

「だから、何て言っていいのか」

思いがけない陸人の行動に結子は面食らっていた。けれども、決して不快なのではなく、服を通して彼の骨格や体温が伝わって来ると、それはどこか懐《なつ》かしさに似ていて、ひどく不思議な気がした。どうしてこんなことをしているのだろう、ではなくて、どうして今までこうならなかったのだろうという感じだった。

「子供っぽいって笑われるかもしれないけれど、今、すごい味方を手に入れたような気分なんだ」

人に好意を持つより嫌悪《けんお》する方がずっと自尊心が関わっている。彼らの間で何があったか知らないが、陸人はよほど、あの伊島貴夫という男に痛い目に遭わされたのだろう。

結子もまた伊島という男には嫌悪感を抱いた。傲慢で、狡賢《ずるがしこ》くて、女を性欲の対象としか見ないような男であることぐらいすぐにわかった。けれども、その嫌悪する感情にぴたりと貼《は》りついているもうひとつの気持ちがあることを、陸人はわかっていない。

伊島はある意味で、女に性的な欲望をもたらす強烈な力を持った男でもあった。反発を感じながらも目が離せない男。背を向けながらも振り向かずにはいられない男。結子は矛盾した自分の感情に戸惑いながらも、伊島のその性の部分に強く惹《ひ》かれる自分もまた感じていた。

「彼と、何があったの？」

「恋人を寝取られた」

呆気《あっけ》なく陸人は言った。けれども、結子は少しも驚かなかった。むしろ、予想通りに思えた。

「構わないなら、もう少し飲みたい」

陸人がようやく身体を離した。

「もちろん、構わないわ」

結子は頷く。

いつにない興奮がふたりを包んでいた。それから二軒、飲んだ。酔いが回ってゆく。陸人はいつもとは別人のようにはしゃぎ、結子もまたどこか上擦《うわず》っていた。

三軒目は、誘われるまま陸人のアパートに向かった。不思議なほどに躊躇《ちゅうちょ》はなかった。ドアを開けると、部屋の奥で二匹の猫が小さく鳴いた。その声を聞きながら、結子はパンプスをゆっくりと脱ぎ捨てた。

## 志木子

匠が店のテーブルに二台のミニカーを乗せて遊んでいる。

おかみさんにもらったパトカーと、先日、士郎に買ってもらった救急車だ。

志木子は、東京タワーのことを思い出していた。上京してから五年、あんなふうに東京見物をしたのは初めてだ。あんまり大きいのと、あんまり高いのとで本当にびっくりした。展望台から見た東京の街は果てしなく広がり、この中で自分と匠が生きているなんて奇跡のように思えた。

もし、あの人に会えたら。

気持ちのどこかに、東京に来ればそんな偶然も起こるかもしれない、などと期待を抱いていた自分を笑いたくなった。

地上を見下ろしていると、東京という街は、小さい時にテレビで観《み》た蟻塚《ありづか》に似ていると思った。地下に潜り天にそびえ、日毎《ひごと》に増大していく蟻塚は、それ自体がひとつの生き物のようだった。働き蟻たちは、踏まれ揉《も》まれ、それでもただひたすら働き続ける。あの無欲さは悲しすぎる。もしかしたら、自分は蟻ではなく巣の一部と思っているのかもしれない。そうでなければ、みんな絶望してもいいはずだ。

匠が「ピーポー」と声を上げて、救急車をテーブルのへりに沿って走らせた。

「匠、あんまり強くしちゃダメよ、テーブルに傷をつけるでしょ」

志木子は、無心にミニカーを動き回らせる匠に声を掛けた。

匠はちらっと顔を向け、わずかに唇を尖《とが》らせた。近ごろ、こんな表情をよくする。反抗期に入って来たのかもしれない。

士郎と一緒の時は、あんなに素直だったのに。

志木子はあの夜のことを思い出した。

士郎の優しさが身に染《し》みた。どうしてあんなに親切にしてくれるのだろう。同じ栃木出身の、死んだ母親にどことなく似ている、というだけの理由とはとても思えない。かと言って、自分のような女が下心を持たれるはずがないということもわかっている。いっそのこと、そうであってくれればと思う。もし士郎が、志木子の肉体を目的としているなら、もっと気持ちが楽になる。そんなことでお返しが出来るなら、喜んでそうさせてもらう。そうでないから困るのだ。いったい士郎には、この感謝の気持ちをどう伝えればいいのだろう。

掃除を終えたところで、買い置きの煙草《たばこ》が切れていることに気がついた。

「匠、お店で待っててね、ちょっと煙草を買って来るから」

言い残して、表通りに出た。午後の街は、行き過ぎるサラリーマンたちの足取りがいっそうスピードを増している。煙草屋でマイルドセブンとセブンスターとハイライトを一カートンずつ買って店に戻ろうとした、その時だった。

志木子は正面から歩いてくる二人連れの、右側の男に目を奪われた。

男が近付いてくる。志木子は凝視した。話に夢中で、男には志木子など目にも留まらない。

そのまま、男は志木子の脇《わき》を通り過ぎて行った。

見間違いだ。そう思おうとした。けれども、記憶ははっきりと呼び起こされていた。

あの人だ、あの人に間違いない。

振り向いた瞬間、煙草の箱が手から滑り落ちた。志木子は慌《あわ》ててしゃがみ、それを拾い集めた。それから男の後ろ姿が人波の中に消えていこうとしているのに気付き、いきなり駆け出した――。

六年前、志木子は栃木の田舎町の高校生だった。

家は兼業農家で、父親は役場に勤めていた。普段はのどかとしか言いようのない田舎町だが、夏場だけは違っていた。車で十五分ほど走らせた場所にゴルフ場が二コースと、テニスコートが十六面あり、キャンプ場の施設も整っていて、山歩きや川釣りも楽しめるということで、行楽客が集まって来る。その期間だけ、町の小さな商店街にも知らない人が溢《あふ》れた。

中学に入った頃から、志木子は夏休みになると、親戚《しんせき》のペンションでアルバイトをするようになっていた。掃除に洗濯、料理の下ごしらえと後片付け。週末や盆は特に人手が足りず、泊り込むこともあった。

ひどく暑い夏だった。雨に恵まれず、木々の葉は乾燥と埃《ほこり》で白っぽくうなだれていた。

ペンションに数人の男ばかりのグループがやって来た。一週間の滞在で、ほとんど毎日ゴルフに出掛け、夜の食事を終えると、町の小さなスナックに飲みに出てゆく。真夜中に大声で騒ぎながらペンションに戻って来て、他の家族連れやカップルの客たちからは顰蹙《ひんしゅく》を買っていた。ただ、金払いはよく、ペンションの中でもビールやウィスキーといった、割りのいいものをどんどん注文してくれるので、ありがたい客だった。

男たちはいつも賑《にぎ》やかだった。よく笑い、よく酔い、華やかに都会の匂《にお》いを撒《ま》き散らしていた。田舎で生まれ育った志木子にはその様子が眩《まぶ》しくて、まるでテレビの中のタレントたちが飛び出てきたように見えた。

その男が中心的な立場であることはすぐわかった。メンバーの誰もが男に気を遣っていたし、何かを決めるのもその男だった。たとえば「今から飲みに行くぞ」とか「今日はゴルフはやめよう」とか「ビールをもっと注文しろよ」という具合に。

志木子が給仕に出ると、よくからかわれた。何を言われてもどう言葉を返していいかわからず、いつも顔を赤くして厨房《ちゅうぼう》に駆け込むのが精一杯だった。いつの間にか「ウリボウ」とあだ名がつけられた。太った身体《からだ》で、ちょこちょこペンション内を走り回っている姿が、猪《いのしし》の子に似ているというのだった。よく「ウリボウ、氷を持ってきてよ」「ウリボウ、ごはんおかわり」などと言われた。

志木子は楽しかった。

自分が可愛《かわい》らしくないことはじゅうじゅう承知していたし、実際、同級生の男の子たちからはブスとかデブとか露骨にバカにされるような言葉を投げられたりしたが、彼らは決してそんなことは言わなかった。時には「ここに座りなよ」と、食事の席に呼ばれることもあった。彼らの存在は、大人たちの「志木子ちゃんはいい子だから」と言う慰めとも、小さい子供が「おねえちゃん、大好き」と慕ってくれるのとも、ぜんぜん違った嬉《うれ》しさだった。志木子は今まで味わったことのない、浮き立った気分に包まれていた。

そうやって一週間が過ぎ、いよいよ滞在は明日で終わりという夜中、彼らは町から酔って帰って来て、花火を始めた。

ペンションに泊まり込んでいた志木子が、部屋の窓からそうっと顔を出して眺めていると、男が気付き、手招きした。

「ウリボウ、おいでよ」

志木子は頷《うなず》き、パジャマからジャージに着替えて表に出た。彼らはみんなすっかり酔っていて、花火をぐるぐる回したり、一度に三本も四本もまとめて火をつけたりするので、志木子はハラハラしながら眺めていなければならなかった。

「あのさ、ちょっと聞いてもいい？」

男に言われて、志木子はわずかに顔を向けた。

「ウリボウって、喋《しゃべ》れないの？」

男が言ったのでびっくりした。志木子は慌てて首を横に振った。

「じゃ、何でいつも黙ったままなのさ？」

何て答えればいいのかわからなかった。

「だって」

ようやく小さく言った。

「何を喋っていいのか、わからないから」

「ふうん」

と、男は呟《つぶや》いた。それから「あっちに行こう」と不意に志木子の手を取った。どうしていいのかわからず、志木子の身体が強《こわ》ばった。

「いいだろう、行こうよ」

身体は強ばっているのに、足は男の言葉に従っていた。今から何が起こるのか、それを考えるとひどく恐《こわ》かったが、断ればきっと男に嫌われる、そのことだけははっきりとわかった。

一週間、夢のように過ごした。こんな自分が、どんな形であっても彼らの関心をひけたことが嬉しかった。明日、彼らは帰ってしまう。最後になって、今までの楽しさが覆《くつがえ》されてしまうようなことになりたくなかった。最後まで今の思いを持ち続けられるなら、これから先、自分は一生、この一週間の思い出だけを噛《か》み締めて生きてゆけそうに思えた。

恋とは、もともと違っていた。彼らの中のどのひとりに対しても、そんな感情を抱くことすら自分には許されるはずがないと思っていた。

男は志木子の手を摑《つか》んだまま、駐車場へと歩いて行く。夜のひんやりと湿った空気が足元を流れていた。男の手も、ひんやりと湿っていた。

車に乗ってから、男が言った。

「初めて？」

それから笑って「だろうな」と続けた。

「内緒だよ、誰にも」

男の言葉は、まるで秘密の呪文《じゆもん》を与えられたかのように、志木子の胸をいっぱいにした。

志木子は黙って頷いた。

「俺の嫁さんにしてあげる」

男の手がジャージにかかった――。

今ならわかる。何もかもが読める。

あの時、男の胸にあったのは単なる遊び心だ。旅の恥はかき捨て、その程度の思いだ。

けれども十六歳の、セックスが何かも知らず、自分を卑下することしか覚えさせられてこなかった少女は、自分を納得させる方法をたったひとつしか知らなかった。受け入れることだ。

志木子は誰にも言わなかった。それが男との約束だったからだ。やがて生理が止まり、自分の身体に何かとてつもない異変が起きていることを感じながらも、一言も口にしなかった。

母に問い詰められ、医者に連れてゆかれ、父に殴られ、母に泣かれ、学校をやめさせられ、遠縁の家に連れて行かれ、そこで匠を産んでも、何も言わなかった。そうして、匠がどこかよそに貰《もら》われてゆく算段がついているということを知った時、その家を出た。頼る先などあるはずもなかった。ただ、あの男が住む東京に行こうと思った。そうすれば、少しでもそばに近付けるような気がした。

東京に出てきても、いいことなんか何もなかった。いいことを期待していたわけではなかったが、親戚の家で肩身の狭い思いで暮らすよりマシかもしれないと思った。けれども大した変わりはなかった。どこに行っても肩身は狭かった。その上、食べるにも事欠く毎日だった。

それでも、志木子は男を恨んだことなど一度もない。

もし、あの人に会えたら。

ただ、その思いだけが胸の中で未《いま》だ熱く燻《くすぶ》っていた——。


男の背が人に紛れて見えなくなる。

志木子は必死に追い掛けた。すれ違う人とぶつかり「ばかやろう」と怒鳴られた。志木子は「すみません」と頭を下げ、見失うまいと目を凝らした。あの背だ、と気がついた時、男はタクシーに乗り込むところだった。

「待って！」

志木子は叫んだ。

「待って、伊島さん！」

しかし声は届かずタクシーは発進し、すぐに他の車に紛れて見えなくなった——。

店に帰ると、おかみさんが待っていた。

「どこに行ってたの、匠ちゃんひとり残して」

匠がおかみさんの膝《ひざ》にしがみついて、鼻をぐしゅぐしゅと鳴らしていた。

「すみません」

「来てみたら、匠ちゃんがひとりで泣いててびっくりしたわ」

「ちょっと煙草を買いに行ってたんです」

「三十分も？」

「すみません」

おかみさんは不安そうな目を向けた。

「どうしたの？　何かあったの？」

「いいえ」

志木子は首を振り、エプロンをはずした。

「じゃあおかみさん、掃除はみんな終わりましたんで、いったんアパートに帰ります。匠を預けてからまた来ますので」

「そう」

志木子は布袋の中にエプロンと二台のミニカーを入れ、匠の手を取った。

「失礼します」

「気をつけてね」

「はい、ありがとうございます」

外に出て、自転車の後ろに匠を乗せると、急に現実感が迫り、膝ががくがくし始めた。あの人に会えた。この東京で。本当にそんなことが起こったのだ。

「匠、あのね」

顔を向けた匠の目には、まだ少し涙が残っていた。

くっきりとした二重目蓋《まぶた》は、志木子にはないものだ。つんと尖《とが》った鼻も、きれいな曲線の顎《あご》も、みんな父親の伊島から受け継いだものだ。産まれた子供が男であったこと、その子が本当に愛らしい顔立ちをしていたことは、どんなに志木子を有頂天にさせたろう。

伊島と会ったことを、匠に伝えたかった。けれども、そんなことをしてはいけないとわかるぐらいの母親としての意識も持つようになっていた。父親というものを、まだ匠は認識していない。いったん、そういう存在があることを知らせてしまえば、今ここにどうしていないかを納得させるために、その百倍もの説明が必要だろう。

志木子は言葉を飲み込んだ。

「さっきは放っておいてごめんね。今度、ミキサー車のミニカー買ってあげる」

匠が大きな目を輝かせた。

志木子は自転車に乗り、アパートへと走りだした――。

士郎が店にやって来た。

一緒に東京タワーに出掛けてから、ずっと顔を出していなかったので、もしかしたらあの時に気を悪くするようなことをしでかしたのではないかと、志木子はいくらか気を揉《も》んでいた。

だから士郎が店に入って来たのを見て、志木子は飛んで行った。

「津久見さん、お久しぶりです。この間はありがとうございました」

「俺も楽しかったよ」

士郎がいつもの席に座ると、志木子はすぐにおしぼりを持って行った。

「ビールでよろしいですか」

「うん」

「おかみさん、ナマ中、お願いします」

厨房に声を掛け、お通しの小鉢と箸《はし》を並べた。

「それから、あの救急車もありがとうございました。匠、毎日、遊んでます」

「そうか、それはよかった」

士郎はどこか落ち着きがなかった。志木子が話し掛けても、あまり耳に入っていないように見えた。志木子も他の客のところに行ったりと、いつものことだが、せわしなく店の中を動き回っていた。しばらくして、士郎が携帯電話を手にして店を出て行った。決して聞くつもりではなかったのだが、たまたま帰りのお客さんを見送りに出て、つい話し声が耳に届いてしまった。

「だから、あなたが来るようなところじゃないですから。いや、でも、参ったな」

志木子が店に入ってから、すぐに士郎も戻って来た。残っていたビールを飲み干し、もう一杯注文し、腕時計に目をやった。

「誰か、いらっしゃるんですか?」

志木子はあいたグラスを下げながら尋ねた。

「うん、まあ、ちょっと」

そう言っているうちに、戸が開いて、女性が顔を覗《のぞ》かせた。店の客たちの視線が一気に女性へと注がれた。

華やかな女性だった。淡いピンクと黒のストライプのブラウスに、膝丈の黒のスカートをはいている。栗色《くりいろ》に染められた髪は毛先がカールしていて、少し濃すぎるかもしれないがぎりぎりのところで水商売でないと思えるような化粧をしていた。きれいな人だった。

その人は、カウンターに座る士郎に親しげに笑みを投げ掛けると、高いヒールのサンダルで近付き、隣の席に腰を下ろした。

「驚いた？」

「いや、まさか、本当に来るとは」

「津久見さんって、いつもこういうところで飲んでるの？」

志木子はおしぼりを持って近付いた。

「いらっしゃいませ、飲み物、何になさいますか」

その人は士郎のジョッキを見て「同じもの」と言った。

「おかみさん、ナマ中お願いします」

「全部は飲めないかもしれないから、半分、飲んでくださる？」

士郎は黙っている。けれども、決して嫌がっているわけではなくて、みんなの手前、恥ずかしくてたまらないといった様子だ。実際、士郎をよく知っている常連の客や、親爺《おやじ》さんやおかみさんも、いったいこの女性は誰なのか、気になってならないらしい。

奥さんだろうか。

いや、違うだろう。士郎が結婚していることは、もちろんずっと前から知っているが、想像する奥さん像とはかなりかけ離れている。

ナマ中が出て、その人は二、三ロジョッキのビールを飲んだ。それから、まだ料理も頼んでないというのに、士郎がその人に言った。

「あの、やっぱりここじゃ何ですから、ちょっと場所を変えましょうか」

「あら、私ならいいのよ」

「いや、もっと落ち着くところに」

「いやだわ、津久見さんたら、落ち着くところだなんて」

その人がくすくす笑う。親爺さんとおかみさんがちらりと上目遣いで見ている。

「とにかく、さあ」

士郎は少々強引に彼女を促した。

「しいちゃん、お会計頼むよ」

「はーい」

志木子はレジへと向かう。士郎は先に彼女を店の外に出し、バツの悪そうな顔をした。

「実は彼女、マンションのうちの隣に住んでるんだ。ほら、火事のせいで水浸しになったんだけど、補償問題とかいろいろあってさ、その情報っていうか、そういうのを聞かせてもらってるんだ」

志木子はレジを打ちながら言った。

「やだ、いいんです。津久見さんは『つるや』にとって大切なお客さんなんですから、その津久見さんが連れていらっしゃる方も大切なお客さんです」

「うん、そうか。まあ、とにかくまた来るよ」

「はい、お待ちしています。ありがとうございました」

士郎が店を出てゆく。見送りに顔を覗かせると、女性が士郎の腕に自分の腕を回すところだった。

志木子はいけないものを見てしまったような気がして、慌《あわ》てて戸を閉めた。

## 士郎

こうなることはわかっていてここまで来たのだから、今更、後ろめたいような気持ちになるのはルール違反というものだろう。

士郎はシャワーの音を聞きながら、天井に向かって煙を吐いた。

いや、後ろめたいというのとは本当は少し違っている。今から始まる許子とのセックスが、どういうわけかどこか重荷に感じるのだ。

彼女は十分に魅力的だ。男の性欲を刺激するに不足ない肉体を持っている。豊かな乳房や、張った腰、弾力に満ちた太もも。男ならみな、幸運に感謝するだろう。

もちろん士郎もそうだ。まさか、彼女とこんなふうになるとは想像もしていなかった。

それでも、やはり士郎はどこか困惑していた。彼女が隣に住む奥さんだということもある。結子に対する罪悪感ももちろんそうだ。けれど、それればかりでなく、こうなることがすべて許子の思惑通りに進められてしまったような気持ちが拭《ぬぐ》えないのだ。「つるや」で飲んでいて、携帯に電話が掛かって来た時は驚いた。「行ってもいいかしら」と聞かれて面食らった。「いいですよ」と答え、店の場所まで教えたものの、本当に店に現われた時はさすがにまずいという気がした。すぐに「つるや」を出たのは、周りの視線にいたたまれなかったからだ。

あの店では、誰もが性の匂《にお》いを放棄している。そういうものを持ち込むことを暗黙のタブーにしている。呼んだのは確かに士郎だが、入ってきた許子を見た瞬間、どうにも気恥ずかしくてたまらなくなった。それくらい、彼女は性の匂いに満ちていた。

「つるや」を出てタクシーを拾い、結局、五、六分ほど走らせてホテルのラウンジに行った。その時は、決して下心があったわけではなく、この近くで許子を案内できるような店を知らなかったからだ。

許子は人工的な色をしたカクテルを、リラックスした様子で飲んでいた。その妙に堂々とした態度に、士郎は却《かえ》ってたじろいだ。

「夜景がきれい。津久見さん、素敵なラウンジを知っているのね」

「仕事で時々、利用するものだから」

「あら、こんな所で仕事？　本当かしら」

「やだなぁ、本当ですよ」

情けないことに、会話もすでに押され気味だ。

「私は学生時代のお友達と、新宿で買物と食事をしたの」

「ああ、なるほど」

「別れてから、津久見さんの会社が近くだってことを思い出して、つい、この間教えていただいた携帯に電話をしてみたんだけど、驚いたでしょう」

その話が本当か嘘《うそ》かなんて、今更、考えても意味はない。

「ええ、まあ、少しは」

「それって迷惑ってことかしら」

許子が上目遣いで士郎を見る。

「まさか」

士郎は慌《あわ》てて首を振った。

女のこんな目を見るのは久しぶりだ。意図するものを少しも隠そうとしない目だ。男によっては、色っぽいとか、そそられると言うかもしれない。けれど、士郎はもうちょっと退《ひ》いた感じで受け止めていた。

いや、自分も若かった頃はそう思っただろう。どころか、自分の方がもっとストレートに、欲望に満ちた目で相手を見つめ返したに違いない。

「どうせなら、夕食も一緒にできたらよかったのに」

こんな時、自分の口から出る言葉に、男はどこまで責任を取らなければならないのだろう。男はサービス精神をなくしたら、きっとセックスも下手になる。

「じゃあ、今度、改めて誘ってくださる？」

「ええ、いいですよ」

他愛無《たわいな》い話をした。最近観《み》た映画とか、新しく発売されたパターは球がぶれないとか、よくある話だ。何を聞いてもこれといった共通点や、興味を惹《ひ》かれるような出来事はなかったが、こんな上滑りの会話が自分たちには似合いだった。思惑と自尊心とを交互に重ねながら、相手の反応を手探りする。問題なのは話の内容ではなく、その裏側にちらちら覗《のぞ》く駆け引きだ。

十一時近くになり、そろそろ帰りをどうするか気になり始めた時、許子はバーテンダーに、四杯目のカクテルを注文した。それから、ダウンライトの光を十分に意識した目を向けた。

「今夜も、主人は出張なの」

それは、もう選択肢はひとつしかないということだ。

もちろん、携帯に電話を受けた時から、十分にそうなることは意識していた。先日のキスの余韻が頭の後ろ側に熱く残っている。あの時、士郎の唇をたっぷりと濡《ぬ》らした彼女の唾液《だえき》は、そのまま、彼女のあそこを濡らす体液を連想させた。

「このホテル、きっと部屋からの眺めもいいんでしょうね」

士郎は窓に目をやった。そばで見れば身も蓋《ふた》もない新宿のネオンも、ここからだと詐欺《さぎ》のようにロマンチックだ。

許子はゆったりと笑い、予《あらかじ》め用意していたように答えた。

「見てみたいわ」

――バスローブをまとった許子がシャワー室から現われた。

「ああ、すっきりした」

化粧もほとんど落としてしまったようだが、改めて薄くし直したのかもしれない。顔の印象がぼやけていない。むしろ、もっと若々しくなった。素足が白く、きれいだった。

入れ代わりに士郎がバスルームに入った。湯気で鏡が曇っていたが、床が水浸しになっているようなことはなく、足拭《ふ》きマットもちゃんとバスの縁に掛けてあった。着ているものを脱ぎ捨てて、シャワーを浴びた。一瞬、ホテルの石鹸《せっけん》は匂いがきついからやばいな、と思い、すぐに帰る家は独身寮だったことを思い出した。

バスルームから出ると、窓際《まどぎわ》のソファに許子が座っているのが見えた。テーブルにはエビアンのボトルが置いてある。窓のカーテンが全開になっていて、ガラスに士郎の姿が映っていた。

タオル地のバスローブはサイズが大きく、やけに自分が貧相に見えた。

「期待通り、すごくきれい」

許子がゆっくり振り向いた。窓に広がるネオンが、許子を華やかに縁取っている。

その瞬間、士郎の胸の中に広がったのは、情けないことに「勃《た》つか」ということだった。

いや、すでにペニスは十分に反応している。確かに、ここしばらくセックスしてないが、勃たないなどと不安がるほど老いてはいないはずだ。

けれど、許子の顔には、これから始まるセックスへの大きな期待が窺《うかが》えた。女はいつから、こんなに露骨に欲望をあらわにするようになったのだろう。いや、セックスは男が主導権を握っているという、馬鹿《ばか》げた幻想を未《いま》だ士郎自身が持ち続けていたということなのだろう。

許子がソファから立ち上がった。士郎は近付いて来る許子の身体《からだ》を抱き止めた。唇が重なると、唾液が柔らかく流れこんで来て、また頭の後ろがジンと痺《しび》れた。右手で腰ひもを外し、バスローブを許子の肩から滑り落とす。下には何も着けてない。士郎は身体をわずかに離して、許子を眺めた。

「きれいだ」

士郎は心から言った。本当にきれいだった。他人の女、他人の女房は、たぶんそれだけで、きっと三割は美しく見える。

士郎は許子の乳房を包んだ。指先で乳首をなぞるとすぐに堅く尖《とが》り、許子はわずかに声を上げた。それから指先をもっと下へ移動させ、奥へと滑り込ませた。そこはすでに十分に溢《あふ》れていた。

士郎の興奮が高まってゆく。けれど、その中にわずかに滲《にじ》む失望のようなものも否《いな》めない。

それはたぶん、自分が許子をモノにするのではないという思いだ。自分は許子にモノにされるのだ。

「ねえ、ベッドに行きましょう」

士郎は一瞬、修業に出るような切羽詰まった思いにかられ、神妙な顔つきで頷《うなず》いた――。

そんなことがあったからと言って、翌日、結子に「飯でも食わないか」とつい連絡を入れてしまうなど、自分もまったく気の小さい男だと笑ってしまいたくなる。

前から知っている銀座の割烹《かっぽう》で待ち合わせた。五分ほど遅れて入って来た結子を見て、士郎はいくらか驚いた。自分の妻に抱く感情としては馬鹿馬鹿しいかもしれないが、結子はやけにきれいになっていた。髪が少し伸びたのか。痩《や》せたのか、いや、逆に太ったのか。化粧法を変えたのか、知らない服なのか。

結子が隣に座り、士郎はグラスにビールを満たした。

「何かあった？」

結子が瞬《まばた》きしながら、士郎に顔を向けた。

「いきなり、何なの？」

「いや、何もないならいいんだけどさ」

「何かって、何？」

そう言われると返答に詰まる。

「別に何ってわけじゃないけど」

「何もないわよ、変な人ね」

結婚して七年だが、互いに仕事をしているということもあり、ふたりで外で食事をすることは割と多い方だと思う。何も話すことがない時もあるが、それはそれでいい。無言の時間も負担にならないくらいの夫婦としての年季は入っているつもりだ。いつも話すことがある、という夫婦の方が、士郎にしてみれば何だか気持ち悪い。

「昨日、マンションに行って来たわ」

結子がビールを飲み干し、自分で注《つ》ぎ足した。ついでに、士郎のグラスも満たした。

どきりとした。昨日であれば、どう考えても許子と顔を合わせることはないはずだが、つい、探るような口調になった。

「どうだった？」

「中はほとんど片付いてたけど、内装はぜんぜん手が付けられてなかったわ」

「そうか」

　ホッとして、士郎はグラスを口に運んだ。

「士郎、管理会社の方はどう言ってるの？」

「相変わらず埒《らち》が明かないって感じだよ。この間電話した時は、管理会社と大家の間でも揉《も》め始めていて、下手をすると訴訟にまで発展するかもしれないなんて言ってた」

「じゃ、私たちはどうなるの？」

「そうだなあ」

　もし結子が、新しい部屋を探したいと提案したらどうしようかと考えた。あのマンションで暮らせるようになるには、まだかなりの時間がかかるだろう。住心地はよかったが、所詮《しょせん》は賃貸だ。何もあのマンションに執着する必要はない。ましてや、許子とややこしい関係になってしまった以上、平然と今までと同じような隣同士の付き合いができるほど肝は据ってない。別の部屋を見つけるのが自然と思えた。

また、ふたりの生活が始まる。

つい、小さく息が漏れた。もちろん、戻るのが嫌なわけじゃない。結子との生活に何ら不満はない。ただ、もう少し、猶予《ゆうよ》が欲しかった。この別居が解消されれば、たぶん二度とこんな暮らしは味わえないだろう。本音を言えば、今の快適さをもうしばらく楽しみたいという気持ちがあった。

結婚前、結子と別れてひとり独身寮に帰るのが侘《わび》しくて仕方なかった。結子と暮らしたい、結子の待つ家に帰りたい、その思いから結婚を急《せ》かしたのは自分の方だ。それが今、独身寮に帰るとホッとするというのは、あまりに身勝手だろうか。

もちろん、結子が今すぐにでも新しい部屋を探したいと言うなら、反対はしない。そのことで結子と揉めるつもりはまったくない。

「じゃあ、しばらくはこのままね」

あっさり結子が言ったので、士郎は拍子抜けした。

「何だ、それでいいのか？」

あら、というように、結子は少し眉《まゆ》を顰《ひそ》めた。

「別にいいってわけじゃないのよ。あなたが別のマンションを探すつもりでいるなら、もちろんそれでもいいと思ってるわ」

「いや、まあ、もう少し様子を見てからにしようって、俺も思ってたんだけど」

「よかった」

「よかったって、何だよ」

「いやね、別に意味なんかないわよ」

どうやら、結子も今の生活を楽しんでいるらしい。だからこそ出た言葉だろう。そうと分かれば分かったで、士郎の気持ちに細かな泡のようなものが湧《わ》き立って来た。結子は今、調布の実家でどんな生活をしているのだろうか。

「私、日本酒にするわ。熱燗《あつかん》でお願いします」

「いいね、俺もそうしよう。それから、だし巻玉子とみりん干しをもらおうかな」

「やだわ」

「何が」

「それ、今、私も頼もうと思ってたところ」

「そうか」

少し、結子は黙った。熱燗が出てきて、士郎は結子と自分の杯を満たした。

「あなたと私って、好きな食べものが似てるのよね」

「そうかな？」

「ケーキよりかは和菓子が好き。フライにかけるのは絶対に醤油《しょうゆ》。サラダなら、レタスよりもキャベツの千切りよね」

「こうやって聞くと、笑っちゃうね」

「体質的にも似てるの。お互いに花粉症だし、寒がりだし。雨が降る前の日は頭が痛くなったりとかね」

「結婚すると、夫婦は似るっていうのは本当かもな」

それから、士郎は結子の顔を見直した。

「何だよ、似てるのが不満なのか」

「そうじゃないわ、ただ、私たちって離れて暮らしていても、お互い似たような生活を送ってるんだろうなって思っただけ」

「似たような生活か」

結子が杯を唇に運ぶ。爪《つめ》がやけにきれいだ。マニキュアはいつもしているが、今まではどちらかと言うと目立たない色を好んでいた。それが、妙に明るい色に変わっている。

結子の言うように、もし、自分たちが似ているのなら、結子もまたどこかの男と何かを始めているのだろうか。

よその男。

その想像は、いくらか士郎を興奮させた。士郎にとっては、女というよりすでに肉親に近い結子だが、他の男からすればまだまだ興味の対象となりうるのだろうか。その髪に触りたいと思われたり、服の下のことを想像されたりするのだろうか。

ふと、どうして結子とセックスしなくなったのだろうかと考えた。慣れか、飽きか、それとも照れなのか。

「どうしたの？」

「いいや、何でも」

士郎は慌《あわ》てて日本酒を口に運んだ。

することと自体は同じでも、夜景の美しいホテルの部屋で行なわれることと、見慣れた天井や取り込んだ洗濯物が山になった部屋で行なわれることとは、まったく質の違うものだ。前者はまぎれもなくセックスだが、後者は食事や睡眠と同じラインに並ぶものだ。生活とセックスを同じレベルで扱わなければならない毎日は、どこかでひどく鈍感になるしかないように思う。

セックスがしたくなくなる。生活とはそんなふうにできている。

店で二時間ほど過ごして、それぞれの家に帰るため駅で別れた。

「じゃあね」

「ああ」

歩きだしてから、ふと士郎は足を止め、振り返った。人波を抜けてゆく結子の後ろ姿が見えた。ひどく足早だ。今まで士郎と一緒だったことなどすっかり忘れてしまったように見えた。結婚前は、こうして振り向くと、よく結子が立ったまま見送ってくれていた。そのたび、別々に帰らなければならないことがつらくて早く結婚したくてたまらなかった。

ふと、振り向かなければよかったな、と思った——。

携帯電話に志木子から電話が入ってびっくりした。ちょうど同僚たちと一緒に昼食を食べようと、蕎麦《そば》屋に入ろうとしたところだった。

「すみません、電話なんかして」

「いや、いいんだ、何かあったの？」

士郎は同僚たちに先に入るよう促して、自分は通りに残った。

「あの、少し、相談に乗っていただきたいことがあるんです。ご迷惑だってことはよくわかってるんですが、頼れる人は津久見さんしかいなくて。親爺《おやじ》さんやおかみさんにもちょっと言いにくいことなので……本当にすみません」

そこまで頼られるのは、そう悪い気分ではなかった。

「そんなことはいいんだけど、もしかして、店を辞めたいとかそういうこと？」

「いいえ、とんでもないです。『つるや』ではずっと働かせてもらいたいと思ってます」

「そうか」

いくらかホッとした。「つるや」の夫婦からは今もよく「いい子を紹介してくれた」と感謝されている。志木子が辞めたりしたら、どんなにがっかりするだろう。

「実は、匠のことなんです」

「わかった。力になれるかわからないけど、俺でよかったら何でも話してくれていいんだ。えっとどうしよう、お店じゃやっぱりまずいだろう」

「できたら、土曜か日曜にお会いできると嬉《うれ》しいんですけど」

「俺は構わないよ。じゃあ今度の土曜日はどう？」

「はい。場所はうちでもいいですか？」

「え……」

「この間、東京タワーに連れて行っていただいたお礼もしてないままで、ずっと気になってたんです。もしよかったら、うちにいらしてください。大したものもできませんけど、夕ごはんを食べて行ってください」

アパートはまずいのでは、と、考えること自体、滑稽《こっけい》に思えた。自分と志木子の間に何か起きるはずがない。

「じゃあ、そうさせてもらおうか。六時でいいかな」

「はい、待ってます」

電話を切って暖簾《のれん》をくぐろうとすると、再び、携帯が鳴りだした。

「もしもし」

「お元気？」

「え？」

一瞬、面食らった。

「今夜、大丈夫かしら？」

許子だ。士郎が断るわけがないという、彼女の声はすでに自信に満ちていた。それに反発を感じながらも、士郎は自分でも情けないくらい気弱な声で答えていた。

「ええ、もちろん」

「じゃあこの間のホテルのラウンジに、八時でね」

「わかった」

「楽しみにしてるわ」

士郎は携帯を切り、胸ポケットに押し込んだ。

許子の白い裸身が脳裏に浮かぶ。あの夜、あの身体《からだ》をどんなふうにしようと、許子は少しも拒否しなかった。あんなことも、あんなことも、あんなことも許された。けれど今になってみると、士郎が許子にしたすべてのことは、実は彼女のして欲しかったすべてのことではなかったかと思う。

それでも、すでに興奮は始まっていた。許子をいいようにしながら、実は、いいようにされている自分を、どこか自虐《じぎやく》的な気持ちで眺めながら、士郎はゆっくりと蕎麦屋の暖簾をくぐった。

## 陸人

気がつくと、陸人は結子を目で追っていた。

つい先日まで何の感情も抱いていなかった相手に、こんなふうに意識を奪われていることに、陸人はすっかり戸惑っていた。セックスというのは、ここまで気持ちに変化をもたらすものだろうか。

逆のケースなら経験がある。好きだったはずの女とそうなったとたん、何だか憑物《つきもの》が落ちたみたいにどうでもよくなってしまう。それだけならまだいい。身勝手だと思いつつも、顔も見たくないくらい鬱陶《うっとう》しくなってしまう。世の中はたぶん、その確率の方が高いのではないかと思う。

改めて考えるまでもなく、結子は九歳も年上の人妻ではないか。

そのことを自分に言い聞かせてみると、まったくその通りだと頷《うなず》く自分がいるのだが、気がつくと、また結子を目で追っている。

それにしても、どうして彼女はあんなに平然としているのだろう。もしかしたらあの夜のことは酔って記憶にないのではないか、と疑ってしまいたくなる。

陸人は手元に視線を落とした。製図は朝から白紙のままだ。いいや、あの夜から頭の中がどうにも散らかってしまい、アイデアというものがまったく浮かんで来なかった。

何をしていても、つい、陸人はあの夜のことを考えてしまう。

自分の腕の中で、結子は静かに、けれど確かに昇り詰めていった。わずかな明かりの中で、見たこともない淫《みだ》らな結子の表情が薄く浮かんでいた。結子にあんな顔がある、その驚きは陸人の興奮をいっそうかきたてた。結子が女だということはもちろん知っていたが、事務所でいつも着ているシンプルなパンツスーツの下に、あんな柔らかな乳房や、潤《うるお》いに満ちた場所が隠されているとは想像もつかなかった。今まで、結子を女として意識していなかった分、女であるということが強烈に迫って来るのだった。

「島原くん」

向かいの席から結子が呼んだ。

「あ、はい」

陸人は驚いて顔を上げた。

「帰り、時間ある？」

「ええ」

戸惑いながら頷く。

「銀座のデパートで沖縄展をやってるの。琉球《りゅうきゅう》ガラスも出てるみたいなんだけど、見に行かない？」

陸人は即座に承知した。

「行きます」

結子はわずかに頷き、すぐに仕事を再開した。椅子《いす》から少し腰を浮かせて、気付かれないよう結子の図面を覗《のぞ》き込むと、パフューム壜《びん》のラフがいくつか描かれている。結子はちゃんと仕事が手についているようだ。こんな状況で、どうしてこうも落ち着いていられるのか。やっぱりあの夜のことは、記憶にないのかもしれない。

六時少し前に、ふたりで事務所を出た。

銀座へと向かう地下鉄は帰宅ラッシュと重なって、どうしても身体が触れ合ってしまう。陸人は思わず反応してしまいそうになる自分を抑えるのに苦労した。まるで高校生レベルだと、我ながら情けなかった。

目当ての沖縄展は、期待したけど琉球ガラスが展示されていなくてがっかりした。それも工芸品というより、お土産《みやげ》に近いものばかりが並べられている。それでも、結子は熱心に手に取って眺めている。陸人はつい、ガラスより結子ばかりを眺めてしまうことになった。

沖縄展を出て、結子が振り返った。

「何か食べて行きましょうか」

「ええ」

陸人は短く答えた。自分の口調が、今、どうにも不機嫌になっているのが自分でもわかった。怒る理由など何ひとつないのだが、平然としている結子を見ていると、ひどくささった気分になった。何かを話したわけではないのに、話をはぐらかされているような気分だった。

並木通りに入ってから、結子が困ったような声を出した。

「この間、この近くの割烹《かっぽう》に行ったの。確かこの辺りのはずだったんだけど、やだわ、どこだったかしら。結構いい店だったのに」

「こんなこと聞くのも何ですけど、ご主人と一緒に？」

「そうよ」

さらりと答えが返って来て、陸人は足を止めた。

「そういうところに、僕と一緒に行こうとする神経がわからない」

結子が足を止めて、振り返った。

「不愉快？」

「当然でしょう」

陸人と目を合わせ、すぐに結子は頷いた。

「そうね、悪かったわ、じゃあ他の店にしましょう」

陸人は自棄《やけ》な気分で、すぐ目の前にある居酒屋を指差した。

「ここにしよう」

そのまま、結子の返事も聞かず勝手に入って行った。入ってから、サラリーマンでも気軽に入れそうな店だということがわかって、多少ホッとした。

壁ぎわのテーブル席に向かい合って腰を下ろした。生ビールを頼んで、それが出されると、陸人は何も言わず、すぐさま半分ほどをあけた。

グラスをテーブルに置くと、落胆したような結子の顔とぶつかった。

「それが島原くんのやり方？」

「え……」

「だったら私、帰るわ」

静かだが厳しい口調で言われて、陸人は悄気《しよげ》た気分になった。

「いや、悪かった、ごめん」

素直に謝ると、ようやく結子の口元に笑みが戻った。

「じゃあ、まずは乾杯からね。お疲れ様」

「お疲れ様です」

互いのジョッキを合わせて、乾杯をした。結子はもういつもの結子の表情に戻っている。陸人は小さく息を吐いた。

「ガキみたいだと、思ってるんでしょう？」

「そうね」

言ってから、結子は少し考え込んだ。

「私ね、男の人が自分のこと『ガキ』って呼ぶの、本当はあまり好きじゃないの」

陸人はますますうなだれたくなった。

「だって、そういう時は大抵、言い訳だから。自分の都合が悪くなると、すぐ『男はガキなんだから大目に見てくれよ』という使い方をするでしょ。でも、本当のガキって、つまり私は少年ってことだと思うんだけど、少年は、自分の少年の部分を恥じてると思うのね。だから、大人みたいに都合よく言い訳に使ったりしないわ」

「僕も今、都合よく使ったかな」

尋ねると、結子はゆっくりと首を左右に振った。

「いいえ、島原くんは今、すごく自分を恥じてるって顔をしたわ。本当に少年みたいだった」

結子に褒められる、ただそれだけで、こんなにも嬉しく思う自分が滑稽だった。

「でもね、今はそんなことより、仕事の話をしたいんだけど、いいかしら」

不意に、結子は呆気《あっけ》ないくらいにいつもの結子に戻っていた。

「そうですね」

結子がそう言うなら、そうするしかない。

「今日、社長から、ラフでいいから数案提出して欲しいって言われたわ」

確かに、期限は近付いている。

「それでね、いくつか思いついたのを描いてみたの。それを島原くんに見てもらおうと思って」

結子は、自分の足元に置いていたA4サイズの製図バッグから「これなんだけど」と、数枚のデッサンを取り出した。

「ちょっと雰囲気の対照的なのを描いてみたの。柔らかい印象のとシャープなの、可《か》愛《わい》らしいのと大人びたの、正統なのと遊びが入ったの」

陸人はそれらを一枚一枚、丁寧に眺めた。いかにも結子らしいデッサンだ。どれも繊細で、美しく、意志がある。女性の求めているものをよく知っているという気がする。ラフの段階だが、この中のどれを選んでも社長はたぶんOKを出すだろう。

ただ、陸人の頭の中には、それとはまったく別のことが渦巻いていた。どうして、彼女はこんな時に仕事ができるのだろう。自分はあれからまったく集中力を失って、たった一枚の絵も描けないというのにこの対照的な有様はどうだ。自分があまりにも腑甲斐《ふがい》ない男のように思えた。

「どれもいいんじゃないですか」

結子は黙った。今の言い方は少し投げ遣《や》りだったかもしれないと思い、慌《あわ》てて言い直した。

「どのデッサンも、それぞれに個性があっていいと思います」

結子は陸人の手からデッサンをあっさりと引き抜き、バッグにしまった。

「いいわ、もう」

その顔には落胆が色濃く滲《にじ》んでいた。

「そんな御座《おざ》なりな言葉が聞きたかったんじゃないわ。ちゃんと反発して欲しかったの。ここが違うと言ってもらいたかったの。そうでなければ、共同デザインする意味がないでしょう」

陸人は黙った。

「私が何を言いたいか、わかってるんでしょう」

「ちゃんと、仕事をしろってことでしょう」

「ええ、そうよ。私たちに、何て言うか、そういう思いがけないことがあったからって、仕事に支障をきたすようなことにはなりたくないの。そういうの、私が自分を許せないの。きちんとプロでありたいの」

「僕だってプロです」

「そうね」

「あなたから見れば、まだひよっこかもしれないけれど」

「キャリアなんて関係ない仕事だってことは、誰より知ってるつもりよ」

「わかりました。すみませんが、ちょっと待ってくれますか。今、頭をプロに切り替えます」

陸人は立ち上がり、直立不動の姿勢を取って、思い切り頭を振った。背伸びをし、ついでに大きく深呼吸した。そんな陸人を呆《あき》れたように結子が眺めている。もちろん店員や客もだ。

「お待たせしました。プロモードに切り替わりました。さっきのラフ、もう一度見せてもらえますか」

結子が笑いながら再び絵を取り出した。彼女の目尻《めじり》に小さく皺《しわ》が寄っている。きれいだな、と思った。女の人のつるんとした肌に惹《ひ》かれはしても、皺に目が止まるなんてことは今まで経験したことがない。

「素材は琉球ガラスですか？」

「ええ、そのつもりなんだけど、どう思う？」

「さっき見たのはどうも土産ものっぽくて、僕にはちょっと」

「確かに、あれは物足りなかったわね。でも、私はいつだったか、テレビのドキュメントだけど製作段階から見たことがあるわ。あのガラスには独特の温《ぬく》もりがあるわ。それはきっと再生されたガラスだからじゃないかと思うの。細かい気泡が入っているっていうのもどこか幻想的だわ」

陸人に、結子の想像が緩やかに伝わって来た。

「海ですね。それも深海だ。何百年、もしかしたら何千年も海の底をゆっくりと流れているという海洋深層水」

結子が頷《うなず》いた。

「そう、まさにそんなイメージなの」

「いいですね」

陸人の言葉に、結子が身を乗り出した。

「本当にそう思う？」

「ええ、御座なりでも何でもなく」

結子が表情を崩した。

「私たち、もしかしたら、ようやく共通点を見つけられたのかしら」

「かもしれませんね」

深い海の底に流れる豊かで清らかな海水。確かにそれはパフュームの印象と一致する。その器とするには、イメージから言っても、琉球ガラスがふさわしいのは確かだ。

「でも、さっきのラフを見た限りでは、今ひとつ物足りない気がします」

結子が眉《まゆ》を曇らせた。

「あら、言ってくれるじゃない」

「すみません。津久見さんのイメージを聞いたら、急に僕も膨らんで来ちゃって」

「あなただったら、どんな形を考える？」

「すぐ頭に浮かんだのは、貝ですね」

「貝？」

結子は目をしばたたいた。

「貝って、あの貝？」

「ええ、もちろん」

「巻貝みたいな？　繊細な感じの？」

「いや、ころんとした二枚貝」

「それは壜とは言わないんじゃないの」

「壜って発想自体、つまらないと思うんです。そう思うから、みんな結局は似たような形になるんです。手のひらで包めるものとか、その辺りに転がっていても愛らしいもの、そんな感じに捉《とら》えてみるのはどうですか」

結子はしばらく考え込んだ後、ゆっくりと顔を上げた。

「そうね、悪くないかもね。琉球ガラスの温かい感じも、むしろころんとした形の方がいっそう引き立つかもしれないわ」

それからしばらく、料理を注文するのも忘れて話し込んだ。いったん、思考にスイッチが入ると、面白いほどにどんどんイメージが膨らんでゆく。テーブルに用紙を広げ、デッサンまで始める始末だった。

先に気付いたのは結子の方だ。そうだ、結子は何だって自分よりいつも先に気付いてしまう。

「ねえ、続きは明日にしましょうか」

「でも、せっかく」

「お店の人が睨《にら》んでるわ。一時間以上もここに座って、頼んだのは生ビールだけじゃね」

「ああ、忘れてた」

互いに顔を見合わせて苦笑した。それから何品か料理を頼み、ビールを追加した。ようやく陸人もリラックスした気分になっていた。

「何だかんだ言っても、やっぱり島原くん、仕事が好きなのね」

「津久見さんだって」

「結局、これがいいんだわ」

「何が？」

「私たち、こうして仕事の話で意見を闘わせているのがいちばん似合いだってこと」

もしかしたら、そうなのかもしれないと陸人も思う。けれど、今の結子の言葉の中に、どこか自分自身に言い聞かせているようなニュアンスを感じたのは、自惚《うぬぼ》れだろうか。

更に一時間ほど過ごして、居酒屋を出た。駅に向かって歩きながら、陸人はまた、言い知れない苛立《いらだ》ちのようなものを感じ始めていた。このまま駅に着けば、たぶん、結子は躊躇《ちゅうちょ》なく「じゃあ」と別れを告げるだろう。それを言われた時の自分を想像した。たまらない気がした。

やがて駅に到着し、結子の唇が予想通りに動こうとする前に陸人は言った。

「僕のところに来ませんか」

結子は黙った。ずいぶんと長い沈黙だった。行き過ぎる通行人が、立ち止まったままでいるふたりに迷惑そうな目を向けたが、そんなことには構っていられなかった。

ようやく結子が口を開いた。

「一度目は事故だわ」

すぐには、結子が何を言っているのかわからなかった。

「ものはずみとでも、成り行きとでも、過《あやま》ちとでも、何とでも理由がつけられるわ。でも、二度目となればそうはいかない。確信犯だわ」

陸人は首を振った。

「事故とも、ものはずみとも、成り行きとも、過ちとも、僕は思ってない」

また、結子が黙る。

「困ったわ」

その声は子供のように不安に満ちていた。

「何が？」

「あなたにそう言われて、私、とても嬉《うれ》しく思っているから」

「それの、どこが困るんだろう」

「わからない？　選択肢は私にはないのよ」

「どうして」

「ねえ、私にいろんなこと尋ねないで。答えたくないことまで、口にしてしまいそうだから」

「あなたが年上で結婚してるから？　まさか、そんなことじゃないですよね」

「そう言われると、そんなことは大したことじゃないように思えてくるのが、怖いわ」

「それは、本当に大したことじゃないからだ。あなたが自分に選択肢がないと言うなら、僕が決めます。あなたは今から一緒に僕の部屋に行くんだ」

「その前にひとつだけ言わせて」

「まだ、何か？」

「事務所では、あれじゃいけないと思うの」

「え……」

「あのね、あんなに私のこと、見ないで欲しいの」

陸人の方が狼狽《うろた》えた。

「気づいてないと思ってたのに」

「気づいてないのは、島原くんの方だわ。あなたと決して目が合わないのは、私があなた以上に、あなたを見ているからよ」

陸人は感動すらしていた。控えめだが、今確かに、結子は陸人に対する思いを告白したのだ。

陸人は結子の手を摑《つか》んだ。

「行こう」

本当は、今ここで、抱き締めたかった――。


週末の夜。

陸人は飼い主にほとんど関心を示さない気紛《きまぐ》れな二匹の猫をのんびりと眺めていた。猫砂も替えたし、猫草も新しく買って来た。二匹とも幸福そうに毛繕《けづくろ》いに余念がない。

人見知りする猫に対しての結子の接し方も、陸人は好きだった。この部屋に何度か女の子も遊びに来たことがあるが、大抵、大げさに「可愛《かわい》い」とか「抱かせて」と言って騒ぐので、猫たちは怯《おび》えて本棚の上や、机の下へと逃げ込んでしまう。その点、結子は、淡々と接した。猫が嫌いなのではなく、結子に言わせると「好意を示す権利があるのは猫の方」ということらしい。いかにも彼女らしいやり方だ。

電話が鳴り始めた。

「俺だよ」

受話器を取ると、その向こうから聞きたくもない声が流れて来た。相変わらず、伊島貴夫の話し方は傲慢《ごうまん》で鼻につく。

「ああ」

「何で来ないんだよ。留守電に入れておいたろ、今夜のこと」

「仕事があるんだ」

「いつものメンバーが集まってるんだ。女の子もかなり上物《じょうもの》が揃《そろ》ってる。すぐ来いよ」

「だから、仕事があるんだ」

「そんなの、どうにかしろよ」

苛々した口調で貴夫は言った。

もしかしたら、かつての自分ならその言葉に屈していたかもしれない。

「悪いが行かない」

その言葉は、相当、貴夫の気分を損なわせたようだった。

「おまえ、最近、変わったな」

すでに酔っているのだろう。言葉尻に絡《から》むような粘っこさがある。

「あんなオバサンと付き合ってるから、おまえまでオッサンっぽくなるんだよ」

「余計なお世話だ」

「物好きもいい加減にしておけよ」

「関係ないだろう」

貴夫はドスの利《き》いた口調になった。

「何だ、そのエラそうな口のきき方は。俺がおまえをどれだけ助けてやったか忘れたのか」

また、これだ。

「貧乏学生だったおまえに、どれだけ飲み食いさせてやったと思ってるんだ。おまけに就職試験に全部落ちたおまえを、結局は親父《おやじ》の息のかかった会社に潜り込ませてやったのも俺じゃないか。恩を仇《あだ》で返すってわけか」

陸人は黙った。貴夫の言っていることに間違いはない。ただ、その報酬は十分に払ったはずだ。使い走りのようなことをどれだけさせられたか。貴夫が使うコンドームを買いにやらされたこともある。追突事故を起こした時も、免停になるという貴夫の身代わりになった。恋人だった女も奪われた。もうたくさんだ。もう、顔も見たくない。

「とにかく、俺は行かない」

言い切って、陸人は電話を切った。

結子

女として、自分はどの程度のものなのか。

そんな呪縛《じゅばく》から逃れられるのは、いったいいつなのだろう。

愛想のいい笑顔、寄せて上げた胸、細くくびれたウェスト、長い髪、色っぽい仕種《しぐさ》、マニキュアに彩《いろど》られた爪《つめ》、引き締まった足首、なめらかな肌、長い睫《まつげ》……そんなもの下らない、人としての価値には何の関係もないと切り捨ててしまえれば、どんなに潔《いさぎよ》い女になれるだろう。

結子は鏡を見ている。オフィスの洗面所は身も蓋《ふた》もない蛍光灯が付いていて、ストレートな明かりが結子の肌を晒《さら》している。

思わず小さなため息がもれた。

こんな顔で陸人のすぐ間近で仕事をしているのかと思うといたたまれない気分だった。この目と口の周りの小ジワを何とかできれば。けれども隠そうとファンデーションを塗るといっそう目立ってしまう。いっそのこと素顔でいた方がマシなのではないかと思うが、そうすると頬にうっすらと浮いたソバカスとシミが隠せない。顔全体のくすみも気にかかる。

年より若く見える、と時々言われる。そのことを真に受けるつもりはないが……いや正直に言えば、多少の自信は持っていた。少なくとも、同い年の友人たちが何人か集まれば、その中では一番か二番に若く見えるはずだ。けれども九歳も年下の陸人と較《くら》べると、年齢の差は歴然とでてしまう。

オフィスの中で陸人の視線を感じる時、甘美な思いといたたまれなさの狭間《はざま》に揺れて、結子はつい無表情になった。見て欲しい、でも見ないで欲しい。そんな両極の切々とした気持ちに追い詰められて、ついわざと背を向けたり、顔をそむけたりした。それが陸人には不機嫌と映るらしく、いつも落胆したように手元に視線を戻しているのがわかる。そうするしかない結子の気持ちを理解して欲しいと望むのは、やはり若い陸人には無理なのだろうか。

かつて、そう、もうずっと前、士郎と社内恋愛をしていた頃、結子はいつも士郎の目に止まるよう自分を意識していた。士郎が今、オフィスのどこで何をしているかを把握し、そこから自分がどんなふうに見えるかを考えた。横顔を見られるなら髪を耳にかけた、後ろ姿なら背筋を伸ばした、足だけなら指先まで神経を行き渡らせた。自信があったのだと、今はわかる。見られることへの自信だ。あの時は自信などとは思っていなかった。もっと単純に、士郎に見つめられたいと思っていた。見つめられることが、つまりは自信に繋《つな》がっていった。

けれど今は、見つめられればられるほど、いたたまれなくなる。陸人がいつ、本当のことに気付いてしまうかと、落ち着かない気持ちになる。

魔法は不意にとける。とけたとたん、陸人があの情熱的な目で言い募った「きれいだ」も、苛立《いらだ》った表情で首を振った「年なんて関係ない」も、すべてが白日の下に晒されるだろう。陸人は結子を見て思うはずだ。「やっぱり年は隠せない」。そうして自分が何をどう誤解していたかを知る。それが、実にリアルに想像できるのが、結子は情けなかった。

「津久見さん、島原くん、ちょっとこっち来てちょうだい」

社長の声に結子は思わず顔を上げ、同時に席から立ち上がった陸人と顔を見合わせた。今朝、社長に提出したデザイン画の件だということはもちろんわかっていた。

並んで社長室に入ると、唇の両端をきゅっと上げて、社長はふたりを交互に見比べた。

これは機嫌のいい証拠だ。思った通り、社長の表情がにこやかに崩れた。

「いいじゃない」

ホッとした。陸人からも緊張感が抜けるのが感じられた。

「ずいぶん焦《じ》らされて、一時はどうなることかと思ったけれど、これなら満足よ。細かい気泡の入った深いブルーの琉球ガラス、ころんとした二枚貝の壜《びん》。いいじゃない、素敵だわ、夢があるわ」

社長のいいところは褒め惜しみしないところだ。もちろん、それは叱《しか》り惜しみしないということでもある。ストレートな物言いは、時に腹が立つこともあるが、仕事をする上では扱いやすい経営者と言えるだろう。

「すぐに試作品を作ってちょうだい。それで、沖縄にはいつ行くの？」

えっ、と思った。

「もちろん、琉球ガラスは本場の工房で作ってもらうでしょう。早い方がいいわ。どうなの、ふたりの予定は」

「僕はいつでも構いません」

陸人が答えた。

「津久見さんは？」

「私は……できれば、もう少し準備の時間をいただけたらと思ってます。まだラフの段階で、具体的なことは何ひとつ詰めてませんし、沖縄のガラス工房の情報も持ってませんし」

結子は曖昧《あいまい》に答えた。隣に立つ陸人がいくらか不満げな表情をしているのが感じられた。

「まあ行くとなれば、それなりの準備も必要だろうけど。でも、早目に段取りはつけて欲しいわね。何とかなる？」

「わかりました」

「それで島原くんもいいかしら？」

「もちろんです。僕もガラス工房をいくつか当たってみます」

「そう、じゃあそういうことで、試作品、期待してるわ」

社長室を出ると、陸人が短く呟《つぶや》いた。

「楽しみだな」

顔を向けると、子供のようにはしゃいだ表情をしている。

「試作品ももちろんだけれど、ふたりで沖縄に行けるのも」

「ええ……」

頷《うなず》いたものの、結子はどこかしら憂鬱《ゆううつ》な思いが広がっていた。いや憂鬱というのとは少し違う。自分自身への戒め、ブレーキのようなものかもしれない。

陸人がてらうことなく、無防備になってゆくことに困惑していた。こんなふうであってはいけないはずだ。こんなふうに付き合う関係ではないはずだ。

じゃ、と短く言って、陸人が自分のデスクに戻って行き、結子も席に腰を下ろした。

陸人と思いがけず関係を持ち、ただ関係しただけでは終わらず、その後も何度か夜を過ごし、すでに、身体《からだ》以外の繋がりも意識するようになっていた。そうなった今、結子は一種の怖《おそ》れのようなものを感じ始めていた。

果たして、以前の自分に戻ることができるのか。

陸人とのセックスそのものの快楽も、もちろん結子を興奮させる。けれどもそれだけではない何か、たとえば、夫の士郎にとっては興味すらなくなった結子の身体に、陸人はこれほどまでに激しい欲望を感じているということ。そうして、その欲望を満たすことだけを陸人は望んでいるのではなく、自分の快楽よりも先に、結子を喜ばせたいと思っていること。どうすれば結子が感じるか、どうすれば満足するか、指や舌やそれ以外のさまざまなものを使って、いじらしいほど真剣にそれを実行する。男が愛撫《あいぶ》に手を抜き始めることと、愛が冷めることとをすぐ結びつけるほどもう子供ではないつもりだ。けれど、それが愛の自然の成り行きであるなら、女はたぶん、男にではなく、愛に愛想を尽かす時が来るに違いない。

士郎は過不足ない夫だ。暴力を振うわけでも、酒に溺《おぼ》れるわけでも、お金にルーズなわけでも、女にだらしないわけでもない。結婚七年目の夫婦として当たり前に生活を築き、当たり前の緩やかさで互いに飽きてきた。夫婦としての心地よさは実はそういうところにあるということもわかっているつもりだ。

まだ戻れる。大丈夫、まだ我を失ったりしてはいない。

結子は自分に確認するように小さく呟《つぶや》いた。

「津久見さん、三番にお電話入ってます」

事務の女の子から声が掛かった。

「あ、はい」

結子は受話器を取り上げた。

「はい、津久見ですが」

る。

「伊島です」

一瞬、言葉が出なかった。ちらりと陸人に目を走らせた。デスクに向かう姿が見える。

結子はゆっくりと受話器を持ち替えた。服の下で心臓が鼓動を早めている。

「俺のこと、覚えてくれていると思うけれど」

「ずいぶん自信たっぷりな言い方をするのね」

「俺は自信だけで生きているような男だから」

「何の用かしら？」

「とにかく、飯を食おう」

「どうして？」

「飯は誰でも食うものだろう」

「何のために私とあなたが一緒に食べなければならないの？」

「質問は会った時に答えるよ。それで今夜と明日、どっちがいい？」

答えが咄嗟《とっさ》に出なかった。

「じゃあ今夜だ」

伊島は言った。

「ＯＫしてないわ」

「予定があればすぐに断る。黙ったってことは、迷ったってことだろう。つまり、あいてるということだ。気にしなくていいさ、今日着ている服がそれほど洒落《しゃれ》てなくても、髪型や化粧が決まってなくても、今朝、シャワーを浴びてなかったとしても。生理だって構わないさ。飯を食べるに何の不都合もない」

結子は呆《あき》れ果てていた。

「私を怒らせたがってるの？」

語調を強めて言うと、ふと、陸人が顔を向けた。目が合って結子はさり気なく椅子《いす》を回転させた。

「もちろん違うさ。それで何時に終わる？」

断ってしまえばいい。こんな男と会う必要などない。それでも、結子は初めて会った時の伊島を思い出していた。傲慢《ごうまん》で、狡賢《ずるがしこ》そうで、女を性欲の対象としかみないような、癖のある目。何ていやな男だろう。そして、何て魅力的な男だろう。

「七時に」

言っていた。

「わかった。君を初めて紹介された代官山のあの店で待ち合わせよう」

電話を切って、しばらくぼんやりした。まさか伊島から連絡があるなんて考えてもみなかった。

伊島のような男なら女に困るはずもない。なぜ、わざわざ結子を食事に誘ったりしたのか。結子に惹《ひ》かれた、そんなわけはない。気紛《きまぐ》れか、そうでなければ、何か別の意図があるに違いない。

断った方がよかっただろうか。いや、断るべきだった。もし、このことを陸人が知れば、気分を悪くする程度では済まないはずだ。陸人はかつて恋人を伊島に寝取られた経験がある。そのことが傷として今も深く残っている。自分がもっとも嫌悪《けんお》し軽蔑《けいべつ》している男と結子が会ったと知れば、裏切りと感じるに違いない。

けれど、そう思いながらも、結子の思いはすでに伊島と会うことに占められていた——。

約束の七時に、結子は代官山のレストランの前に立った。

服は、初めて会った時と同じ紺のパンツスーツ、髪型も化粧も軽く直しただけだ。ここに来る途中、デパートに駆け込みたいような気分にかられたが、そんなことをすれば却《かえ》って伊島にナメられてしまいそうな気がした。

別に構やしないわ。

店の前で呟いた。伊島にどう思われようが関係ない。ここに来たのは、確かに伊島という男に興味があるからだが、それはあくまで物珍しさに近い興味であって、それ以上の期待を抱いているわけではない。考えてみれば、伊島も陸人と同じ九歳も年下の男ではないか。確かに陸人よりは大人びた印象はあるが、所詮《しょせん》はまだ三十歳にもならない若造だ。年上の女として悠然としていればいい。軽くからかってやればいいだけのことだ。

けれども店に入り、奥の席に伊島の姿を認めたとたん、結子は自分がひどく緊張するのを感じた。

結子は呼吸を整えた。こんな自分を気取《けど》られたら、食事の間中、主導権を伊島に取られてしまう。

どうってことないわ、生意気な世間知らずのお坊っちゃんなだけじゃないの。所詮は意気がってるだけ、悪ぶってるだけなんだから。

「こんばんは」

結子は伊島の前に立ち、笑顔で言った。

「ようこそ」

「座ってもいいかしら」

「もちろん。そこは君の席だ」

伊島は落ち着いた表情で言った。皮肉な笑みをわずかに口元に浮かべ、冷たい翳《かげ》りが頬に落ちている。女を酔わす毒のようなものを、この男はいったいいつ身につけたのだろう。

身体にぴったりフィットした黒のワンピースを着た女の子がメニューを持ってやってきた。伊島がそれを受け取る時、ウェイトレスと短く視線を絡《から》めたのを、もちろん結子は見逃しはしなかった。

「どうぞ」

愛想よく、ウェイトレスは結子にもメニューを差し出した。彼女の笑みにはどこかしら挑むような気配があった。馬鹿馬鹿《ばかばか》しいと思いながら、結子は余裕ある笑みを返して、受け取った。

「嫌いなもの、苦手なものは？」

「何もないわ」

「じゃあ、コースじゃなくて好きなものを選んで、シェアして食べよう。前菜とサラダと魚は君が、パスタと肉は俺が選ぶ。言っておくけどワインも俺に任せてくれ」

伊島はてきぱきと注文した。結子もそうした。食べたいというより、迷う自分を伊島に見られたくないという思いの方が強かった。

伊島が選んだワインは白だが、重めで香りも濃厚だった。

「どう？」

「おいしいわ」

「最近、気に入ってるんだ」

グラスを置いて顔を上げると、まともに伊島の視線とぶつかった。

「なに？」

「あいつとやってるんだろう」

いきなりだった。

「不躾《ぶしつけ》な質問をするのね」

「答えは？」

「あなたには関係のないことだわ」

「あいつのことだ、大したセックスはしないだろう」

腹が立つというより、そのストレートさが稚拙に思えて、却って落ち着いた。

「私を誘ったのは、わざわざそれを聞くためなの？」

「興味はあるね」

「どんな？」

「あいつが君のような年上の人妻と付き合ってると知った時は驚いたよ。もっと臆病《おくびよう》な奴《やつ》だと思ってたものでね。で、何があいつを変えたのかってつい考えたわけだ。けれど今、君を見て思ったよ。質問を変えるべきだってね。どんなふうにあいつをたらしこんだのか、君に聞いた方が早そうだ」

「私がたらしこんだことになるの？」

「違うのかい？　それとも、そういう言い方は失礼だった？」

「いいえ、逆に光栄に思ってるわ。年下の男をたらしこめる女なんて、ある意味で、最高の褒め言葉だもの」

前菜とサラダが運ばれてきた。鱸《すずき》のカルパッチョにクレソンサラダだ。互いに自分の皿に取り分けた。

「なるほどね」

「でも、その前に私が聞きたいわ。どうして島原くんのこと、そんなに気にするの？」

「気にする？」

「あなたなら、女の子に不自由けしないでしょう。いいじゃないの、他人が何をしようと。それとも島原くんにライバル心でも燃やしてるの？」

「ライバル心？　俺があいつに？　冗談だろ」

伊島は鼻で笑った。

「あいつは俺のパシリみたいなものだよ」

「高校生みたいなこと言うのね」

「男の関係は一生そんなものさ」

パスタは渡蟹《わたりがに》のフェットチーネだ。

三十分もしないうちに白は底をつき、伊島はウェイトレスに赤ワインを頼んだ。ペースは早いが、酔い心地は悪くない。赤は白とは逆にさらりとした飲み心地と舌触りだった。この選択も心憎い。

「あいつの彼女を寝取ったことがあるんだ」

「そう」

「あいつは俺を恨んでいるようだけど、お門違いもいいところさ。彼女、誘ったらすぐに出て来たよ。寝るにも躊躇《ちゅうちょ》しなかった。所詮そういう女だったんだよ。寝取って感謝されたいくらいだね」

結子はフォークを置いて、伊島を見た。

「あなた、島原くんに何か特別の感情でもあるの？」

「どういう意味？」

「ホモセクシャルなの？」

伊島は目を丸くして、吹き出した。

「勘弁してくれよ」

「じゃあ、子供の頃、どこからそんな発想が生まれるんだ」

「じゃあ、子供の頃、裕福だけど精神的には満たされない日々を送ったとか」

「馬鹿馬鹿しい」

「マザコンとかシスコンとか、もしくは初めての女に痛い目に遭わされたとか」

「何を言いたいんだ？」

「一応、気を遣ってあげてるのよ。トラウマなんて背負ってられたら困るから」

伊島は大げさな仕草で驚いてみせた。

「心配りには感謝するばかりだけれど、まったくその必要はないね」

「つまり、あなたは人のものを見るとすぐ欲しくなるだけなのね、子供がよその子の持ってるおもちゃを欲しがるみたいに」

「なるほど」

「所詮、傲慢で、我儘《わがまま》で、幼稚で、女を性的対象としか見られない男なんだわ」

「反論の余地のない分析だね」

レアに近いフィレ肉を食べながら、結子はふと、今、互いの身体《からだ》の中に同じ食べ物が詰まっていることを思った。それはどこか共犯者のような親近感を覚えさせる不思議な感覚だった。

「それで、あいつはどんなセックスをする？」

「あなたの頭の中、いったいどうなってるの？」

「会社のトイレでこっそりやったりするのかい？」

「男性週刊誌の読み過ぎね」

酔うほどに、話はあからさまになったが、不思議なことに下品には感じなかった。伊島はそういう得なところを持ち合わせている男だった。

二時間ほどで食事を終え、ふたりは店を出た。相当飲んだが、酔っ払っているほどでもなく、言いたいことを言ったこともあって、気持ちはむしろ軽かった。

「とてもおいしかった。すっかりご馳走《ちそう》になってしまったのは申し訳ないけれど、あなたが誘ったんだからいいわよね」

気分よく礼を告げると、伊島は当然のように言った。

「ホテルに行くだろう」

　思わず結子は笑いだした。

「どうしてそうなるの？」

「俺は見当はずれなことを言ってるかい？」

「年上の親切心で言ってあげるわ。世の中、何でも自分の思い通りになると思っているとしたら大間違いよ」

「何とでも言えばいいさ、でもわかってる、君は本当は俺と寝たいんだろ」

「信じられない人ね」

「初めて会った時、すぐに君が俺に興味を持ったことは気づいたよ。俺とやりたいって、終始、君の目は言ってた。かわいそうに、あいつはまったくわかってないようだったけどね」

「呆《あき》れるわ、いったいどこからそんな言葉が出て来るのかしら」

「あの帰り、あいつと寝たんだろう。本当は俺とやりたかったその代わりに、君はあいつと寝たんだ」

　結子の頬がゆっくりと強《こわ》ばった。

「行くわ」

「おや、図星だったようだね」

結子は背を向けようとした。そのとたん腕を摑《つか》まれ、引き寄せられたかと思うと、伊島が唇を重ねてきた。

「やめて」

結子は伊島の胸を強く押し返し、その頰を打っていた。わずかに顔をしかめたものの、伊島はすぐ彼特有の皮肉な笑みを浮かべた。

「強がっても、気持ちはみえみえなんだよ」

「自惚《うぬぼ》れも、そこまでになると笑えないわ」

結子は捨て台詞《ぜりふ》のように言い、小走りで伊島から離れた。

大通りに出てから振り返り、伊島の姿がないことを確かめてから立ち止まった。いったん止まると、足はなかなか動こうとしなかった。

結子は怖《おそ》れを感じていた。伊島に何もかも見透かされていたという怖れだった。

店に入った瞬間からそうだった。伊島と目を合わせた時、すでに自分の身体が反応しているのを感じた。グラスを持つ伊島の指、咀嚼《そしやく》する伊島の唇、時折のぞく伊島の舌、吐き出される息、テーブルの下で偶然触れ合う伊島の足先、そのすべてがあらぬ想像と結びついてゆこうとした。

そんな自分を制することに結子は心を砕いた。そのために何度も足を組み替えたり、視線を泳がせなければならなかった。完璧《かんぺき》に隠し通せたと思っていた。けれども、伊島にはすべて見えていた。

敗北感にも似た思いで、結子は立ち尽くしていた。夜の街は容赦なく結子を嗤《わら》っていた。

志木子

この託児所に子供を預けている母親は、たいがいみな水商売をしている。場所から言っても当然だろう。新宿歌舞伎町はすぐこの先だ。夕方五時過ぎ辺りから、身なりも化粧も派手に装《よそお》った、一目でその商売とわかる女たちが子供を引き連れてやってくる。預けた足で出勤というわけだ。彼女らに侘《わび》しさとか悲壮感はほとんどなく、みな一様に明るく、エネルギッシュだ。時々、男も子供を連れてくるが、男の方はたいがい疲れた顔をしていた。どこの世界でもそうらしいが、女の方がずっと逞《たくま》しい。

夜の迎えは、志木子は十二時前には行くことができる。「つるや」は十一時に店を仕舞うので、生ゴミをまとめると、他の後片付けはざっと済まし、洗い物や掃除は翌日の昼にするようにしている。

この託児所にはもう一年以上も通っているので、何人か顔見知りもできるようになっていた。

「あら、匠ちゃんのママ、こんばんは」

エレベーターの前で呼ばれ、振り返ると髪をほとんど金髪に染めた女性が立っていた。

「あ、どうも、こんばんは」

志木子はぺこりと頭を下げた。匠よりひとつ年上のケンちゃんの母親だ。ふたりは今、とても仲がいいらしい。匠の口からもよくケンちゃんの名前が出る。

けれど、ここでは母親同士は名字も名前も口にしない。◯◯ちゃんのママ、ですべて通っている。

「いつも匠が遊んでもらってありがとうございます」

「あら、お礼を言うのはこっちの方よ。うちの子、きかんぼうでしょう。みんなに敬遠されてるんだけど、匠ちゃんだけとはウマが合うみたいなのね」

ケンちゃんのママは、かなり若造りをしているが三十歳は超えている、と、以前に保母さんが言っていたのを思い出した。そう言われるとそうかもしれないと、志木子も思う。エレベーターの明かりは、容赦なく彼女の肌に浮かぶシワやシミを映し出している。

そのまま帰りも、肩を並べて歩くことになった。志木子は匠を自転車の後に乗せ、彼女はケンちゃんをおぶっている。

「いやになっちゃうわ、近ごろ、客足がさっぱりなの。電話しろ同伴しろって、マネージャーがうるさいったらないの。私だって精一杯やってるのよ。でも、どこもかしこも不景気なんだからしょうがないじゃないの、ねえ」

「そうですね」

志木子は曖昧《あいまい》に頷《うなず》いた。

「あなた、どんなところで働いてるの？」

「居酒屋です」

「ふーん。お給料、いいの？」

「匠とふたり何とか暮らすくらいは」

「あっそ。役所から母子手当てとかもらってる？」

「あら、もらった方がいいわよ。もらえるものはみんなもらうの。当然の権利なんだから」

「えっ、いいえ」

「はい……」

「それでね、うちは来年からケンも小学校じゃない。まあ、物入りなのもあるけど、色々と困ったなぁって思ってるのよね」

「何が困るんですか？」

「だってほら、日中は学校に行くわけでしょう、夕方は学童保育が利用できるにしても、夜はもう託児所には預けられないし、結局はひとりで家に置いておかなくちゃならないわけだから、やっぱり心配じゃない。匠ちゃんも再来年でしょ、どうするの？」

今になって気がつくなんて迂闊《うかつ》としか言いようがないが、確かに再来年、匠は小学校に入学する年になる。そのことに、志木子はようやく気付いた。

「母子家庭はいろいろ大変なのよね。ま、お互い頑張りましょうね、頼れるのは自分だけなんだから。じゃあ私はここで」

「あ、どうも、おやすみなさい」

彼女と別れて、自転車にまたがろうとしたのだが、匠はすっかり寝入っている。走らせて後の席から落ちたりしたら大変だ。志木子はそのまま自転車を押して行った。

志木子には住民票がない。家出をして来たのだから当然だ。だから母子手当てなんてものはもちろん、健康保険証も年金手帳もない。もっと言えば、匠がどんな形で出生届を出されているのか、それもわからない。両親はまだ高校生の志木子が子供を産むことを必死に隠した。だから、遠縁の家で出産した。生まれる前から子供はよそに貰《もら》われてゆく手筈《てはず》がついていた。それを知って後先考えずに飛び出した。匠を取り上げられるくらいなら、死んだ方がマシだと思った。でも、本当にこれでよかったのだろうか。

そんなことを考え始めると、アパートに着いても、布団《ふとん》に入っても、頭はそのことでいっぱいになった。

このままでは匠は小学校にすら上がることはできないだろう。いったいどんな手続きをすればいいのだろう。児童福祉センターや女性センターといった相談を受け付けてくれるところもあるらしいが、もし出掛けて、田舎の両親に居場所を知らされたらどうしよう。叱《しか》られ、殴られ、匠と引き離されることも恐《こわ》かったが、実はそれ以上に「もう顔も見たくない」「田舎には二度と帰ってくるな」と、頑強に拒否されることを想像すると、身が縮んだ。

「つるや」のおかみさんからは、あれ以来、何も言われていない。けれど、あんなに温かい申し入れに対して、このまま知らん顔でやり過ごすことなどできるはずもない。おかみさんがずっと返事を待ってくれていることも感じている。

こんなどこの馬の骨ともわからない母子《おやこ》を迎えるなど、やすやすと言えることではない。そのことは心から有り難いと思っていた。けれども、もし親爺《おやじ》さんとおかみさんの好意を受けるにしても、やはり戸籍上の手続きは必要になるだろう。いいや、匠の出生や家出して来た志木子の事情を知れば、ふたりともそんなことを口にしたことを後悔するかもしれない。それで「つるや」を辞めさせられることになったらどうしよう。

想像は悪い方ばかりに広がっていった。何がどうなるにしても、今のままでは必ずどうにもならなくなる時が来ることだけはわかった。

翌日、思い余って電話したのは士郎だった。こんなことを相談できる相手は、士郎しか思い浮かばなかった――。

その士郎が今日、アパートにやって来る。

志木子は午前中から張り切って料理を作った。勉強は苦手だったが、中学の頃から親戚《しんせき》のペンションを手伝っていたので、料理作りには慣れている。と言っても作れるのは田舎料理だが、士郎は同じ栃木の出身なので、それなりに馴《な》れ親しんだ味というものは共通するだろう。

湯波《ゆば》やこんにゃく、かんぴょうなどを使った和《あ》え物と、小さい頃、祖母がよく作ってくれた「しもつかれ」と呼ばれる煮物も作った。大根人参《にんじん》大豆と酒粕《さけかす》、油揚げを醬《しょう》油《ゆ》で煮て鮭《さけ》の頭を入れるという素朴な料理だ。

匠も楽しみにしていて、今は聞き分けよくひとりで遊んでいる。あれからすっかりミニカーに夢中で、飽きもせず部屋中を走らせている。

夕方になって、ビールの買い置きがなかったことに気がついた。普段、この部屋で飲むことなどないので、酒の類《たぐい》はまったく置いてない。士郎が来るのだから、ビールくらいは用意しておきたい。

「ちょっと買物に行って来るわね」

匠に声を掛けて、大通りにある酒屋に走った。五〇〇ミリリットルの缶ビールを三本抱え、アパート近くまで戻って来ると、思いがけない人と出会った。

「あら、佐久《さく》さんじゃないですか」

志木子は思わず足を止めた。

「あ、志木子ちゃん」

佐久は「つるや」の常連客のひとりだ。老《ふ》けて見えるがまだ四十歳そこそこで、確か大田区の方の鉄工所に勤めていると聞いたことがある。

「どうしたんですか、こんな所で」

「いや、ちょっと、知り合いのうちを、訪ねたんだけど。志木子ちゃんちは、この辺りなのかい？」

「ああ、そうか……」

佐久には少し吃音癖《きつおんへき》がある。

「はい、すぐそこなんです」

「また、お店の方にいらしてくださいね」

「うん、ありが、とう」

「じゃあ失礼します」

志木子は頭を下げ、佐久の横を通り過ぎた。アパートの階段を登る途中、まだ佐久がこちらを見ているのに気づき、もう一度、頭を下げた。佐久も慌《あわ》てて挨拶《あいさつ》を返し、通りに向かって歩いて行った。

約束の六時に士郎がミニカーを土産《みやげ》に持って現れた。伸び縮みのする梯子《はしご》がついた消防車で、匠はすっかり喜んで、士郎に飛び付いた。まるで子猿のように士郎の腕や腰にぶら下り、それを士郎がぶるんぶるんと振り回す。匠のこんな姿を見ていると、母親だけではとても相手になりきれないことを痛感する。男の子は乱暴に扱われれば扱われるほど嬉《うれ》しいものらしい。

とにかく、一時間ほど存分に匠の相手をしてくれ、食卓についた時、士郎はすっかり汗だくだった。

「すみません、本当に」

「いいんだよ、俺にとってもいい運動になるよ。しかし匠くん、会うたびに大きくなってゆくなぁ。それに力も強くなった」

「そうなんです。最近じゃ、私の方が負けてしまったりすることもあって」

「そう言えば、このすぐ近くで、店で顔を合わせる人と会ったよ」

「あら佐久さん、まだこの辺に？」

「そうそう佐久さんだ。しいちゃんも会ったのかい？」

「ええ、近くの知り合いを訪ねたとかおっしゃってました。もう三時間くらい前のことですけど」

「じゃあ、その帰りかもしれないな」

それから士郎は食卓に目をやった。

「おっ、懐《なつ》かしい」

料理を見て、目を細めている。

「そうそう、これだよこれ、よくおふくろがこういうのを作ってくれたんだ」

「どうぞ、座ってください。匠もほら、こっち来て」

匠は駆け寄り、当然のように士郎の胡坐《あぐら》の中に腰を下ろした。

「あら、匠ダメよ」

「いや、いいさ。俺はぜんぜん構わない」

志木子がグラスにビールを注ぐ。

「悪いね、じゃ遠慮なく」

士郎がグラスを傾ける。それから皿に箸《はし》を伸ばした。

「どうですか、お口に合いますか？」

士郎はゆっくりと頷いた。

「うん、うまいよ。何か、こういうのを食べると気持ちがほのぼのするな。正直言うと、子供の頃はこういう料理ってぜんぜん好きじゃなかったんだ。もっと洒落《しゃれ》た、たとえばグラタンとかフライドチキンとかさ、そういうのが好きだったんだけど、最近、思い出すのは母親が作ってくれたこういう料理なんだよな。俺も年を取ったなあなんて思うけどね」

匠も日頃、こういう料理は好まない。けれど、今夜は士郎につられてよく食べている。

「よかったです、喜んでもらえて」

考えてはいけないことだけれど、これが家族だったらと思う。信頼できる男の人がひとり家にいる。それだけで、こんなにも安らいだ気持ちになれる。まるで田舎にいた頃、娘として当たり前に父や母に甘えていた自分に戻ったような安心感があった。

士郎にようやく話ができたのは、食事を終えて、また散々匠の遊び相手になってもらい、ようやく匠が疲れて眠ってしまってからだった。帰らないで欲しいのか、匠は眠っていても、士郎のポロシャツの端を摑《つか》んでいる。

「それで、相談って?」

士郎が切り出してくれ、志木子は膝《ひざ》を正した。

こんな時、きちんと順序だてて話をしなくてはならないことはわかっている。それが果たしてうまくできるか自信もないまま、志木子はとつとつと話し始めた。

十六歳の夏に起こったこと。生まれた匠と、預けられた親戚の家を飛び出したこと。住民票も健康保険証もなく、匠の出生届さえどう提出されているかわからないこと。「つるや」の親爺さんとおかみさんから娘にならないかと言われたこと。そして、先日、偶然にも匠の父親である人物を見てしまったこと。

士郎は黙って聞いていた。時々、困惑したように短く息を吐いた。

「いったい今、自分が何をしなければならないのか、わからないんです」

「そうだね」

士郎がようやく答えた。

「いや、ほんとに、大変だったんだね。その若さで五歳の子供だから、それなりの事情はあると思っていたけれど、うん、ちょっとびっくりした。でも、ほんとえらいよ、しいちゃん、よく頑張ってひとりでここまで匠くんを育てて来たね。いや、まったくりっぱなもんだよ」

まさかそんな褒め言葉を掛けられるとは思ってもいなくて、志木子は思わず涙ぐみそうになった。

「それで、しいちゃんはどうしたいんだ？」

「どうって……」

「まず、自分の意志を明確にすることだね」

志木子は口籠《くちごも》った。そう言われてもよくわからない。だいたい自分がどうしたいのかなんて、考えたこともない。今まで、何ひとつ自分で決めてこなかった。いつも受け入れるだけの生き方しか知らなかった。

「わかった、じゃあ俺が順番に聞いて行くから、答えてくれるかい？」

「はい」

「まず、田舎に戻りたいかどうかだ」

それには首を横に振った。

「でもね、ご両親はきっと心配してると思うよ。確かに、しいちゃんに子供ができたことは驚いたというか、ショックはあっただろうな。それを隠したくて君を親戚に預けたというのは、君にしたら突き放されたように感じたかもしれないけれど、それも君の将来のことを考えてだったと思うんだ」

「でも、匠をどこかにやろうとしたんです、私に黙って」

「そのことも含めて、今は後悔されてるんじゃないかな。娘と孫に突然姿を消されて、平気でいる親なんているはずがないよ。きっと今も、ものすごく心配してると思うよ」

志木子は両親を思い出していた。あの時は両親を恨んだ。匠と離れ離れにさせられるぐらいなら、本当に死んだ方がマシだと思った。けれど、匠という子供を育てて五年、あの時の両親の気持ちも少し理解できるようになった。親というのは、子供の前に石が落ちていたら、躓《つまず》かないよう先に取り除いてやりたくなる習性を持った生き物なのだ。

「でも、田舎には帰りたくありません」

その気持ちは変わらなかった。志木子自身は何を言われたっていい。小さい時から馬鹿《ばか》にされ揶揄《やゆ》されて生きてきて、そんなことには慣れっこだった。けれど、匠にそんな思いはさせたくない。周りの目が、匠をどんなふうに見、どんなふうに対応するか、その想像ならすぐについた。

「そうか、まあ、それはいいんじゃないかと俺も思うよ。東京って、無関心とか言うけれど、それは逆に気楽で生きやすいってことでもあるからね。田舎はやっぱり、いろいろ人もうるさいだろうし、しいちゃんの今の立場じゃしんどいかもしれない」

「はい」

「じゃあ、暮らす場所はこっちだ。で、『つるや』さんとこの娘になるというのは、どうなんだい？」

志木子はしばらく考えてから、口を開いた。

「すごく有り難いお話だと思ってます。でも、今のままじゃ、それもできないですから」

「そうだね、やっぱり受けるにしても、田舎のご両親とは一度、ちゃんと会った方がいいね。よくわからないけど、養子縁組とか、法的手続きを取るつもりなら尚更《なおさら》必要になるんじゃないかな。そうじゃなくたって、もう、しいちゃんはあそこの娘みたいなものだろうけどさ」

「本当に、私と匠みたいな者が、親爺さんやおかみさんの言葉に甘えてしまってもいいんでしょうか」

「しいちゃん、前にも言ったはずだよ。そんな自分を卑下するような言い方はよした方がいい。君はその若さでちゃんと働き、匠くんを育てている。りっぱだよ。もっと胸を張っていいんだ」

「……」

「でも、親爺さんとおかみさんには、田舎での経緯を話した方がいいと思う。きっとわかってくれる。そういう人たちだよ。信用できる人たちだ。俺はそう信じてる。しいちゃんだってそうだろう」

志木子は頷《うなず》いた。身体《からだ》から力が抜けるような安堵感《あんどかん》を感じていた。今まで、誰かを頼ったり甘えたり信じたりしてはいけないと、自分に言い聞かせて来た。騙《だま》されるのが恐《こわ》かったからじゃない。そんな資格が自分にはないと思っていたからだ。志木子と匠。ふたりという単位は、どんなことがあっても、ふたり以上に増えることはないと思っていた。

「それで最後に、匠くんの父親のことだけど」

志木子の頬がまた少し強《こわ》ばった。

「やっぱり会いたいかい？　匠くんに会わせたいかい？」

志木子は手元に視線を落とした。

「いいえ……」

と、答えたが、そうではなかった。こんなことを口にしたらきっと士郎は呆《あき》れるだろう。もしかしたら、笑いだしてしまうかもしれない。

伊島はきっと志木子のことなど記憶にもないだろう。あの夜、何があって、それが今どんな結果を招いているか、そんな想像など及びもつかないでいるに違いない。

それでも、志木子にとっては初めて愛した男だった。それは愛と呼ぶには幼すぎるかもしれないが、志木子にとって、伊島は自分の前に現れた最初の男であり、あの時の狂おしいような甘美な瞬間があったからこそ、それだけで、今までのすべてのことを乗り越えられて来たのだと思う。

会いたい。

それが無謀な望みであることも、たぶん、会っても意味はなく、むしろ、どんな応対をされるかも想像はつきながらも、それでも、できるなら、叶《かな》うなら、ほんの少しでもいいから……。

「会いたいんだね」

「はい」

小さく志木子は頷いた。

「もしかしたら、すごく傷つくことになるかもしれないよ」

「わかっています」

「そうか」

士郎はしばらく考え込むように黙ったが、やがて、顔を向けた。

「だったら、その伊島という男を探そう。しいちゃんが手伝いに行っていたペンションはどこにあって、何という名前かな。もしかしたら宿帳が残っているかもしれない。六人連れだったと言ってたね。他の男たちの名前も覚えているかい？　他に、何か手がかりになるようなことがあったら、何でも教えてくれないか」

「でも、津久見さん」

志木子は驚いて顔を上げた。

「もしかしたらダメかもしれないけど、俺、ちょっと当たってみるよ」

「そんなこと、津久見さんにお願いできません」

「いいんだよ。そんなに気にすることはないさ。何て言うかな、うん、乗り掛かった船ってやつだ。それにさ、しいちゃんと匠くんを見てると、何だか、自分の小さい頃を思い出すんだ」

そう言って、士郎は短く息つぎをした。

「俺さ、母親の連れ子だったんだ。小さい頃、そうだな、匠くんくらいの年まで、ずっと母親とふたりで暮らしていたんだ。新しい父親はいい人だったよ、それから妹と弟も生まれていかにも家族って状況になったんだけど、俺はどこか馴染《なじ》めなくてね。これは仮の生活で、母親とふたりのあの暮らしが本当なんだって思いがずっとあったんだ。だから、すっかり家族の一員になってる母親に対して、どこか反発というか、裏切りみたいなものを感じてたんだ。やけに反抗したよ、あの頃」

志木子は黙って聞いていた。

「今考えてみれば、母親を独占しときたかったんだろうな。乳離《ちばな》れしてないってやつだったのかもしれない。で、そんなこんなやってるうちに、母親が病気になって死んじゃってさ。あんまり呆気《あっけ》なくて、俺、言わなくちゃいけないこと何ひとつ言わないままだったからね、何だかね、そのことが今もずっと引っ掛かっていてね」

それから士郎は首を竦《すく》め、照れたように笑った。

「前にも言ったけど、しいちゃん、ちょっとおふくろに似ててさ。匠くんはあの時の俺っていうか。それで今、おふくろに対する罪滅ぼしっていうような気持ちになってるんだ。だから気にすることないから。俺が勝手にやることだから」

志木子はまた泣きたくなってしまう。

自分は運の悪い星のもとに生まれてきたと思ってきた。それを嘆くというより、認めてしまう方がずっと気持ちが楽になった。だからこれしか生き方はない、運命には逆らえない、と、自分を納得させることができた。けれど、もう志木子と匠はふたりぼっちではない。

「ありがとうございます」

志木子は涙を止めることができず、顔を両手で覆《おお》いながら頭を下げた。

## 士郎

汗ばむ許子の身体《からだ》から、甘い匂《にお》いが立ち上《のぼ》っている。

「シャワーを浴びてくるよ」

士郎は許子の肩に軽く唇を押し当ててベッドから抜け出した。

部屋の中は少し暑いくらいのエアコンが効いている。ホテルの乾燥した空気も、許子の匂いに満ちて何やら少し湿り気を帯びているように感じる。

許子とはもう何度も会っている。もちろん、その度にセックスをしている。回数を重ねるに従って、セックスのためならどんな形にでも躊躇《ちゅうちょ》なく自分の身体を変えてゆく許子と接していると、時折、いけないものを見ているような気持ちになる。

ベッドの上の許子と、マンションの隣の奥さんの許子はまったくの別人だった。

どんな男でも思う程度に、以前、士郎も許子の「あの時」について想像したことがある。こうなってみると自分の子供っぽさに笑ってしまう。こんな顔をするのか、こんな声を上げるのか、こんな格好をするのか。士郎の想像をはるかに超えて許子は大胆であり、貪欲《どんよく》でもあった。

そのことを思わず口にしたことがあるが、しまったと、首をすくめる士郎をよそに、許子は自尊心が傷つくふうでもなく、婉然《えんぜん》と笑った。

「ここにいるのは私じゃないもの、ただの女だもの」

今更、どっちが許子の本当の姿かなんて、考えるつもりはない。両方とも許子に違いない。ここにいる士郎と、マンションの隣の住人の士郎が別人であるように。

許子と会うと、自分でもびっくりするほど欲情した。まるで二十年前の若造に戻ったみたいだ。普段の生活で、彼女を思い出すことはあまりないが、その顔を見たとたん、ペニスは瞬《また》く間に反応し、すぐに服を脱がせたくなる。

それでいて、実際にそれを始めると、追い詰められたような気持ちになる。許子の身体を十分に堪能《たんのう》しながら、やがて支配されているのは自分だという気になってくる。

士郎がバスルームから出ると、入れ違いに許子が入って行った。乱れたままのベッドを見ながら、士郎は冷蔵庫からエビアンを取り出し、ソファに座った。

不思議なことに、身体の親密さが増すにつれ、許子との会話はなくなっていった。いきなりホテルというのも気がひけて、とりあえず食事でもしようと言うのだが、そのたび、許子の方が首を振った。

「誰かに見られると困るから」

今更、綺麗事《きれいごと》を言うのはみっともないかもしれないが、たとえ目的が身体であっても、少しはそれをオブラートしたいと思うくらいの繊細さは持ち合わせているつもりだ。セックスだけの付き合い、という身も蓋《ふた》もない関係だけではなく、もう少しロマンチックに、たとえば洒落《しゃれ》たレストランやひっそりしたバーで、どうでもいいようなことを話し込んでみたいという気もないことはない。

士郎はエビアンのボトルを置いた。外を見ようとしたがこの部屋に窓はない。ここは夜景が広がる高層ホテルではなく、赤坂のラブホテルだ。

「その方が経済的だし、何かと便利でしょう」

それを提案し、ここを指定したのも許子だ。もっともの話だった。ホテル代のことを考えると、時には会うのを躊躇することもある。ここなら値段は三分の一で済むし、人と顔を合わせることもない。ちゃんとコンドームも置いてあるし、フロントに電話すれば、食べるものも、時には怪しげな器具も届けてくれる。

大概、許子が先に部屋に入り「〇〇号室にいるから」と、士郎の携帯に連絡を入れてくる。別々に入り、別々に出る。みんな許子の決めたことだ。

許子がバスルームから出てきた。もう服に着替え、化粧直しもしている。

「じゃあ、お先にね」

スリッパをハイヒールに履き替え、士郎が顔を向けた時にはすでにハンドバッグを手にしていた。

「うん」

「また、電話するわね」

士郎に近付いてきて、頬に素早くキスし、艶《つや》っぽく笑ってドアを出て行く。

士郎は間の抜けた格好で許子を見送り、どこか物足りなさを感じていた。けれど、それを口にしても許子に笑われてしまうだけだろう。

逆だな。

士郎は思わず肩をすくめた。これじゃ男と女が逆だ。普通、セックスだけじゃ虚《むな》しい、たまには食事をしたり公園を腕を組んで歩きたい、などと女が口にして、男を困惑させるものではないのか。

もうとうに、そんな時代は終わってしまった。いや、そんなものははなから男の妄想だったのだ——。

「週末、ちょっと田舎に行って来ようと思ってるんだ」

「あら、何かあったの？」

電話の結子の声がわずかに曇った。

「いや、別に何もないよ。親爺《おやじ》は元気にしてる。急におふくろの墓参りでもしようかなって気になってさ。ずっと行ってなかったし」

そんなつもりはないのだが、結子は自分が責められているような気になったのかもしれない。弁解めいた口調になった。

「そのことは私も気になってたのよ。でもマンションがあんなことになったものだから」

士郎は言葉をかぶせた。

「たまたまそんな気になっただけで、特別な意味はないんだ」

その後に、君も行くか？　と、尋ねるのが自然だと思った。けれど、もし「行く」と言われたらそれはそれで困る。

「できたら、私も一緒に行きたいんだけど」

結子がすまなそうに呟《つぶや》いた。

「実は週明けに、仕事で沖縄に行くの。その準備で週末はつぶれそうなの。ごめんなさい、ひとりで行って来てくれる？」

「もちろんさ、気にすることはない」

士郎はホッとして答え、ついでのように付け加えた。

「沖縄か、いいなあ」

「遊びならいいけど、仕事だから。今度、製作するパフューム壜《びん》に琉球ガラスを使うのね、それで工房を訪ねるの」

「ひとりで？」

「ううん、会社の人と一緒。一泊だけの予定よ」

「じゃあ帰りは火曜か」

「ぎりぎりまで動くと思うから、たぶん、最終便になると思うわ」

「そうか」

「お義父《とう》さんによろしく伝えてね。おみやげ、ちゃんと持って行ってよ。前に浅草海苔《のり》と人形焼きを持って行った時、とても喜んでもらえたからそれがいいかもしれないわ。東京駅のデパートの地下なら老舗《しにせ》の品が揃《そろ》ってるけど、十時を過ぎないと開店しないから、覚えておいてね」

結子の口から久しぶりに妻らしい言葉を聞いて、士郎は苦笑した。何だか妙に懐《なつ》かしかった。

「ああ、わかった」

実家に顔を出すかどうかは、まだ決めてない。とにかく、今回は志木子が伊島と出会った親戚《しんせき》のペンションを訪ねるのがいちばんの目的だ。

「気をつけて」

「結子も」

離れて暮らすようになってから、互いに配慮や遠慮というものが蘇《よみがえ》ってきたように思う。

一緒に暮らしていた時は、小さなことでもまるで言い掛りをつけるような不満を抱いていた。なぜ靴下が片方しかないのか、なぜ自分より先に新聞を読むのか。結子も同じようなことが多々あったのだろう。何かの拍子に、不意にソファから立ち上がって部屋を出てゆくような抗議の仕方をよくされた。

それを思うと、今の関係は極めて良好だった。もしかしたら、これは離れたせいばかりではないのかもしれない。許子と関係を持ったことで、当然のことながら、結子に対して後ろめたさがある。その後ろめたさが、相手に対する気遣いに変わっているようにも思える。

夫が急に優しくなった時は浮気を疑え。

と、よく聞くが、あながち間違いではないらしい。

けれど、それで関係を穏やかに改善できるなら、人は、相手に対して少し後ろめたさを持つぐらいがちょうどよいのかもしれない。

そう言えば、結子の方もずいぶんと優しくなった。別居して、調布の実家で娘という立場に戻り、たぶん存分に仕事をし、好きに遊んでいるのだろう。そんな自分に結子もどこかで後ろめたさを感じているのかもしれない。

考えてみれば、別居してもうずい分時間がたっている。相変わらず管理会社の態度は曖昧《あいまい》だが、最初の頃のような苛立《いらだ》ちはなく、最近はむしろそんなことなど忘れていることの方が多い。

けれども、このまま離れて暮らすことに慣れてしまっていいものかと考える自分もいる。今の生活の快適さと引き替えに、夫婦としての何かが壊れてゆくのではないか。と同時に、では、自分は夫婦としていったい何を壊したくないと思っているのか。

そんなことを考えると、とてつもなく面倒なことに足を踏み入れてしまいそうな気がして、士郎は作り付けのベッドに寝転んだ。

やっぱり、このままじゃまずいだろうな。

そう呟きながらも、今の生活を手放してしまうことを惜しいと考えている自分がいる——。

東京駅を十一時過ぎに出る東北新幹線に乗った。五十分で宇都宮に着く。何度も利用しているが、その度、早くなったものだと感心してしまう。士郎が初めて上京した時は、快速で上野着だったが、二時間近くかかった。学生の頃は特急券を買うのがもったいなくて、三百円でも五百円でもとにかく安い運賃で行き来した。三十分や一時間ぐらい違っても平気だったのは、その金があれば駅前でギョーザとライスのセットが食べられるからだ。その方がずっと大事な問題だった。

宇都宮駅で降りてからは、レンタカーを借りるつもりでいた。目的のペンションは那須《なす》高原にあるので、何かとその方が便利だ。

志木子から聞いた「ネバーランド」というペンションが、六年たった今もそこにあるかを懸念《けねん》したが、昨日、観光協会に問い合わせると確かにあるという。一名の宿泊の予約を入れた。あとはとにかく訪ねて、伊島という男の手掛かりが摑《つか》めたらと思っていた。もちろん摑めない可能性もあるだろう。正直なところ、その確率の方が高いと踏んでいた。その点については、志木子と約束ができていた。もし、そうだったら伊島のことはきっぱりと諦《あきら》める。

内心、手掛かりなど摑めなければいいと思っていた。

駅前でレンタカーを借り、東北自動車道の宇都宮ＩＣから乗り北へと向かう。那須ＩＣで下りて県道17号線、那須街道を十キロほど走らせる。

天気に恵まれ、窓を開けると豊かな森の匂いがした。

まだ母が生きていた頃、何度か家族でこの辺りに遊びに来たことがある。湖や牧場や遊園地があり、子供にとっては夢のような場所だった。古いライトバンを運転する父の隣の席に弟や妹は座りたがり、いつもケンカしていた。士郎は後ろの席で不貞腐《ふてくさ》れたような顔で眠ったフリをしていた。

楽しくなかったわけじゃない。ただ楽しい顔をしたら負けのように思えた。自分は弟や妹と違う立場にいる、ということを殊更《ことさら》強調して言い聞かせていた。今となれば幼稚な嫉妬《しっと》だとわかる。母を、父や弟や妹に取られてしまうことが腹立たしくてならなかったのだ。

ペンションにはそう迷いもせず到着した。

ログハウス風のシンプルな造りになっていてまずはホッとした。士郎も学生の頃にスキーやテニスでペンションを利用したが、どうにも気恥ずかしい建物が多くてうんざりだった。

　裏手にある駐車場に車を入れて玄関に入ると、右手にフロントがあり、そこに小さなベルが置いてあった。指を置くと、古い屋敷の呼び鈴《りん》みたいな音がした。

「はあーい」

　声があって、奥から五十がらみの女性が出て来た。

　志木子の親戚のおばさんに当たる人だろうか。

「予約した、津久見と言いますけど」

「ああ、はいはい、伺ってます。おひとりさま、一泊ですね」

「ええ、よろしくお願いします」

　案内された二階の部屋はこざっぱりとしたツインで、窓からは那須連峰も眺められた。そろそろ紅葉の始まる季節で、山もすでに柔らかく色付き始めている。

　こんな風景も、こんな時間も、何年ぶりだろう。東京で暮らして二十二年。今も東京では田舎者だが、ここではまるで都会人のように、自然を目の前にして新鮮な驚きを感じていた。

　その夜は、食堂でひとり夕食の席についた。家族連れと若いカップルが二組ずつ、あとは学生らしき女の子の六人グループがいて、ひとりの自分が浮いているような気がしたが、士郎としては悪い気分ではなかった。たとえ一泊でも、一人旅などするのは本当に久しぶりで、どこか少し高揚した気分だった。

食事を終えると、家族連れは早々に部屋に引き上げ、若者たちは町中へと繰り出して行った。士郎も一時間ほど、腹ごなしで散歩をして戻って来た。夕食の後片付けもそろそろ終わっただろうと、フロントを覗《のぞ》くと、奥で帳面をつけている奥さんの姿が見えた。

「すみません」

士郎は声を掛けた。

「何でしょう」

愛想のいい笑顔で奥さんが出てきた。これからが、自分がしなくてはならないことだ。

「あの、こんなことお願いしていいものか、少し事情があって、古い宿帳を見せてもらえないかと思いまして」

奥さんの顔に怪訝《けげん》な表情が浮かんだ。

「それは、ちょっと……」

「そうですよね、そんなこと唐突に言われても困らせるだけだということはよくわかってます」

そこで士郎は小さく咳払《せきばら》いをした。あからさまに嘘《うそ》をつくというのは、それなりの覚悟がいるものだ。

「六年前の夏に、知り合いがこちらのペンションにお邪魔したらしいんです。そのことをすごく楽しそうに話していたのを思い出しまして、もしかしたら、直筆で名前も書いてあったら見てみたいものだと……実は、その知り合いが最近、亡《な》くなりまして」

奥さんの表情に人の好《よ》い翳《かげ》りが差した。

「あら、まあ、それはお気の毒に」

「そんなわけで、もしよければ見せてもらえないかと」

「プライバシーとか何とか、いろいろあるんですよ、決まりが」

「六年前の八月です。あれば、そこだけでもちょっと。名前は伊島と言います。伊島貴夫です」

奥さんはそれでも少し迷ったようだったが、やがては頷《うなず》いた。

「じゃあ、ちょっと探してみますので、食堂で待っていてくれますか。でも、六年前のとなると、残ってるかどうか」

「お手数かけてすみません」

食堂でしばらく待った。宿帳が見つからなければ、その方がいいような気もした。たとえ、そこから伊島という男を見つけられたとしても、そのことで志木子が幸せになるとは思えなかった。旅先の遊び相手に、まだ高校生の志木子に手を出すような男だ。ロクな奴《やつ》じゃないことぐらい誰にでもわかる。

匠の父親という現実はあるが、このまま過ぎ去ったこととして忘れ、「つるや」の家族として迎え入れられるのがいちばんの幸せではないかと思う。

「ありましたよ、六年前の八月分に伊島さんというお名前が」

奥さんが士郎の前に宿帳を置いた。どきりとした。

「あ、どうもすみません。じゃ、ちょっと見せていただきます」

「終わったら、フロントの方に持って来ていただけますか」

「はい」

伊島貴夫。

士郎はその名に視線を落とした。こいつかと思った。そのページには他に男五人の名前が連なっていたが、伊島の連絡先は記されていなかった。勤務先の電話番号が書いてあるのがひとり。たぶん、その男が幹事でもしたのだろう。

士郎は手帳を取り出し、男の名前と電話番号を控えた――。

翌日、宇都宮に戻り、母の墓参りをした。

今更、感傷にふけることはないが、ふと、母親が死んだ時と同じ年になったことに気づいて、ため息がもれた。あの頃の母親は母親以外の何者でもなかったように思う。子供のため、家族のためだけに生きているように見えた。

母親と同じ年になっても、今の士郎は親ではない。結婚はしたが、もちろん妻のためだけに生きているわけでもない。それどころか、他の女とうまく逢瀬《おうせ》を楽しんでいる。

そんな士郎を、母親はきっと草葉の中で嘆いていることだろう。

帰り、実家に寄ろうか迷ったが、結局、寄らずに駅に入った。念のために買った浅草海苔と人形焼きは寮のおばさんにでもあげることにしよう。

弟も妹も、もう結婚して子供もいる。弟夫婦は今、仕事の関係で宇都宮を離れていて、家には父親ひとりが住んでいる。父親は勤めていた建築会社を定年退職して、今は倉庫の管理のような仕事をしているらしい。妹がちょくちょく面倒を見に行っているそうだ。

父親ひとりの家に顔を出しても、特別、話もない。盆に集まる時は、結子や弟妹《きょうだい》家族が集まって賑《にぎ》やかさで何とかまぎらわせても、一対一になるとそうはいかない。親子でもない、他人でもない。そんな微妙な距離感のある関係を意識しながら、世間話をするのも面倒だった。

駅前でレンタカーを返し、東北新幹線に乗った。うまい具合に車内はすいていた。

## 陸人

日本に沖縄という場所があってよかったと、陸人は目に痛いほど青く澄んだ海を眺めながら思った。

そう思うのは、もしかしたら隣に結子がいるからかもしれない。

那覇空港でレンタカーを借り、いったん市内にあるホテルに入り、それぞれの部屋に荷物を置いて、まずは糸満市にある琉球ガラス村に向かう予定をたてていた。

部屋は並んでいる。互いにツインルームのシングル使用だ。陸人にしたら同じ部屋でもいいと思うのだが、領収書を会社に提出しなければならないのでそうもいかない。

便宜上そうするにしても、結局はどちらかの部屋で過ごすことになるだろう、と、予想していたのに、結子は「じゃあロビーで」と、あっさり自分の部屋に入って行った。肩透かしをくらったような気分になった。

ホテルに着いた時から、いや、羽田で飛行機に乗り込んだ時から、陸人はずっと結子を抱きたくてたまらなかった。たった一泊にしろ、仕事がらみにしろ、ふたりで旅行するということが陸人を子供のようにはしゃがせていた。それは結子も同じと思っていた。

まだ着いたばかりだ。結子に焦《あせ》っているように受け取られたくない。今日の予定をこなせば夜はゆっくりと過ごせるのだからと、自分に言い聞かせることで気持ちを納めた。

ロビーに下りてしばらく待っていると、結子がやってきた。

「じゃ、行きましょうか」

「ええ」

糸満市に続く道は海沿いばかりを走るわけではない。石塀やシーサーが見られる民家の間を抜け、さとうきびや南国の植物が繁《しげ》る田畑を抜け、ジャングルのような森林を抜けてゆく。すると、また不意に視界が開けて美しい海が広がっている。その瞬間、どうにも感嘆の声を上げてしまう。隣に座る結子も同じだった。

「ほんとに、きれいね」

「これが遠くで東京の海とつながっているなんて信じられないな」

「こういう所に住むと、性格も変わるでしょうね」

「だろうなぁ。沖縄は島だけど、すごく大陸的になると思う」

陸人もハンドルを握るのは久しぶりで、気分は爽快《そうかい》だ。

「きっと、誰もつまらないことで悩んだりしないんでしょうね」

その言葉にわずかに引っかかった。

「つまらないことで、悩んでるの？」

「悩んでること自体が、つまらないことに思えて来るって言ってるの」

「たとえばどんな悩み？」

結子がわずかに顔を向けて、笑った。

「それは内緒」

「ふうん」

結子の悩みというのは何だろう。自分とのことだろうか。

女の悩みは男の思考では測れない。男にとってどうでもいいようなことでも、女は死ぬほど悩むことがあるらしい。先のことなどどうなるかわからないのに、悪いことを思い浮べてそれを悩みの種にする。ずっと前、女の子と初めてのデートの時に、思い詰めたような表情で「あなたとうまくいかなかったらどうしよう」と言われて驚いたことがあった。まだ、始まってもいない関係ではないか。壊れたことを想像して悩む前に、しておくことがたくさんあるのではないのか。

三十分ほどで、琉球ガラス村に到着した。

ここは観光用に作られた施設だが、ギャラリーには沖縄在住の作家たちの作品が並べられている。その中で目に止まった作家の工房を訪ね、試作品を注文するという予定にしていた。

陸人と結子はひとつひとつ丹念に作品を見て回った。形ももちろんだが、特に色に注意を払った。琉球ガラスにはよくブルーが使われるが、同じブルーでもさまざまな色合いがある。

たとえばこの壺型《つぼがた》の花瓶は同じブルーでも空の色をしている。こちらの大皿は少し色が深すぎる。コバルト、藍《あい》、紺青《しんじょう》、群青《ぐんじょう》。このグラスは光を通さないと美しさが現れない。

二時間近くも歩き回り、結局、その中から四人の作家の作品を選び出した。

結子とは、色と形が決まるまではあれだけ好みが分かれたが、それが決まると、不思議なくらい意見が一致した。

まずは糸満市近くのふたりの工房を訪ね、デザイン画とイメージを話し、試作品の製作を交渉した。納品まで一週間と期限をつけると作家たちは困惑の表情を浮かべたが、陸人は熱心に説得した。

可能性として、もしその作品がパフューム壜《びん》に決定すれば製作は一括して任せることになる。そうなれば利益だけでなく、作家そのものも世間に注目されることになる。というようなことを、少々あざとい手段だな、と思いながらも口にした。それが効いたのか、最終的にはふたりとも了承した。

那覇のホテルに戻ったのは、もう夕方という時間も終わりそうな頃だった。

「せっかくだから、国際通りをぶらぶら歩いて、沖縄料理を食べようよ」

「そうね」

「ついでにうまい泡盛も」

「明日もあるのよ、忘れないで」

と言いながらも、結子も解放感に浸っているようだった。

土産物屋の店先を覗《のぞ》きながら、市場に向かって歩いた。国際通りは米兵たちの姿もかなり見られた。東京でも六本木あたりは日本と思えないほど外国人で溢《あふ》れているが、やはり雰囲気が違う。ここが基地のある町だということを改めて感じた。

「僕は、沖縄には三度目なんだけど、何度来てもいいなあって思うよ。いつか、こういうところに住みたいなあって」

「そうね、本当にそう。でも、実は私は初めてなの。めずらしいでしょう」

「へえ。でも、よかった」

「どうして？」

「あなたが初めて来る場所に一緒に来られて」

言ってから、陸人は顔を赤くした。

「ちょっとキザだったかな」

結子も困ったように足元に視線を落としている。

こんなセリフを口にする自分はまったくどうかしていると思う。今まで、付き合った女の子たちからは、よく「あなたの気持ちがわからない」と言われた。好きだとか、愛してるとか、それに通じる甘い言葉を口にするなんてとてもできないと思っていた。むしろ、そんな奴を軽蔑《けいべつ》していた。

なのに、これだ。自分が自分でなくなっている。照れ臭さやバツが悪いというより、まったく呆《あき》れてしまう。

どうしてだろう、どうしてこの人と一緒にいると、こんなにも自分が無防備になってしまうのだろう。

「ここ、どう？」

「えっ」

結子の言葉に我に返り、陸人は顔を上げた。沖縄料理の店と看板に書いてある。店先の造りも情緒があり、開け放たれた入り口から中を覗くと雰囲気も悪くない。

「うん、そうしようか」

席に着いてメニューを広げ、まずは泡盛、それからゴーヤやラフテー、独特の魚や海藻を使ったマリネ、豆腐よう、ミミガーなど、沖縄料理の代表的なものを注文した。

「ねえ、猫たちはどうしてるの？」

「ペットホテルに預けて来た」

「大変ね」

「仕方ないさ」

店内には琉球特有の音楽が流れていて、どこか懐《なつ》かしさを呼び起こす。

「何だか不思議な感じだわ」

運ばれて来た泡盛を氷と水で割り、それを口に含んだ結子が言った。

「何が？」

香りが新鮮だ。

「あなたと、ここでこうしていることが」

「僕もさ」

「現実感がないわ」

「仕事でなければ、海沿いのリゾートホテルに泊まりたかったな」

「現実じゃないんだわ、やっぱり」

「どういう意味？」

「うまく言えないけど、そう思うの」

「でも、現実ってそれほど大したものではないと思うな」

結子がゆっくりと顔を向け、その視線を陸人は受け止めた。

「確かに、あなたはあなたの現実を持っている。でも現実ってどんな価値があるんだろう。人の大事な部分を簡単に壊してしまうのも現実だよ。現実だけじゃ人はとても生きてゆけない」

「でも、夢だけでも生きてゆけないわ」

「何だか、あなたとこうしていることで、現実との帳尻合《ちようじり》わせをしているみたいな気がするの」

「それなら、それでもいいさ」

「でも、どこかでやっぱり後ろめたいの」

陸人は少し気落ちした気分になっていた。沖縄まで来て、こんな話はしたくなかった。たとえ結子にとっては後ろめたいことであっても、陸人には違う。いっそのこと大っぴらにしてしまいたいという思いがあるくらいだ。

「その話は、できたら東京という現実に戻ってからにしないか。僕はここでふたりで過ごす時間を大切にしたいんだ」

せっかくの夜、どうして楽しむことを優先させないのだろう。なぜ、わざと白けさせるような話題を持ち出すのだろう。こんな時、陸人は心底、女というものがわからなくなる。

「ああ」

そのくせ、ベッドの中で、結子は驚くほど積極的に陸人を求めた。

開け放した窓からは、東京とは違う夜の空が見え、海の匂《にお》いがする風がカーテンを膨らましていた。薄明りの中で白い結子の身体《からだ》が、時にゆっくりと、時に激しく揺れている。陸人のどんな要求も結子は拒絶しなかった。耳元で「見たい」と言えば黙って頷《うなず》き、したいことを望めば素直に身体の位置を変えた。声が廊下に漏れることを気にしてか、何度も枕《まくら》に顔を押しつけていた。時には、陸人の肩に歯をたてることもあった。

セックスは、時には痛みさえも快楽にする。結子を乱暴に扱うようなことはしたくないと思いながら、苦痛で眉間《みけん》をひそめるその一瞬を見てみたくなる。ベッドの上で人はその本性を現わすというが、陸人はむしろ逆ではないかと思う。人はベッドの上で、自分をどんなふうにも装《よそお》える。優しい男にも、いやらしい男にも、残酷な男にも。

その夜、ふたりとも疲れ果てるまでセックスを堪能《たんのう》し、汗と身体から流れ出る雫《しずく》でシーツをくしゃくしゃに湿らせ、シャワーも浴びず抱き合って眠った――。

翌日、目が覚めると、結子の姿はなかった。

そのことに物足りなさを覚えながらも、いかにも結子らしいという気もした。もう八時を回っている。予定では八時半に朝食、そのままホテルを出て、残るふたりの作家を訪ねることになっている。陸人は慌《あわ》ててシャワーを浴び、用意を整えた。

ロビーに出ると、すでに結子はソファに座り新聞を広げていた。

「おはよう」

声を掛けると、いくらか寝不足らしい顔つきの結子がわずかにはにかんだように顔を上げた。

「おはよう」

そんな顔もまた愛《いと》しく思える。

「よく眠れた？」

「まさか」

「僕もだ。それにすごく腹が減ってる」

「ほんとに」

「とにかく朝食を食おう」

セックスをした翌朝は、自分でも単純だと思いながら、どこか優位に立てたような気がする。会社では、結子の後輩であることをいつも意識しなければならないが、そんな彼女を征服したような気になり自信が持てた。男というのはつい、縦の関係で自分の位置を測りたがる生き物らしい——。

「断る」

最後に訪ねた琉球ガラス作家はきっぱりと言った。もう七十歳は過ぎたであろう、白髪の老人だ。

「自分の作りたいものを作って、それを気に入った人に買ってもらう。それでいいんだ。頼まれ仕事はしない」

と、言うのである。

陸人が言葉を尽くして説得しても聞き入れてもらえなかった。他の三人の作家たちからは何とか了承の返事を引き出せたので、陸人は困り果てた。

いったん車に戻り、ふたりは話し合った。

「諦《あきら》めよう、他の作家もいるんだし」

陸人にしたら、わざわざ東京から頼みに来ているのに断るなんて失礼だ、という気持ちもあった。

「そうだけど」

結子は納得できない顔をした。

「でもね、私はこの作家の作品が四人の中ではいちばんいいと思ってたの。気泡が細か過ぎず大き過ぎず、すごく繊細だわ。色も海の底のイメージにいちばん近かったし」

「しかし頑固そうだったな」

結子の表情が、みるみる会社で見るプロの顔になった。

「お金で動くような人に、本当の美しいものは作れないわ」

陸人は思わず黙った。

「私たちだってものを作り出す仕事をしてるのよ。雇われてる身なんだし、芸術家なんて自惚《うぬぼ》れるつもりはないけど、お金のためだけに仕事をするようになってはおしまいだと思ってる。いつだって自分の感覚を最優先しなくちゃって」

陸人は手元に視線を落としたまま頷いた。

「確かに、そうだけど」

「とにかく、時間ぎりぎりまで粘ってみましょう。最終便までまだ大丈夫でしょう」

「ええ、まあ」

「じゃあ、もう一度工房に行って来るわ」

ドアに手を掛けた結子と共に、陸人も車から降りようとすると、止められた。

「いいわ、私ひとりで行ってくるから」

「どうして」

さすがにムッとした。

「僕がいたんじゃ邪魔ってこと？」

「そうじゃなくて、男同士だと、いったん口にしたら引っ込みがつかなくなったりするでしょう。女だとその点、もっとソフトに接することができるから。私、こう見えても結構お年寄りに好かれるの。とにかく、私に任せて」

結子はひとりで降りて行った。

すっかり力が抜けていた。昨夜、陸人の腕の中で啜《すす》り泣くように快感に身をよじらせていたのに、瞬《また》く間に立場は元に戻っていた。

結局、結子も本性を見せたというわけではないのだろう。ベッドの上で、なりたい自分を装っているだけだ。男に組み敷かれる自分、淫《みだ》らになりきる自分、恥ずかしさを忘れる自分。あれが結子そのものの姿だと信じていたら、きっとしっぺ返しをくらってしまう。

一時間ほどたった頃、結子は車に戻って来た。

「どうだった？」

「引き受けてくれたわ」

喜ぶべきことだとわかっていながら、どこか失望したような気分で陸人は尋ねた。

「いったい、どうやって説得したのかな」

「別に大したことはしてないわ」

「そんなわけはないでしょう」

結子はくすくす笑った。

「小さい時に持ってたビー玉の話をしたの。それはそれは綺麗《きれい》な青色で、たくさん気泡が入ってて、私の宝物だったたって。女性はいつだって、自分にとって特別なものを持っていたいと思ってる、私はギャラリーであなたの作品を見て、たくさんの女性が求めている宝物をきっと作ってくれる人だと思いました、とか、まあいろいろと。それより、飛行機、大丈夫？」

「ああ、急がないと」

陸人は車を発進させた。

「ひとつだけ――」

「なに？」

「そのビー玉の話、ほんとですか？」

「嘘《うそ》じゃないわ。宝物にしていたビー玉は本当にあったのよ。でも青じゃなくて赤のマーブル模様だったんだけどね」

そうしてまたくすくすと笑った。

安心したのか、昨夜の寝不足がたたったのか、帰りの車の中でも飛行機に乗り込んでも、結子はよく眠っていた。陸人はどことなく取り残されたような気分で、フライトの間中、ヘッドフォンから流れるどうでもいいようなポップスを聴いていた。

羽田に到着し、それぞれの荷物を手にして出口に向かいながら、このまま別れがたい思いがあった。マンションに誘おうか迷っていると、結子が小さく叫び声を上げて、足を止めた。

「どうかした？」

「夫だわ」

「えっ」

陸人は結子の視線を追ったが、たくさんの迎えの姿があってわからない。

「あの、ほら、ジャケットを腕に持って、壁によりかかってる」

「ああ」

何だ、平凡な男じゃないか、と胸の中で呟《つぶや》いた。中肉中背で、取り立てて目立つ何かを持っているというふうには見えない。温厚そうではあるが、どこか頼りない感じもする。あの男が結子の夫なのか。あの男に結子は今まで抱かれてきたのか。

夫が結子に気がつき、軽く手を挙げた。結子もそれに応《こた》えて、振り返している。

「迎えに来るなんて」

「愛されてるってわけですね」

「やめて。じゃあ私、行くわね」

「挨拶《あいさつ》しましょうか、会社の後輩として」

意地の悪い気持ちで言うと、結子は小さく息を吐いた。

「皮肉らないで、お願いだから」

「……」

「じゃあね」

結子が小走りに夫へと向かってゆく。夫の唇が「おかえり」と動くのが見えた。

結子と短く言葉を交わし、それから思いがけず夫は陸人に目を向け、軽く会釈《えしゃく》した。

つられるように陸人も返した。

ふたりが背を向け歩き始める。陸人もモノレール乗り場に向かった。

あんな男がいいのか。

昨夜の結子を思い出しながら、陸人は小さく呟いた。

あの男とも、同じことをするのか。

どこかしら裏切られたような気持ちになってもう一度振り返ったが、ふたりの姿はすでに見えなくなっていた。

## 結子

「びっくりしたわ」

結子は背中に感じる陸人の非難を含んだ視線から逃れるように、足早にフロアを進んだ。

「大井町の流通センターに、納品があって会社の車で来てたんだ。終わってから、ちょうど着く頃だなって来てみたんだけど」

言ってから、士郎の声がいくらか濁った。

「来ない方がよかったか」

結子は慌《あわ》てて声音に甘えを含ませた。

「どうして？　嬉《うれ》しかったわ。わざわざ迎えに来てくれるなんて思ってもなかったもの」

「飯《めし》は？」

那覇空港で陸人と済ませて来たが、それも言いにくい。

「サンドイッチみたいなものをちょっとつまんだだけ」

「じゃあ、ここで食べていくか」

「いいわね」

ふたりで四階にある中華料理店に入った。窓の向こうには、さまざまなライトに縁取られた滑走路を白い機体が大きな生き物のように横切ってゆく。街のネオンの美しさとはまた違う、どこか物悲しいような景色が広がっている。

士郎が車で来ていることもあって、ふたりはジャスミン茶を頼み、それから何皿かの料理を注文した。

「実はちょっと話したいこともあったんだ」

唐突に士郎が言ったので、結子はどきりとした。

「なに？」

尋ねる自分の声がどこか上擦っている。昨夜、ベッドの中で陸人としたすべてのことが蘇《よみがえ》って来て、ふと、何もかも見透かされているような気になってしまう。

「マンションのことなんだけど」

「ああ」

ホッとしたように短く息を吐き、結子はジャスミン茶を口に含んだ。

「何かあったの？」

「管理会社から連絡があった。保険会社との交渉が無事終わって、部屋はもう修復工事にかかってるって。ひと月ぐらいで完了するそうだ。それから、家財に関して二百万、僕たちにも保険が下りるそうだよ」

「そうなの」

答えてから、言い方が少し素っ気なかったように思えて、付け加えた。

「よかったわ、これで元通りね」

けれども内心は、違うことを考えていた。火事に遭《あ》った時は確かに途方に暮れたが、今ではすっかり実家での生活に慣れてしまった。マンションが元通りになるというのはつまり、士郎と再び暮らし始めるということであり、それは今の快適さを手放すということだ。喜ぶべきことであると思うと同時に、そう単純には喜べないという気持ちもある。もちろん、それを顔に出すわけにはいかず、結子はちょうど運ばれてきた青梗菜《チンゲンサイ》の炒《いた》め物を二人分に取り分けることで紛らわせた。

しばらく沈黙があった。結子が士郎の前に皿を置くと、今度は士郎が慌てたように言った。

「ほんと、やっとだからな。最初はまさかこんなに揉《も》めて、これほど待たされることになるなんて思ってもいなかったから。まあ、今更って気がしないでもないけど、元通りになるって言うんだから、これで帰ろうと思えば帰れるわけだ」

士郎の語尾のニュアンスにわずかな違和感を覚えて、結子は顔を向けた。

「帰りたくないの？」

士郎が結子を見返し、目を丸くした。

「まさか、そんなわけないだろう。こんなに待たされて、腹をたてているだけさ」

「そうよね、おかげで生活みんな狂ってしまったものね」

「それも含めれば、二百万なんて補償金じゃとても埋められない損失だよ」

「本当にそう」

士郎が青梗菜を口に運ぶ。回鍋肉《ホイコーロー》と小籠包《ショーロンポー》、玉子スープが運ばれて来た。

また、しばらく沈黙があった。話としては朗報のはずなのに、ふたりとも口が重い。

「結子はそれでいいんだろう？」

士郎が尋ね、結子は頷《うなず》いた。

「ええ、もちろんよ」

「そうか」

「士郎も」

「当然さ」

士郎との暮らしが始まったら、陸人とはどうなるのだろう。逢瀬《おうせ》の後に、士郎と顔を合わせ、ましてや同じベッドで眠らなければならないのは、やはり気が重い。つい今しがた、出迎えの中に士郎の顔を見つけた時の気まずさと同じ思いを繰り返すことになる。果たして、それに馴《な》れることができるだろうか。

そうして、ふと、思った。

私は陸人とこれからも続けていこうとしているのだろうか。

「ただ」

まるで小さくジャブを入れるように、士郎が口にした。

「結子にしたら、ちょっと怖いんじゃないかなって思ってさ」

「え？」

士郎の箸《はし》が止まっている。

「やっぱり火事に遭ったわけだから、いくら改装しても、あまりいい気分じゃないだろうなって」

帰るのを嫌がっている、などと思われたくはない。そこからあらぬ誤解を受けたくない。

別に大したことはない、と言おうとして結子が顔を向けると、思いがけず、士郎のひどく納得した表情にぶつかった。

「前々から思ってたんだ、結子にあのマンションでまた暮らそうと言うのは、酷なんじゃないかなって」

「別にいやってわけじゃないのよ」

「無理することはないよ。保険金も入るし敷金も戻る。いっそのこと、新しいところに変わるっていうのも悪くないって思うんだ」

「そうね」

言ってから、結子は怪訝《けげん》な思いに包まれた。どうも、士郎自身が戻りたくないように感じられる。

「私は、それでもいいけど」

結子にしたら、どこで暮らそうが、結局、今の気楽な生活が終わるということには変わりない。

「でも、新しいマンションを探すとなれば、また少し時間がかかるかもしれないわ」

「それは仕方ないさ。気に入ったマンションなんて、そう簡単に見つかるわけがないんだから」

「そうよね」

となると、もうしばらく別居の生活が続くわけだ。

思わずホッとしたような顔つきになりかけて、結子は慌てて自分を戒めた——。

社長には、四人の作家から一週間から十日のうちに試作品が届くと報告した。

「手元に届くのはぎりぎりね。デッサン通りの作品がちゃんと出来上がって来るかしら。作り直しになるようなことになったら、プレゼンに間に合わなくなるわ」

「そこは何度も確認して来ましたから大丈夫です」

「とにかく、ご苦労様。試作品を待つことにしましょう」

自分の席に戻る途中、陸人が素早く耳元で言った。

「昨日はどうも」

「こちらこそ」

「いいご主人じゃないですか」

結子は肩をすくめた。

「また皮肉？」

「いいえ、本心から」

「たまたま近くで仕事があったんですって」

「それで迎えに？」

「だから、ついでよ」

「何が不満なのかな」

「何の話？」

「だから、何が不満で僕となんか」

結子はゆっくりと顔を向けた。

「不満なんて何もないわ」

陸人はわずかに怯《ひる》んだ表情を見せた。

「ごめん、怒ったの？」

言葉が少しきつかったかもしれない。

「いいえ」

怒っているのではなかった。結婚している女は、どれだけ抱き合った男であっても、そうやすやすと自分のナマの生活を晒《さら》したりはしない。そのことがわからない陸人に少し呆《あき》れただけだ。

「今夜、会える？」

結子は足を止めた。

「今夜は無理」

「どうして」

「予定があるの」

「どんな？」

陸人は若いし、結子に想《おも》いを寄せていることもわかっている。自分がこんな年下の男に愛され、身体《からだ》中を舐《な》め回されるようなセックスをしていることに、どこか誇らしげな気持ちになることもある。それでも、執拗《しつよう》な勘ぐりは重荷だった。

「詮索《せんさく》はやめましょう」

陸人の頬に緊張に似た戸惑いが広がった。言い過ぎたことを一瞬後悔したが、それを言い繕う気にはなれず、結子は自分の席に向かった——。

退社後、三宿《みしゆく》のマンションに向かった。

久しぶりに乗る地下鉄路線が、何だか妙に懐《なつ》かしく感じられた。不思議なもので、調布の実家に住み始めてみると、今ではそちらの方が当たり前の生活になり、士郎と結婚していることに違和感さえ持ってしまいそうになる。

結婚前、いろいろと口うるさかった母は、今は自分の生活を存分に楽しんでいるせいか、結子にほとんど関心を示さず、真夜中に帰ろうが、時に外泊しようが、文句もない。

以前、母はよく苛々《いらいら》していた。まだ兄も結子もこの家で暮らしていた頃だ。父は仕事人間で家庭を顧みる気などさらさらなかったし、兄も結子も自分のことしか頭になかった。そんな父や私たち子供らを見て、自分ひとりが割りを食っているような腹立たしさを感じていたのだろう。母は母なりに、人生に逡巡《しゅんじゅん》していた時期だったに違いない。

こんなことを考えられるようになったのも、やはり結子自身がそろそろ四十歳を迎えようとしているからなのかもしれない。四十歳。若い頃は何もかもが終わっている年齢と思っていた。けれども、今は、どうにも終わらせることのできない年齢であることに驚いている。

三宿のマンションはすでに工事が始まっていた。鍵《かぎ》を開けて中に入ると、部屋に残していった荷物はすべて撤去され、フローリングも壁紙も剝《は》がされていた。代わりに、新しい壁紙のロールと、床材がリビングに積み重ねられていた。脚立《きゃたつ》や糊《のり》付けに必要な器械もあった。

結子はキッチン、洗面所、寝室、士郎の書斎と順番に回ってから、リビングの脚立に腰掛けた。電気はまだ来てなくて、窓から差し込む明かりだけが頼りだ。

士郎にはああ言ったが、ここに戻るのも悪くないかもしれないと考え始めていた。駅からは少し遠いが公園が目の前で静かだし、家賃も相場よりかはいくらか安い。間取りも気に入っているし、システム・キッチンも洗面台も新しくなるというのも魅力だ。どうせ暮らし始めるなら、わざわざ探すのも面倒くさい気がする。

ここで、以前と同じ暮らしを始める。

そのことによって、陸人との関係がどんなふうに変わるか、それを考えると躊躇《ちゅうちょ》しないわけではないが、士郎と離婚しようという気持ちがあるわけでもない。

陸人とのセックスは、もうすっかり忘れていた自分が女であることを確かに味わわせてくれる。だからと言って、女であることばかりの自分を求めているわけでもなかった。時折、陸人のストレートな情熱に、思わず手を広げて「待って」と押し留《とど》めてしまいたくなる。この関係にどんなルールを持てばいいのか、まだ陸人と話したことはないが、もしかしたらそこに微妙なズレがあるかもしれないと感じることもある。

「だーれだ」

　その時、いきなり背後から目隠しされて、結子は飛び上がるほど驚いた。思わず叫び声を上げ、部屋の隅へと逃げた。

「あ、ごめんなさい」

　立っているのは隣の部屋の奥さん、許子だ。

「どうしたんですか、ああ、びっくりした」

「やだわ、私ったらどうしましょう。物音がしたものだから、つい」

　わずかな明かりを受けて、許子が困惑したように立ち尽くしているのが見える。

「本当にごめんなさい、私、ちょっと酔っ払ってて、それでふざけてしまって」

　結子は許子を眺めた。たとえ酔っ払っているにしても、彼女とそこまでの親しさがあったわけではない。許子の表情を確めようとしたが、部屋に明るさは足りなかった。

「いよいよ、内装工事が始まったんですね」

　改まった口調で許子が尋ねた。

「ええ、それでちょっと見てみようかと思って」

「工事が終わったら、ここに戻るんですか？」

「まだどうしようか迷ってて」

「そうですよね、やっぱりあまり気持ちいいものじゃないですものね、火事に遭ったマンションなんて」

被害はなかったかもしれないが、それは許子も同じではないか。そんな結子の思いに気づいたのか、許子は言い訳するように付け加えた。

「私も引っ越したい気はあるんですけど、おたくと違って、補償金なんてものも出ないし、次となると、また一から敷金や礼金を払わなくちゃならないでしょう。やっぱりそれはきついから」

「補償金のこと、誰から？」

「え、別に誰かってわけじゃなくて、噂《うわさ》でちょっと聞いたものだから……」

「補償金って言ったって、水びたしになって使えなくなったものを全部買い換えたらぜんぜん足りないくらいなんですから」

「そうなんですか」

「まるで得したように思わないでくださいね」

「ええ、もちろんわかってます」

それから許子は思い出したように言った。

「すみません、お邪魔しました。そろそろ主人が戻るので失礼しますね」

もともとあっちが勝手に入って来ておいて、そんな言い方も妙な話だと思いながら、結子は許子を見送った。

それからしばらくして、結子も部屋を出た。マンションのエントランスを抜けてから、結子はふと許子の部屋を見上げた。許子がどうして勝手に部屋に入ってきたのか、ふざけて結子に目隠しなどしたのか、頭の隅の方で何かがほどけそうな感覚が湧《わ》いたが、結局はそこまでだった——。


「でも、君はここに来た」

結子は黙って、ワインを飲んでいる。

「つまり、俺に惹《ひ》かれているんだよ。そのことを認めてしまえば、もっと肩から力が抜けて楽しめるのに」

そう言って、伊島は骨つきラム肉を直接手に持ち、口に運んだ。

思わず頷《うなず》きそうになって、結子は慌《あわ》てて姿勢を正した。

「たまたま予定がなかっただけよ」

伊島が唇の右端だけを上げて、見縊《みくび》るような眼差《まなざ》しを向けた。

「まあ、それならそれでいいさ。俺は、女を追い詰めてまでいい格好をしようとは思わないから」

「それで、大事な話って？」

退社間際《まぎわ》にかかってきた電話で、伊島はそう言ったのだ。

「そんなものないさ」

伊島はあっさりと答えた。

「ないって、騙《だま》したの？」

結子は半ば呆れたように尋ねた。

「騙すなんて人聞きの悪いことを言わないで欲しいな。俺は、君の気持ちを軽くしてあげただけさ」

「どういう意味かしら？」

「女はいつも、言い訳が必要な生き物だってことさ。つまり、君に俺と会うための言い訳をあげたというわけさ」

まったく、どうしてこんな男の誘いに乗ってしまったのか、今更ながら後悔した。

「ねえ、聞かせて。なぜ、私に構うの？」

「食べないのかい、せっかくのラムが冷めてしまうよ」

「私なんか、どうでもいいじゃない。あなたより十歳近くも年上の、あなたにしたらただのおばさんじゃない」

「卑下する振りはやめた方がいいね。内心では、自分はまだまだイケるって自信たっぷりのくせに」

結子は短く息を吐き出した。

「あなたって、人を不愉快にさせる名人ね」

「それで、陸人とはうまくいってるのかい？」

結子はラム肉に指を伸ばした。食べたいというよりも、食べない方が、却《かえ》ってこの男を増長させるような気がした。

「あなたには関係ないわ」

「そうでもないさ。俺たちの共通の友人の話だろう」

「友人ですって、笑っちゃう。彼はあなたが嫌いだわ。あなただって、本当は彼のことが嫌いなんでしょう」

「あいつは女を知らない。知らないというのは、女との距離感を測れないということだ。自分のペースを固持し過ぎて女に呆れられるか、相手の都合も立場も考えずに思いをぶつけるかのどちらかしか選べないような男だよ」

ふと、結子は事務所で投げかけてくる陸人のストレートな視線や、ベッドの中での後戻りできないような情熱を思い出した。

「君は愛されてると思ってるだろう。けれど、それは鬱陶《うっとう》しさと紙一重さ。いつ、どこで入れ替わるかわからない」

先日の陸人のいくらか強引な誘いを拒絶した自分を思い出した。あの時、胸を横切った冷たいものは何だったのだろう。

「若い頃、こういう経験があるはずだ。好きで好きでたまらない相手がいて、寝ても覚めてもそいつのことを考えてる。そいつが、この世のどんな男より輝いて見える。なのに、ちょっとしたこと、たとえばちらっと鼻毛が見えたとかで、一瞬にしてうんざりしてしまうんだ。好きじゃなくなるなんて程度じゃなくて、普通以下、もう顔を見るのもイヤなくらい嫌いになってしまうんだ」

「私はもう子供じゃないわ」

「陸人はガキだよ」

「私が一瞬にしてうんざりされるって言ってるの？」

「恋愛なんて、どちらかがガキなら、ガキのレベルの付き合いしかできないって言ってるのさ」

ますます結子は呆れてしまう。

「今、よくわかったわ。あなたも彼に劣らずガキね。つまり、あなたは私たちに嫉妬《しっと》してるのね」

結子は自分の言葉に満足していた。そうなのだ、こんな年下の男、口は達者かもしれないが、考えていることは所詮《しょせん》、陸人と変わりはない。年上の落ち着きと威厳を見せてやれば、それでぐうの音《ね》も出なくなる。

「嫉妬とは、また」

伊島が吹き出した。

「いいえ、そうよ、そういうことなのよ」

結子は頑《がん》として主張した。

「俺はただ、君とやりたいだけさ」

言葉に詰まった。どうしてこの男は、こんなセリフをまるでラム肉を口にするのと同じレベルで口にできるのだろう。

「言っておくけど、したいのは恋愛じゃない、セックスだからね」

「いい加減にして」

結子は声音を強張《こわば》らせた。

「気を悪くした？」

「そんなことを言われて、気を悪くしない女がいたら見てみたいわ」

伊島は指についた肉汁を舌先で舐《な》め取った。その仕草が少しも下品ではないことが、いっそう結子を苛立《いらだ》たせた。

「わからないね、俺が女なら名誉に思うな。男に、やりたいと思わせられる間が『女』だろう。それとも、こう言われたいのかい。君はすべてにおいて素晴らしい女性だ。ただ、やりたいとは絶対に思わないけど」

伊島は結子の言葉を詰まらせるようなことばかり言う。

結子は膝《ひざ》のナプキンをくしゃくしゃと畳んで、テーブルに置いた。

「帰るわ」

「言っておくけど、俺は決めてることがある」

結子は改めて伊島を見た。

「三回、飯を食った女とは、必ずやる」

馬鹿馬鹿《ばかばか》しい、と笑ったつもりだが、それがちゃんと笑みになっているかどうか自信はなかった。

「だから、今度、俺と飯を食う時はそのつもりで」

結子は椅子《いす》から立ち上がった。

「悪いけど、送らないよ。俺はこの後、うまいチーズを食うつもりだから」

「もちろん結構よ」

「じゃあ、今度」

「今度は、ないわ」

「そうかな」

伊島は結子を見上げたまま、わずかに目を細めた。

「ないわ」

その目に屈しそうになる自分を奮い立たせるように、結子は席を離れた――。

朝のラッシュと紛《まご》うほど混んだ電車に揺られ、結子は調布駅で下りた。どうにも心許《こころもと》なかった。レストランを出てから、まるで足元の地面が抜け落ちるような感覚がずっと続いていた。

のこのこ出掛けて行った自分を後悔しながら、伊島が言った「今度」について、頭の隅でどこか甘美な想像をめぐらせている自分に気づいて呆《あき》れていた。伊島は陸人の友人だ。陸人と関係を持ったことさえ自分には思いがけない出来事だというのに、もし伊島と何かが起きれば、もっとコトを複雑にしてしまう。

伊島は九歳も年下だが、自分が太刀《だち》打ちできる相手ではない。そのことは、もう十分にわかった。関わらない方がいい。大人は危険を楽しむことはしても、その中に飛び込むような愚かな真似《まね》はしないものだ。

言葉は悪いかもしれないが、自分には陸人のような男がふさわしい。恋愛という言葉を使っても、少しは許されそうな気持ちになれるくらいの善良さを持ち合わせた陸人のような男が――。

家の通り道となる小学校の前に車が止まっていた。

車の横を通り抜ける時、窓ガラスの向こうに抱き合う人影がちらりと目に入った。今更、そんな光景など気にするつもりもなく、二十メートルばかり先にある家に向かった。

ちょうど門に手を掛けた時だった。車のドアが開く音がして、つい顔を向けた。人が下りて、こちらに向かって歩いてくる。いったん門の中に入ったが、ふと、人影のシルエットに引っ掛かるものを感じ、結子は立ち止まった。足音がゆっくりと近づいて来た。

「あら、結子」

夜の気配の中から、気まずげな母の声がした。

志木子

「いらっしゃいませ」

顔を向けると、暖簾《のれん》をくぐって入って来たのは佐久だった。

「佐久さん、この間はどうも」

「うん」

「あら、何かあったの？」

カウンターの向こうからおかみさんが尋ねた。

「この間偶然に、佐久さんとうちの近くで会ったんです」

「そうなの」

「びっくりしましたね。あんなところで会うなんて」

「うん」

少し吃音《きつおん》が入る佐久は、いつも言葉が少ない。

「お飲み物、いつものでよろしいですか」

佐久が頷く。

「おかみさん、麦焼酎《むぎじょうちゅう》のお湯割り、カボスを付けてお願いします」

「しいちゃん、鰯《いわし》、上がったよ」

親爺《おやじ》さんの声が飛ぶ。

「はあい」

八時を過ぎ、席は常連で半分以上が埋まっていた。その中を、いつものようにめまぐるしく駆け回りながら、志木子は皿やグラスを運んだ。

それでも、目の端ではずっと入口を気にしていた。もう一週間以上、津久見は店に顔を出していない。先週末に那須へ行くと聞いていたが、結果はどうだったのだろう。伊島の所在を調べることはできただろうか。そのことが気に掛かって、今日こそはと、入口ばかりが気に掛かってしまう。

携帯電話に連絡を入れてみようかとも思ったが、それはあまりに図々《ずうずう》しい。面倒なことを引き受けてもらえただけでも感謝しなければならないのに、答えを催促するような真似はできない。もしかしたら志木子に伝えにくい結果だったのかもしれないし、たまたま都合が悪くなってまだ行っていないということも考えられる。

とにかく、待とう。いつかは必ず来てくれる。その時まで、じっと待とう。

その夜、後片付けを終えて「つるや」を出たのは十一時半を少し回っていた。

夜空には白い月が半分だけ覗《のぞ》いていた。星はほんの二つ三つ見えるだけだ。ふと、那須の溢《あふ》れるような星空を思い出した。あの時、車の中で、怖さに震え、痛みをこらえながら、それでも、この幸福が永遠に続いて欲しいと、窓に映る星に願いをかけた自分を思いだした。

あれからもう六年になる。人は心がなくてもあんなことができるということも、「お嫁さんにしてあげる」という言葉が挨拶《あいさつ》代わりのようなものということも知った。今更、伊島と会ってどうなるというのだろう。迷惑がられるだけ、拒否されるだけだ。それでも、会いたかった。一度でいい、もう二度と会えなくてもいい、疎《うと》まれても、ひどい言葉を投げられてもいい、ただ会いたい、会ってみたい。

匠を託児所から貰《もら》い受けて、風邪をひかないよう帽子と襟《えり》巻きをしっかり巻いて自転車の後ろの子供用シートに乗せた。匠はすっかり寝込んでいて、あやまって落ちたりしないよう、いつものように左手でハンドルを、右手で匠の身体《からだ》を支え、アパートに向かった。

駐輪場に入る手前で、背後から声を掛けられた。

「あの」

びっくりして振り返った。街灯の届かぬ場所にぼんやり人影が見える。志木子は緊張に身体を硬くして、目を細めた。

「ごめん、突然」

聞き覚えのある吃音が返って来た。

「えっ、佐久さん？」

「うん」

佐久が少し前に出て来て、街灯に照らし出された。

「どうしたんですか？」

佐久は肩を落とし、まるで罪をおかしたように視線を足元に落としている。

「また、お知り合いのお宅に？」

「いや……」

「じゃあ」

「こんなこと、俺が、聞いてはいけないんだろう、けど」

吃音がいつもよりひどくなった。佐久がとても緊張していることがわかった。

「何でしょう」

志木子は困惑し始めていた。匠はまだ眠っている。支える右手が痛くなっている。

「津久見さん、のこと」

「え……はい」

「あの、志木子ちゃん、津久見さんと、そう、なのか、な？」

返答に困って、志木子は言葉を詰まらせた。

「やっぱり、そう、いうこと、なんだね」

先日、志木子のアパートを訪ねて来た津久見が、近くで佐久に会ったと言っていたことを思い出した。

「いえ、そんなんじゃありません」

志木子は慌《あわ》てて首を振った。

「津久見さんには『つるや』を紹介していただいて、私にとっても匠にとっても恩人のような人なんです。佐久さんの考えてるようなことはありません」

「そうか」

「でも、どうして？」

志木子は尋ねた。

「どうして、そんなこと」

「俺……」

と、言ったきり、佐久の言葉が途切れた。喉《のど》の奥で、引っ掛かってしまったように
しばらく出て来ない。志木子は待った。

「悪かった、俺、みたいな男に、こんな所で、待た、れたら、気持ち悪い、よな」

佐久はますます肩を小さくすぼめて、ようやく言った。

「そんな」

「でも、どうしても、気になって」

「佐久さん……」

「ごめん、俺みたいな、もんが、そんな資格ない、のに」

匠が目を覚ました。暗闇《くらやみ》に立つ佐久の姿に驚いたのだろう。わっと声を上げ、志木子にしがみついた。

「大丈夫よ、匠。おかあちゃんのお友達だから、怖くないから」

それでも匠は志木子から離れようとしない。

「じゃ」

佐久が慌てたように小さく頭を下げた。

「ごめんなさい、匠ったら」

「いや、いい、んだ。じゃ」

佐久は背を向け、足早に去って行った。

アパートに入り、匠を布団《ふとん》に寝かしつけてから、志木子はしばらくぼんやりした。あれは何だったのだろう。ふと、わずかに自惚《うぬぼ》れた気持ちを持ってしまいそうになり、そんな自分を志木子は恥じた。自分が、どの程度の女かということぐらい、とうに知っていた。

あまり考えないでおこうと思った。いつだって、あるがまま、すべてをそのままに受け入れることが、自分にできるたったひとつのやり方だということを忘れてはいけないと、志木子は自分に言い聞かせた——。

津久見から連絡が入ったのは、それから三日ほどしてからだった。

昼の掃除を終えてアパートに戻ると、携帯電話が鳴った。

「お店だと、ゆっくり話せないだろう」

「はい」

電話を持つ志木子の指が緊張で冷たくなった。

「それでだ、あの伊島貴夫という男の所在なんだけど、結論から言えば、まだ摑《つか》めてないんだ」

「そうですか」

思わず気が抜けたような声が出た。落胆もあるが、気持ちのどこかではホッとしてもいた。

「宿帳は見せてもらったよ。でも、連絡先まで書いてあったのは一緒だった中のひとりだけ。島原陸人っていうんだけど、その名前に覚えがあるかい?」

「はい、覚えてます」

あの時、いつも厨房《ちゅうぼう》やフロントに顔を出し、氷が欲しいとかビールが足りないとか言いにきた人だ。グループの中で、そんな役割を無理に押し付けられているらしいということは、まだ高校生の志木子にも感じられた。

「そこに会社名があったから、問い合わせてみたんだけど、残念ながらもう辞めていた。何とか、そっちのルートでもう少し探せないものかって、今、考えてる最中なんだけどね」

「本当にすみません」

志木子は電話を手にしたまま、深く頭を下げた。

「津久見さんに、そこまでしていただいて。もう十分です。これ以上、ご迷惑を掛けるわけにはいきません」

「そのことは気にしなくていいんだ。乗りかかった船みたいなものだから、俺としてもやれるところまではやってみようと思ってる。ただ、仕事もあるから、すぐというわけにはいかないし、時間をかけたからといって見つけ出せる保証もない。そのことは覚悟しておいて欲しいんだ」

「はい、わかってます」

「じゃあ、また何かあったら、連絡するよ」

「あの」

「うん？」

「もしよかったら、お店の方にもいらしてください。最近、ぜんぜんお見えにならないのは、もしかしたら私が面倒なことを頼んだせいなんじゃないかって、気が咎《とが》めていたんです」

「そんなんじゃないよ。実は火事に遭ったうちのマンションの改装工事が始まって、管理会社との手続きとか、まあ、ちょっとその他にもごたごたしてるんだ。また近いうち、行かせてもらうから」

「はい、お待ちしています」

電話を切って、志木子は明るい気持ちになっていた。

津久見に任せておけばきっと大丈夫。そんな安心感に包まれた。もし伊島と会うことができなくても、それが津久見から出された結論なら、きっと納得することができるように思えた。

時計を見るとそろそろ四時になろうとしている。匠を託児所に預け、いつものように四時半に店に入った——。

料理の準備のために、親爺さんは四時にはすでに厨房に入っている。けれど、今日はカウンターの向こうにその姿が見えない。

買い物にでも出たのかと考え、志木子もカウンターに入った。その瞬間、足が竦《すく》んだ。床に倒れこんだ親爺さんの姿があった。

「親爺さん！」

志木子は叫び、駆け寄った。

倒れた親爺さんを見た瞬間、小さいとき、家で祖父が倒れたことを思い出した。口に耳を近づけ、呼吸を確認した。意識は完全にないわけでなく、「親爺さん」と何度か呼びかけると、わずかながら目を開け、頼りない声で「ああ、しいちゃん……」と返事があった。

「大丈夫ですか」

「うん……急に何だか……」

その後は、言葉がもう続かなかった。

すぐに119番した。それから、おかみさんに電話を入れたが出ない。そろそろおかみさんも店に来る時間なので家を出てしまったのだろう。

十分後、救急車が到着し親爺《おやじ》さんを運んでいる最中、おかみさんが駆け込んできた。

「どうしたの、何かあったの」

すでに、顔が蒼白《そうはく》になっている。

「おとうさん！」

担架に乗せられた親爺さんを見て、おかみさんは叫び声を上げた。

「親爺さん、倒れられて」

「そんな……」

「搬送します。どなたかお身内の方、同乗いただけますか」

救急隊員の言葉に、おかみさんが頷《うなず》いた。

「はい、私が」

「おかみさん、大丈夫ですか？」

志木子は不安になって尋ねた。

「大丈夫よ……でも、どうしよう、しいちゃん、おとうさん、あんなことになって、もしこのまま死んじゃったりしたら……」

志木子はおかみさんの手をしっかりと摑んだ。

「大丈夫です。そんなわけないじゃないですか」

「でも、でも……」

「おかみさん、私はここを戸締りして、店の前に休業の紙を張り出しておきます。厨房もざっと片付けて、それで連絡を待ってますから。病院が決まったらすぐ連絡してください。飛んで行きます」

おかみさんはやはり気が動転しているのだろう、小さく頷きながらも、目はうつろに宙をさまよっている。志木子の言葉が耳に入ってるかどうかもわからない。

「おかみさん、しっかりしてください」

志木子は強い口調で言った。

「親爺さんは意識もあります。人したことがない証拠です。おかみさんがそばにいてくれれば、それだけでものすごく安心されるはずです。どうか、気をしっかり持って、親爺さんを励ましてあげてください。絶対に大丈夫です。私もすぐに行きますから」

おかみさんの目にいくらか力強いものが戻って来た。

「そうね、私がしっかりしなくちゃね。じゃ、後は頼んだわね」

「はい、電話、待ってますから」

親爺さんとおかみさんを乗せた救急車は、夜の喧騒《けんそう》が始まった新宿の街を、けたたましくサイレンを鳴らしながら、走り抜けて行った。

## 士郎

人捜しというのは、そううまくはいかないものだ。

残業の手を止めて、隣のビルの明かりを眺めながら、士郎は椅子《いす》の背もたれに深く身体《からだ》を預けた。

ペンションの宿帳に残っていた、島原陸人という男はすでに会社を辞めていた。当然、伊島の行方についての進展はない。士郎の方も仕事があるので、掛かりきりというわけにもいかない。興信所にでも頼めば手っ取り早いのかもしれないが、何もそこまで、という気持ちもある。

実際のところ、士郎は困惑していた。

志木子の望み通り、何とか伊島を捜し出してやりたいという思いはある。けれども同時に、そんな男のことなど忘れた方が幸福に生きられるに決まっている、という思いもある。

志木子も、男と会った時の覚悟はある程度ついているようだが、事実は時折、予想以上の残酷さで人を傷つける。できることなら、志木子や匠をそんな目に遭わせたくなかった。

だからと言って、あっさりと手を引くこともできずにいるのは、やはり、たとえどんな男であろうと匠の実の父親であることには間違いないからだ。そして士郎自身、どこかで、どんな男なのか見てやりたい気持ちがある。文句のひとつも、いいや、相手の出方によっては殴ってやってもいいと思っている。

そんなことを思う自分に、士郎は思わず苦笑した。

他人が聞いたら、不思議に思うだろう。付き合っているわけでもない女に、どうしてここまでしなければならないのか。士郎も他人ならきっとそう思う。

志木子は士郎の死んだ母親に重なり、匠は自分に重なっていた。

母と士郎もまた、幼い頃、今の志木子と匠そのままに暮らしていた。あの頃はわからなかったが、たぶん、母も志木子と同じような職に就《つ》いていたのだろう。だからといって母との生活に惨《みじ》めさも疎外感《そがいかん》もなく、むしろ、身を寄せ合うような甘い安堵感《あんどかん》に満たされていた。

母が再婚した宇都宮の父は、非難されるべきところは何もないような誠実な人柄だったが、士郎にとってはいつまでも、母親の新しい夫であり、弟や妹が生まれても、彼らの父親という認識しか持てなかった。それはたぶん、見たこともない実の父親の、いいや見たこともないからこそ、その存在が意識の中から消え去らなかったからだ。些細《ささい》なことで、たとえば父がだらしなく酔い潰《つぶ》れていたり、運動会でみっともなく転ぶ姿を見ると、どうしても見知らぬ父親と較《くら》べた。「本当の父親ならきっと……」

想像の中の見知らぬ父親は、いつも凜々《りり》しく男らしかった。

詳しい事情は、ついに母から聞くことはできなかったが、母と自分を迎え入れなかった、というだけで、大体の想像はつく。それでも、どこかで自分に都合のいい解釈をし、仕方なかったのだという物語を作り上げて、見知らぬ父親を理想の父親像と重ね合わせていた。

存在しない父親に、現実の父がかなうはずがない。

もし実の父親に会っていたら、会っていたら、もっと今の父を素直に受け入れられたのかもしれないと思う。会って現実と向き合っていたら、四十になってもまだどこかで決着をつけられないでいるのは、最後のところで幻想を捨てられなかったからだ。宇都宮の父と顔を合わせづらいのは、そんな自分の後ろめたさがあるからだ。

まだ二十二歳の志木子には、これから結婚する可能性も十分にある。新しい父親に接した時、匠は何を感じるだろうか。

匠も自分と同じ思いを持つのではないか。

だからこそ、本当の父に会わせたいと思う。同時に、会わせたくないとも思う。

「お先」

ドアの前で、同僚が手を挙げている。

「おお、お疲れ」

後姿を見送ってから、腕時計に目をやると、そろそろ九時になろうとしていた。

不況続きで、残業してもほとんど手当てはつかない。リストラはとうの昔から始まっていて、誰もが胸の中にちくちくした緊張感を抱えていた。特に、高度成長期に入社した士郎の世代は数多く、年齢的にもターゲットになりやすい時期に来ている。そこに同期としてのライバル心も絡《から》み、どうにも息苦しい雰囲気が漂っている。正直に言えば、この残業も、頑張っている、努力している、貢献している、そのことを会社側に評価してもらうための、一種の自己PRのようなものだ。

明日に延ばしたって誰も困らない。そう思うと急に馬鹿馬鹿《ばかばか》しくなった。いくらポーズを取ったって、会社側は見て見ぬふりをするだけだ。

帰りに「つるや」に寄って、飯《めし》を食いながら一杯やるか、という気持ちになり、士郎はパソコンの電源をオフにした――。

ところが「つるや」は閉まっていた。

引き戸に張り紙があり「都合により当分の間休業いたします」と書かれてあった。めずらしいこともあるものだ。通い始めてから臨時休業なんてほとんどない。ましてや「当分の間」だなんて記憶にない。

親爺《おやじ》さんもおかみさんも、そろそろ歳《とし》だしなぁ。

と、呟《つぶや》いてから、急に不安が広がった。まさか、ということもないとは言えない。

携帯電話で志木子に連絡を取ってみたが、機械的な留守番電話のメッセージが流れてくるばかりだった。仕方なく、簡単な伝言を残しておいた。

広尾の駅近くで夕食代わりにラーメンを食べ、寮に帰る途中、志木子から電話が掛かってきた。

「すみません、お電話いただいて」

いつもの恐縮した声だ。

「いや、さっき『つるや』に行ったら当分休業なんて書いてあったんで、ちょっと気になったんだ。何かあった？」

口籠《くちご》もる志木子に、瞬間、やっぱりと思った。

「実は、おととい親爺さんが倒れたんです。診断では脳梗塞《のうこうそく》ということでした」

心臓がとくんと血液を送り出した。

「それで容態は？」

「命に別状はありません。手術もしなくてよかったし。今は集中治療室で、お薬での治療が続いてます」

「そうか」

まずは、ほっとした。

「じゃあ経過はいいんだね」

「先生は順調だとおっしゃってくれてます。この分だと三ヵ月ほどで退院できるだろうって」

「ならよかった」

「はい……」

けれどその声に明るさはない。

「どうした？」

「実は、右半身に麻痺《まひ》が残る可能性が高いと言われました。リハビリをすれば、日常生活は何とかできるようになるだろうけど、店に出て包丁を持つのはちょっと無理だって」

「そうか、確かにそういうこともあるだろうな」

後遺症となれば、「つるや」はいったいどうなるのだろう。

「それで、おかみさんは？」

「親爺さんに付きっきりです」

「そうか」

「何だか、これからのことを考えられてるのか、少し、気弱になってらして」

「見舞いに行きたいけど、今はまだ無理なんだろう？」

「家族の面会しか許されてない状態です」

「だろうな」

「また、ご連絡させてもらいますから」

「うん、頼むよ」

「じゃあ」

すっかり気が滅入《めい》っていた。寝はすぐ目の前だったが、まっすぐ帰る気には到底なれず、広尾の駅前の飲み屋へと、士郎は踵《きびす》を返した——。

許子に連絡を入れたのは、そんな気分の延長にあったのかもしれない。

自分の性欲に対する許子の貪欲《どんよく》さは、ある意味、爽快《そうかい》だ。

「だってベッドの上だけじゃない、頭をからっぽにできるのって」

女はきっとそうなのだろう。

男はベッドの上でも、それなりのプレッシャーを感じる。ただ、それは仕事や立場という日常とは関係のないところから発生するもので、それによって本来のプレッシャーから逃れられるということにはなる。

許子は相変わらず魅力的だった。突き出た乳も、豊かな尻《しり》も、十分に潤《うるお》ったヴァギナも、完璧《かんぺき》なほどに淫《みだ》らだ。

なのに、どうしたことか、駄目なのだった。自分の手でしてみたりと努力したのだが、どうしても駄目だった。士郎は焦《あせ》った。

「いいのよ」

許子がゆっくりと身体を起き上がらせた。

「ごめん、どうしたのかな」

「そんな時もあるわ、疲れてるのね、きっと」

思いのほか、許子の言葉は優しかった。

「ここんとこ、寝不足だったからかな」

ベッドを抜け出て行く許子の背に向けて、どうでもいいような言い訳を口にした。やはりショックだった。こんな時がついに自分にもやって来たのか、というような感じだ。

三十代の半ばぐらいまであり得なかったことだ。何でもない時に、たとえば電車に乗っていてほんの少し妄想が頭の隅に浮かんだだけで反応してしまい、困ることもたびたびだった。

女の子と、ひょんなことからそういうことになっても、それが別段気に入っている相手ではなくても、どころか後で後悔するとわかっている相手でも、ちゃんとすることをしてしまう自分に呆《あき》れてしまうこともあった。

三十半ば過ぎから、性欲に対して、焦点のぼけてきたようなもどかしさを感じ始めたのは確かにある。思いがけない事態に見舞われても、誰も彼もとそうなるような愚かさもなくなった。それは分別が備わったせいだと思っていた。時折「もしかしたらヤバイかも」という気弱な自分に遭遇することもないわけではなかったが、その時にするべきことはすべてちゃんとしてきたはずだ。こんな事態は初めてだ。

士郎はシーツをめくって自分のそれを眺めた。きちんと役割を終えたペニスは、萎《しぼ》んでいてもどこか堂々としていたが、役目を果たせなかったペニスは貧相でしょぼくれている。

「そうそう、この間、奥さんと会ったわ」

不意に言われて、士郎は顔を向けた。

「あなたの部屋、改装工事をやってるでしょう、それを見に来たみたい」

許子が備え付けのガウンをまとい、ソファに座って煙草《たばこ》を吸い始めた。

「それでね」

許子がくすくす笑った。

「私ったら、あなたと間違えて、後ろから『だーれだ』ってやっちゃったの。部屋が暗くて、気がつかなかったのよ」

士郎の表情が止まった。

「それで？」

「もう、奥さんたらびっくりよ。もちろん、私もびっくりだったけど」

「そりゃ、そうだろうな」

そんな答え方をしたものの、内心はうろたえていた。

結子はあれで勘の鋭いところがある。許子の行為に何か意味がある、ということに辿《たど》り着くことも考えられる。

「あら、心配？」

「何が？」

もちろんとぼけた。

「今、奥さんに勘付かれるんじゃないかって心配したんでしょう」

「まさか」

「大丈夫よ、酔っ払ってるふりをして、うまくごまかしたから」

それで納得してくれていればいいが。

「ねえ、あの部屋に戻ってくるつもりなの？」

許子が灰皿に煙草を押し付けた。

とんでもない、と言おうとしたが、言えば自分の気の小ささを露呈しそうな気がした。

「まだ思案中だよ」

「奥さんも同じことを言ってたわ」

「そうか」

「でも、どう考えても、そんなことできないわよね」

「俺よりも、君の方が困るんじゃないのか」

精一杯の反撃だった。

「そうでもないわ。却《かえ》って毎日が刺激的かも。階段の踊り場とか、夜のゴミ捨ての時に、こっそりするっていうのも悪くないじゃない？」

本気なのか、と、士郎は思わず許子の顔を見た。

許子が小さく吹き出し、それからほんの少し失望したように目を細めて、ソファから立ち上がり、

「シャワーを浴びるわ」

と、バスルームに入って行った。

週末、匠を動物園に連れて行った。

一週間ほどして、志木子から連絡を受け、親爺さんの容態が安定していること、おかみさんと交代で付き添いに出かけていることなどを聞いた。その時、病院にそうそう匠を連れてゆくこともできず、アパートにひとりで留守番させていることが多いということも聞かされた。つい、だったら俺が、と、口走っていた。

もちろん志木子はひどく遠慮したが、もう引っ込みはつかなくなっていた。

動物園には順路というのがあるのだが、匠はいっさい無視して「最初はパンダ」と言い「次は象、その次はゴリラ」と、勝手にコースを決めている。見たいものを好きに見るというのは、士郎も賛成で、休日のごった返した園内を地図を頼りにふたりで歩き回った。

匠はしっかりと士郎の手を握っている。東京タワーに連れて行ってから、そう日はたっていないはずなのに、もうその手の大きさにも力にも成長が感じ取れた。

「動物園は初めてかい？」

「うん」

「後は何が見たい？」

「キリンとしまうま」

士郎も小さい頃、まだ弟も妹も生まれていなかった頃、母と新しい父に連れられて動物園に行ったことがある。

季節がそうだったのか、囲いの中には生まれたばかりの小さな動物たちが母親にぴたりと寄り添っていた。そのどこにも父親の姿はなく、幼心《おさなごころ》にも疑問に思えて、母に尋ねた。

「お父さんは？」

「いないのよ」

「どうして？」

「みんな、お母さんひとりで赤ちゃんを育てるの」

母系社会である、ということをわかりやすく答えてくれた。

母と子、その形が動物にとってはごく当たり前のことだと知った時、自分の隣にいる男を、士郎はひどく違和感を持って見上げた。やっぱりこの男はいらない人間なのだ、と感じた。

昼飯は園内のレストランでカレーを食べた。周りは士郎より世代が一回り下と思われる家族連れで溢《あふ》れている。周りからみれば、士郎と匠も父子《おやこ》に見えるだろう。自分に匠のような子供がいて当然だ。いや、遅いくらいだ。同年代の中には、すでに子供の高校受験に頭を痛めている奴《やつ》もいる。

自分はどうして子供を持とうとしなかったのだろう。

ふと、その思いに囚《とら》われた。

仕事が忙しかったせいもある。夫婦ふたりの生活が快適だったせいもある。結婚したばかりの、欲しいと思った時期にできていれば、何の疑問もなく育てていたのだろうが、もう七年になる。

あの時、結子に「子供が欲しい」と言われて、士郎もそれも悪くないと賛成した。けれど翌朝にはもう後悔していた。

子供が生まれれば今の生活は変わる。それを自分は望んでいないことに気がついたからだ。今更という気がした。別に、このままでいいじゃないか。子供のいない夫婦なんてゴマンといるじゃないか。子供がいなければ夫婦として欠けているような感覚を持つなんて、時代遅れもいいところだ。

たまたま火事に遭遇して、計画はおじゃんになったが、もし、これから結子がまたその計画を実行しようと言い出せば、話し合わねばならないと思っている。もう、自分の結論は出ているのだから。

自分の結論。

けれど、こうして匠を目の前にしていると、その結論だけではない何かが見えてくる。

「うまいか、カレー」

「うん」

「そうか、よかったな」

俺は父親になりたくないのだ。なれないのだ。いや、なることが怖いのだ。

匠と一緒にいて、まるで父親のように振舞うことはできる。けれども、これは擬似《ぎじ》でしかない。擬似の中でなら、父親の役割くらいどうにでも果たすことができる。けれど、本当の自分の子供となればそうはいかない。自分もまた、本当の父親にならなければならない。

本当の父親なんて知らない。見たこともない。妄想の中でしか存在しない。士郎が知っているのは、本当でない父親の姿だけだ。

「どうしたの？」

「え？」

匠の声に顔を向けた。

「おじちゃん、カレー、おいしくないの？」

「いや、おいしいよ」

士郎はスプーンでカレーを口に運んだ。それから、思いがけず辿り着いてしまった自分の胸底にあった事実に、怖《おそ》れにも似た感覚を抱いた。

結子は今も子供を望んでいるだろうか。もし、士郎が子供は欲しくない、と言えばどうなるのだろう。夫婦として終わりになるのか？　では、終わらせたいと、自分は思っているだろうか。いや、そんなことはない。だったら、なぜ別々に暮らしている？　一緒に住む方法はいくらでもあるはずだ。果たして、今のこの状態で夫婦といえるのか？　だいたい自分たちが夫婦であることに意味はあるのか？　別れる理由がない、別れるのが面倒くさい、だから夫婦でいる、突き詰めればそういうことではないのか？

まるで溢れるように疑問が次から次へと湧《わ》き出てきて、士郎は思わず胸が詰まりそうになった——。


夕方、匠を志木子のアパートに送ってから、結子に連絡を入れた。

自分が気づいてしまったさまざまなことについて、すぐに結子に告げるほど考えがまとまったわけではないが、会っておきたいと思った。自分たちに必要なのは、さまざまなことを、会って、もっと話すことではないのか。

「俺だけど」

「あら、どうしたの？」

結子の声はいくらか素っ気ない。それで、外にいるということがわかる。新しいデザインを任されたことで、最近は休日出勤もよくしているらしい。

「仕事？」

「そうだけど、何かあった？」

「いや、夕飯を一緒に食わないかと思ってさ。でも、仕事ならいいんだ」

「待って」

結子が何か相手に言っている。すぐに返事があった。

「一時間後に待ち合わせっていうのはどう？」

「無理しなくてもいいよ」

「ううん、もう仕事も終わって、今から調布に帰ろうとしていたところだったの。場所は？」

「新宿にいるんだ」

「じゃあ、紀伊國屋《きのくにや》書店の近くにある……」

待ち合わせの場所を決めて、電話を切った。

それから、急に熱くて苦いコーヒーが飲みたくなり、士郎は喫茶店を探した。

## 陸人

「一時間後」

その結子の言葉を、聞こえないふりをしながら、陸人はキッチンでコーヒーを淹《い》れた。

こんな時、何と言えばいいのだろう。何と言えば、結子をこの部屋に引き止めることができるだろう。男としてみっともない姿は晒《さら》したくない。できるものなら「好きにすれば」ぐらいの強気の発言をしたい。

「ご主人？」

カップをふたつ持って、ひとつを結子の前に置いた時には、頭に浮かべた言葉とは似ても似つかないセリフが口から出ていた。

「ええ」

結子は陸人を見ないまま、ピアスや指輪や時計を身につけている。さっきまで、隣の部屋のベッドであんなに声を上げていたのに、いまは別人のように凛《りん》としている。

「だったら仕方ないね」

「ごめんなさい」

「せっかくいいイタリアンの店をみつけたのに。ニョッキが死ぬほどうまいんだ」

結子はわずかに視線を向けた。

「本当に、ごめんなさい」

結子の「ごめんなさい」を、最近、よく耳にするようになった。その数が増えるたび、陸人は自分の順序が後回しにされてゆくのを感じた。夫の、仕事の、時には改装中のマンションの。嫉妬《しっと》と屈辱はよく似ている。

「いいんだ、僕も観《み》たいビデオが何本かたまってるから」

二匹の猫は本棚の上で少し居心地悪そうに眠っている。いつも寝るのはベッドの上なのだが、結子が来る時は決して登らせない。少しアレルギーがある結子は、毛を吸い込むと咳《せき》が止まらなくなってしまうこともあるという。ベッドを手早く掃除するためにハンディクリーナーと、粘着テープも買い揃《そろ》えた。

「来週、いよいよプレゼンね」

コーヒーカップを口にしながら、結子が言った。

「そうだね」

「通ればいいけど」

陸人は思わず顔を向けた。

「通るに決まってるさ」

「あら、ずいぶん自信があるのね」

「試作品の出来も完璧《かんぺき》だったし、社長も太鼓判を押してくれている」

「かもしれないけれど、プレゼンって、その時の風の向きもあるでしょう」

「自信がないのかい？」

「そうじゃないわ。でも、改良すべき点もあったんじゃないかと思うところは、確かにあるわ」

陸人はいくらかムッとした。

「どんなところだよ」

「まず口ね。壜《びん》の中に埋《う》もれてしまうようなデザインにどうしてできなかったのかしらって。そうしたら、貝殻のころんとした形をもっとうまく出せたと思うのよ」

「問題は見た目だけじゃない。使いよさもデザインの大切な要因だろう。口を壜の中に埋め込んだら、使いにくくなるのはわかってるはずだ」

「そうなのよね」

結子は頷《うなず》いたが、納得したわけではなかった。

「でも、女にとって、パフュームっていうのは化粧水や乳液とは違うの。やっぱり特別なものなのよ。少々使いにくくても、実用性より夢を選んだ方がよかったんじゃないかしら。なんて、今更だけど」

次第に陸人の身体《からだ》の内側に不機嫌さが広がってゆく。

「失敗だったと言うんだね」

「え？」

「つまり、この仕事は失敗だったと、君は言ってるわけだ」

「そうじゃないわ、それなりに納得してるわ」

「それなりか」

結子の表情が少し硬くなった。

「どうしてそんな言い方するのかしら。何だってそうじゃない、本当にこれでよかったのかって、後だからこそ、思うことってあるじゃない」

「僕は思わない」

陸人はきっぱり言った。

「僕は、いつだって、その時々で最善の努力をする。後になって、あれで本当によかったのか、なんて考えるのは、作品に対しても客に対しても失礼ってものだろう。僕はそんな作品を作るつもりはない」

結子はしばらく黙った。次に言うべき言葉を捜しているようだった。何か言われれば、陸人もちゃんと自分の考えを口にしようと思っていた。ところが、結子の答えは簡単なものだった。

「そうね、あなたの言う通りだわ」

それから腕時計をちらりと見て、ソファから立ち上がった。

「じゃあ、行くわね」

行くことではない。結子がこんなに簡単に自分の言い分を翻《ひるがえ》してしまったことに、陸人は傷ついていた。軽く扱われたような気がした。こう言っておけば丸く収まる。それも、夫との約束の場所へ早く行きたいがために、だ。いくら年下だからといって、まるで子供をなだめるようなやり方は失礼だ。それで、男の自尊心が満足するとでも思ってるのか。

「僕とのことも、そうなんだろうな」

出てゆく結子の背に向かって、陸人は言った。

「何のこと？」

結子が振り返り、怪訝《けげん》な表情を向けた。

「僕とのことも、後になって、きっとひどく後悔するんだろうなってことさ」

結子の表情がたちまち曇った。何か言いたそうに唇を動かしかけたが、それは短い吐息にすりかわり、結局は何も言わず、部屋を出て行った。

陸人は乱暴にカップを机の上に放り出した。コーヒーがこぼれ、机の上から床に流れ落ち、フローリングに広がってゆく。始末する気にもなれず、陸人はそのままの姿勢でぼんやりと眺めた――。


自分はもう女に夢中になることなどないと思っていた。

数年前、結婚したいとまで考えていた女を伊島に簡単に寝取られた時から、女なんて信用するに値しない生き物だと心して来た。

あれから、自分のペースで生活を作り上げた。外ではそれなりにいい顔もするが、あるラインからこちらには決して誰も入れない。そんな閉鎖的な暮らしも快適だった。

身勝手な二匹の猫を飼うことで、それなりに世間との帳尻《ちょうじり》も合っているような気分になっていた。

瀬戸内の島で、両親と祖父母が、小さな畑と果樹園をやりながら暮らしている。五歳下の妹は広島で美容師になった。

祖父母はほとんど無学で、両親も中学しか出ていなかった。田舎の豊かとは言えない生活の中で、都会の大学に進学するなど、贅沢《ぜいたく》極まりないことだった。それでも両親は陸人のために、必死になって入学金を調達してくれた。大学は公立で、私学よりもいくらか授業料は安かったが、毎月の仕送りが両親にとってどれほど負担か、陸人は身に沁《し》みて知っていた。

父はよくこう言ってくれた。

「気にせんでええ。おまえに遺《のこ》せるものはなあもない。できるのは、こんなことぐらいや。ええか、島に帰って来なけりゃいかんなんて、考えんでええぞ。好きに生きればええ。わしらのことは気にするな。それでええんやからな」

そんな陸人にとって、伊島はどうしても必要な存在だった。金回りがよく、さまざまな場所で顔がきくあの男に張り付いていれば、少なくとも、腹を減らさなければならないようなことはなかった。そのためなら、パシリでも奴隷《どれい》でも、何にでもなった。

結局、伊島の紹介で就職までした。伊島の父親が経営する系列の会社だ。ことごとく就職試験に失敗し、最後は伊島に頼るしかなかった。苦労して仕送りをしてくれた両親のことを考えても、就職浪人などできるはずがなかった。たとえ来年まで延ばしたとしても、希望の会社に就職できるという保証もない。

働き始めてから、大した金額ではないが、陸人は毎月、両親に仕送りをしている。それがせめてもの、島を出て、両親と遠く離れて暮らす息子としての感謝の気持ちだった。

伊島に逆らえば、もしかしたら職場を失うことにもなりかねない。それだけはできなかった。女を寝取られても、結局、黙るしかなかったのはそのせいだ。伊島を嫌えば嫌うほど、逆らえない自分にうんざりした。

今の事務所の社長から、いくらかよい条件で引き抜かれた時、本当に嬉《うれ》しかった。会社の規模は小さいが、解放された気持ちになった。これで伊島を切ることができる。もう、伊島を頼らず、自分の力で生きてゆけると信じた。

そして、結子が現れた。

彼女は今、自分の中に大きく存在している。九歳も年上の、それも人妻だ。なのに、退《ひ》くことも、遊びと割り切ることもできないでいる。

もし、恋におちる瞬間があったとしたら、たぶんあの時だ。結子が、向こう側ではなく、自分と同じ側に立つ人間だと気づいた時。結子が、伊島に対して、はっきりと軽蔑《けいべつ》の意思をみせたあの瞬間だ——。

週明けにプレゼンが行われ、社長が試作品を手に、意気揚々と出掛けて行った。

陸人は自信を持っていた。素材の選択、色、形、どれを取ってもこれ以上のものはない。他にどんな作品が候補になっているかは知らないが、勝るものがでてくるとは思えなかった。どころか、あの作品を選ばないスポンサーがいるなんて信じられない気持ちだった。

午後遅くに、社長が帰って来た。上機嫌で陸人と結子のデスクに近付き、

「手応《てごた》え十分だったわ。来週の決定が楽しみ」

と、ふたりの背を音をたてて叩《たた》いた。

「ほら、言った通りだ」

陸人が言うと、結子は肩をすくめながら頷いた。

「そうね」

「取り越し苦労なんだから」

「かもしれないわね」

それから、陸人は声を潜めて、素早く付け加えた。

「この間はごめん」

結子はちらりと視線を向け、小さく首を左右に振った。

「いいの」

「すごく反省した」

今度は縦に首を振る。

「私の方こそ、ごめんなさいね」

陸人は仕事を再開した。男性化粧品のシリーズがリニューアルし、すべてが新しいパッケージに変わる。そのデザインが始まっていた。

今度は、結子との共同作業ではなく、陸人一人に任されている。そのことに自信を持ちながらも、少し残念にも思っていた。パフューム壜の製作は楽しかった。ああでもないこうでもないと、互いの感性をぶつけあいながら、情熱をひとつに凝縮させてゆく。あんな仕事なら、共同作業もやりがいがある。

結子とだったから尚更《なおさら》だ。ふと、いつか結子と共に独立し、デザイン事務所を持つのも悪くないなどと考えていた――。

週末、久しぶりにゆっくり過ごした。

洗濯をし、掃除をし、布団《ふとん》を干して、猫缶と猫草と猫砂を買いに出かけ、帰りに古い映画のビデオを三本借りて来た。

膝《ひざ》に二匹の猫を乗せ、デリバリーの五目やきそばにビールを飲みながらビデオを観ていると、本来の自分の生活に戻った安堵感《あんどかん》があった。

結子はこの週末をどう過ごしているだろう。予定を尋ねた時は「実家の母と買い物」と言っていた。夫と一緒でない、ということだけで、仕方ないと受け入れられた。

一本目のビデオを見終わり、巻き戻しをしていると電話が鳴った。

陸人は手を伸ばし受話器を取り上げた。

「もしもし」

「お前はいつも家にいるんだな」

一瞬にして、身体の中に泥を流し込まれたような気分になった。

「俺だよ」

「ああ、わかってる」

「何だって、いつも家にいるんだ」

「家が好きなんだ」

「そんな家賃が十万もしないセコイ家でもか。相変わらず、貧乏が身についてるな」

伊島の挑発はいつものことだ。もともと、相手を不快にさせるしか会話を楽しめない男なのだ。

「用件は？」

「ずいぶん、えらそうな口をきくじゃないか」

「悪いが、仕事を持ち帰ってるんだ」

「残業手当も出ないのか、おまえの事務所は」

「好きでやってるんだよ」

「それで、あの人妻とはその後、どうなった？」

陸人は辟易《へきえき》した。

「言っただろう、彼女はただの事務所の先輩だよ」

「何度やった？」

「いい加減にしろよ」

「おまえが彼女をつれて来た時、思ったよ。おまえもずいぶん狡賢《ずるがしこ》くなったもんだなって」

陸人は顔を上げた。狡賢さの権化《ごんげ》のような伊島から、そんな言われ方をされる覚えはない。

「どういう意味だ?」

「結局、おまえは彼女を利用してるんだろう」

「利用だって?」

「ああ」

「訳のわからないことを言うな。いったい俺が、彼女の何をどう利用するって言うんだ」

電話の向こうで、伊島が冷ややかに笑った。

「おまえはもともと、計算高い奴《やつ》なのさ。だから、おまえがもっとも憎んでいる、俺みたいな男の腰ぎんちゃくをやってたんだろう。言っておくが、それについてどうのこうの言うつもりはない。俺は、計算高い奴は嫌いじゃない。ただ、本当は計算高いのに、自分ではそうじゃないと信じている奴は、うんざりなんだよ」

陸人の指が強張《こわば》った。

「俺が、そうだというのか」

「違うか？」

一瞬、返す言葉に詰まった。

聖人君子はいない。誰だって、多かれ少なかれ計算高さを持っている。しかし、それは責められるほどのものか。だいたい、伊島が人を責められるような男か。

「俺が言いたいのは、おまえは結局、選んで人妻と付き合っているということさ。人妻なら、独身女と違って結婚を迫られることはないからな。自分の世界を守りながら、いい思いもできる。おまえは自分で気付いてないかもしれないが、無意識にそうやって自分を守ってるんだ。俺を利用したのと同じレベルでね」

「いい加減にしろ！」

陸人は叫んだ。怒りが、塊のように喉《のど》の奥から込み上げてきた。

「おまえにそんなことを言われる筋合いはない。いったい、おまえは何なんだ。もちろん俺は立派な人間じゃないさ。でも、おまえほど腐ってもいない。もう二度と会いたくない。電話も掛けてくるな。おまえは、俺の人生の汚点なんだ。おまえを思い出すたび、自分にうんざりするんだ」

一気に言って、少しぼんやりした。

「気が済んだか？」

伊島の抑揚のない声があった。

「切るぞ」

「人妻は、俺がいただく」

再び、陸人は黙らなければならなかった。いったい、こいつは何を言ってるんだ。

「今度、会う時、必ずやると彼女にも宣言した」

その伊島の言葉は、陸人を躓《つまず》かせた。

「彼女に会ったのか？」

伊島は薄く笑った。

「それは彼女に聞くといい」

そうして「じゃあな」と短く言い、電話は切られた。

はったりさ。

陸人は小さく呟《つぶや》いた。いつものことだ。あいつは、人を不愉快にさせるのが生きがいのような男なのだ。そのためになら、ありもしないことをあったように見せかけるぐらい、たやすくする。

あの時、結子はきっぱりと言ったではないか。

こんな男、嫌いだ。無神経で、傲慢《ごうまん》で、人を平気で見下すような男だ、と。

馬鹿馬鹿《ばかばか》しい。

そう呟いてみたが、自分の声がひどく緊張しているのに気づいて、陸人は少しうろたえていた――。

週が明けて、結子と顔を合わせた。

気にしないつもりでいながら、気になっていた。だったら、結子にストレートに聞いてしまえばいい。そう思いながら、なかなかそうできずにいる自分に、陸人は苛立《いらだ》っていた。

正直に言えば、怖いのだった。

もし、自分の知らないところで結子と伊島が会っていたら……。

それを考えると、伊島という呪縛《じゅばく》から逃れられたと思っていた自分が、根底から覆《くつがえ》されてしまいそうな気がした。

そんなわけはない、彼女はそんな女じゃない。伊島にあっと言う間に足を広げた、かつての女とはぜんぜん違う。

「津久見さん、島原くん、部屋に来て」

社長室から声が掛かった。

プレゼンの結果ということはわかっている。結子とふたり、社長室に向かった。社長は机に肘《ひじ》をつき、組んだ指の上に顎《あご》を載せて待っていた。

「結果だけど」

社長の声が、思いのほか、硬い。

いやな予感がした。

「ダメだったわ」

ぼんやりと、陸人は聞いていた。

## 結子

週末を利用して、岐阜に住む父を訪ねた。

朝、八時過ぎの新幹線に乗り、名古屋まで一時間半。ローカル線に乗り換えて一時間と少し。乗り継ぎの時間を入れても、昼前には着ける。

だいたいひと月に一度の割合で、母は父を訪ねている。父が住み始めの頃は、結子も一緒に行ったことがあるが、ここ三年ばかり、ほとんど顔を出していなかった。

その後ろめたさもあって、母から岐阜行きを聞かされた時、つい「私も一緒に行く」と口にしていた。

久しぶりで見る父は少し老い、少し痩《や》せたように見えた。それでも、陽にやけた顔と穏やかな表情は、東京にいた頃にはなかったものだ。

夕食は父が育てた野菜をふんだんに使った鍋《なべ》を囲んだ。お銚子《ちょうし》一本で父は顔を赤くしながら、ここでの生活や「士郎君は元気か」などと、ぽつぽつと話をした。

現役の最後の三、四年、父はいつもどこか苛々《いらいら》したものを抱えていた。顔を合わせるたび、小言《こごと》めいたことを言われてうんざりだった。母にもかなり当たっていたようだ。

結婚してからも、母とは時折買物や食事に出掛けたが、父とはなるべく顔を合わせないようにしていた。実家にもあまり寄り付かなかった。後で聞いたことだが、父は最後の数年、リストラ対策の責任者となり、容赦ない首切りなどをやらされていたという。定年退職を祝って家族で食事した時、父の言った言葉を今でも覚えている。

「会社を守ることが、結局は部下を守ることに繋《つな》がるんだと、考えた末でやってきたことだったが、今となると、それが正しかったのかどうかわからない」

会社が最後に父に残したものが悔いだと知った時、何を言っていいのか言葉に詰まった。じきに父は東京を離れ、岐阜に行ってしまった。

二日間、とりたてて何をするわけでもなくぼんやりと過ごした。

窓から、美濃《みの》の山々が見渡せ、凛《りん》と澄んだ空気を吸い込むと、東京の排気ガスに晒《さら》された肺の奥まで洗い流されてゆくようだった。エアコンの生活に慣れた結子には、ガストーブとコタツの生活が何やら懐《なつ》かしく、温まるのは身体《からだ》だけでないように思えた。

琉球ガラスで製作したパフューム壜《びん》がプレゼン落ちしたことは、結子にとってもショックな出来事だった。

けれども、プレゼンが出来不出来だけで決定するものではない、ということぐらい、もう十六年もデザインの世界にいるのだからわかっている。その時の風の向きや、雰囲気で、思いもかけないものが選ばれることもある。結子にしても、まったく自信がなく、まかり間違ってもこれが採用されることはないと思っていた作品が選ばれた時もある。

それでも、陸人はどうにも納得できないようだった。

あれから憂鬱《ゆううつ》な表情を続けていた。自信があっただけに、自分のセンスを否定されたような気持ちになっているのだろう。

「自分には、化粧品のパッケージデザインという仕事が合っていないんだ」

とまで言い出す始末で、その子供っぽい拗《す》ね方に少々呆《あき》れているところもあった。

陸人はもともとカメラのデザインをしていて、それが社長の目に止まり、引き抜かれてやってきた。陸人のデザインは斬新《ざんしん》だった。脅《おびや》かされたのも確かだ。長く同じ系統のものばかりデザインしていると、自分でも気づかないうちに、枠のようなものを作ってしまう。今までとは違うもの、新しい試み、と頭では考えているつもりでも、いつの間にか井の中の蛙《かわず》になっている。

結子にとっても、陸人は刺激的な存在となった。初めて口紅ケースで陸人の作品に負けた時、もう自分は過去の人間になってしまったのではないか、そんな不安にかられたものだ。

そうだ、その不安もあって……。

結子は改めて思い返していた。

子供が欲しいと思ったのだ。子供と士郎と結子、三人で新しい家族を築く人生も悪くないと考えた。いつまでも仕事だけにしがみついてゆくのは不安でならず、言ってみれば、これを機会に人生をリセットしたいと思ったのだ。

それがどうだろう、すべては違う方向へと動き出している——。

日曜日の遅めの午後、駅まで父に送ってもらい、帰路に着いた。

父ひとりをここに置いて行くことに、何かひどい仕打ちをしているような思いにかられたが、これは父自身が選んだことなのだと自分に言い聞かせた。

当の父は淡々としていた。母もあっさりと手を振っていた。

「じゃあ、また」

「ああ」

ある意味、一緒に暮らしていた頃よりも、父と母は仲がよいように見えた。

帰りの電車の中、窓際《まどぎわ》に座る母は外ばかりを眺めていた。行きの時も母はずっとこんな調子だった。どこかで結子に話しかけられるのを避けているような雰囲気がある。

たぶん、あの夜のことだ。

車の中に見えた、重なり合うシルエットが思い返された。

あの夜に見たことは、まだ母には何も言っていない。

「ねえ」

結子は思い切って尋ねた。

「なに？」

母が顔を向ける。

「これから、どうするの？」

「これからって？」

「いずれはお父さんが調布の家に帰って来るの？　それとも、お母さんが岐阜に行くの？」

「そうねえ」

母の返事は曖昧《あいまい》だ。「もう少し年をとったらね」ぐらいの答えがあるものとばかり思っていたのに、母はそれも言わない。

「まさか、離婚なんかしないわよね」

冗談めかして口にした。

「そうねえ」

「するの？」

思わず声が上擦った。

「いやね、しないわよ」

「本当に？」

「何年、夫婦をやってると思ってるの。今更、面倒くさくて、そんなこと」

「面倒だから、しないの？」

「何を言いたいの？」

母がわずかに表情を曇らせた。

「何ってわけじゃないけど」

「いいわよ、言って」

母の口調には、どこか開き直りのようなものが感じられた。母もわかっているのだ、あの夜、結子に見られたということを。

「じゃあ聞くけど、あの人と付き合ってるの？」

ほんの少しの間、母は沈黙した。電車が一度、大きく揺れた。

「そういうことになるかもしれないわね」

事実がどうであれ、否定の言葉がなかったことに、結子は動揺した。

「こんなこと、娘に言うことじゃないかもしれないけど」

「私、もうそんな子供じゃないわ」

「そうね」

「それで、どういう人？」

「陶芸の教室で知り合ったの」

「年はいくつ？　何をしてる人なの？」

母はわずかに首を振った。

「そんなこと、聞いてもしょうがないでしょう」

「そうかもしれないけど」

「どうにもなりはしないわ、あちらも家庭があるんだから」

母が不倫をしている。その事実は、予想以上に結子に衝撃を与えていた。この母が、もう六十歳を過ぎた母が、父に秘密の恋をしている……。やがて、車内販売がやって来た。

「何か温かいものが飲みたいわね」

母の言葉に我に返った。

「コーヒーにする？　お茶にする？」

「お茶を貰《もら》おうかしら」

結子は販売員を呼び止めた。注文し、受け取り、支払いをする。母は肘掛《ひじかけ》からテーブルを出し、その上に缶入りウーロン茶を載せた。母が口をすぼめながらお茶を啜《すす》る。その姿は、やはり六十過ぎそのままの老いが覗《のぞ》いていた。

結子は自分のために買った紙コップのコーヒーを、手で包み込むようにして口に含んだ。

男と女の関係が、年齢とは関係なく生まれるものだということぐらい、結子もわかる年代になっていた。自分を鑑《かんが》みてもそうだ。若い頃は、そろそろ四十になろうとする女が年下の男とベッドの中でいちゃつくなんて、想像もしてなかった。どこかおぞましいことのような気さえした。けれど、自分は今、まさにそれをやっている。かつて士郎としかできないに違いないと思っていたことを、陸人とも平気でやっている。

たぶん六十になっても七十になっても、人はこんなことを繰り返す可能性を持っているのだろう。

それがわかっていながら、それを笑って受け入れられるほど、まだ腹の据わった気持ちにはなれないでいた。結子にも、いつまでも女でありたい、という思いがないわけではない。けれどもそれと同じ分だけ、早く女なんてものは捨ててしまいたいという気持ちがある。そうしたら、きっと楽に生きられる。もっと心穏やかに毎日を過ごすことができる。

母の年代になればきっとそうなれる。

と疑ってもいなかったのに、あっさり否定されてしまった。

女は、やはり灰になるまで女なのだろうか。

今の母を見ていると、ため息をつきたいような気持ちになった。

窓の外はいつの間にか夜に包まれ、物悲しい灯りがぽつぽつと見えては流れて行った――。

いつだったか、士郎から急に呼び出されたことがあった。ちょうど陸人の部屋にいる時、携帯電話が鳴ったのだ。一瞬焦《あせ》ったが、すぐ「行くわ」と返事をした。陸人は不満そうだったが、正直に言えば、あの時、結子はホッとしていた。あの時はよくわからなかったが、今になるとわかる。確かに、ホッとしたのだ。

ベッドの中でするべきことをみんなした後、結子が思ったのは家に帰りたいということだった。

玄関を開けた時の我が家の匂《にお》い。いつも使う入浴剤の風呂《ふろ》に入り、いつも使う洗剤の匂いのするタオルを身体にまとい、もう膝《ひざ》が出てみっともないが着心地だけはいいコットンのスウェットを着て、自分の足の形そのままにくたくたになった室内履きを引っ掛けて、ソファにごろりと横になりたい。

けれど、家はもうない。家だけでなく、どれもこれも、すべて火事で失ってしまった。

もちろん調布の家はある。そこは、三宿のマンションより遥《はる》かに長い時間を過ごした家だ。居心地だって悪くない。けれど、やはり自分の家ではもうないのだった。帰りたいのに、帰る家がない。

それは思いがけず、結子を心細くさせた。そんな時、士郎から電話が掛かってきたのだ。

自分の家にいちばん近い存在、それが士郎に思えた。

結婚して七年、その間に、士郎と別れることを何度か考えたことがある。

最初は確か、結婚して半年ぐらいの時だ。原因は何だったかすっかり忘れてしまったが、烈《はげ》しい口争いのあと、家を飛び出し、しばらく実家や友人の家に厄介になった。どうして戻ることになったのだろう。

それも、ほとんど記憶にない。ただ、実家も友人の家も、すぐに自分の居場所でないことを痛感させられた。たった半年だというのに、それも賃貸のマンションでしかないのに、もうそこが自分の家になっていた。

今はもう以前ほど喧嘩《けんか》はしない。たぶん、互いの距離をうまく取れるようになったからだろう。それは、相手を怒らせないよう気を配るというより、相手を怒らせることで自分が不快な思いをしたくないという一種の知恵のようなものだ。

かつて、確かに持っていたはずの互いへの情熱はもう失われている。かといって、いつまでも互いに情熱的でありたいと望んでいるわけでもない。付かず離れずの今の状態は、それなりに快適だと言える。

知り合った頃、この人と恋人になりたいと思った。恋人になったら、夫婦になりたいと思った。夫婦になった今、次にどんな関係になればいいのかわからない。夫婦になったら、離婚しない限り、一生、夫婦でいるしかないのだろうか。

自分たち夫婦に足りないものはたくさんあるだろう。それを不満に思うことも、もちろんある。だからと言って、壊れてしまったわけではない。壊そうと思っているわけでもない。

私は士郎とどうなりたいと思っているのだろう。どんな関係になることを、望んでいるのだろう——。

岐阜から帰った二日後に、士郎と会った。

不動産会社が、いくつかの物件を紹介してくれ、待ち合わせた喫茶店に、士郎はそのファクス用紙を持ってやってきた。

ぱらぱらとそれをめくりながらも、互いに積極的な意見は出なかった。元のマンションに戻らないと決めたのなら、新しい部屋を探さなければならない。けれども今の別居も悪くないと思っている。戻る家がないという心許《こころもと》なさとは別に、以前の生活そのものにさほど魅力は感じていない。ただ、このままひとりの快適さに甘えていれば、もうふたりでは暮らせなくなってしまうのではないかという恐れがあった。

ふたりで暮らさない。暮らそうと思えば暮らせるのに、暮らさない。それは、決定的というわけではないが、暗に別れを意味しているようにも思う。

「じゃあ、三宿のマンションの改装は終わったの？」

結子はファクス用紙から顔を上げた。

「うん、そうだって」

士郎は用紙に目を落としたまま頷《うなず》いた。

「私が見に行った時は、まだまだ先って感じだったのに」

「内装だけだからな、始まったら早いんだろう」

それから冷めかけたコーヒーカップに手を伸ばした。

「それで、前のマンションの鍵《かぎ》だけど、もう返していいよな。管理会社が、それを受け取った時点で、正式に契約解消の手続きをしたいって言ってるんだ」

「そう」

返す言葉に少し口籠《くちごも》った。

「どうした、もうあそこに住むつもりはないんだろう」

「そうだけど」

「何かあるのか?」

「別に何もないわ」

言ったものの、結子はどこか頼りなげな気持ちになっていた。

住むところに困っているわけではないし、こうして別々に暮らしていることに快適さも感じている。けれども、これでふたりで帰る家は完全になくなってしまうわけだ。あの火事の夜から、ないも同然だったが、本当になくなってしまうとなると、やはり感じ方には違いがあった。

「じゃあ、鍵」

結子はバッグから取り出し、テーブルの上に載せた。

「後は俺が手続きをしておくよ」

士郎がそれを胸ポケットの中にしまい込む。

「でも、その前にもう一度」

「え？」

「もう一度、見ておきたいわ」

「あのマンション？」

「結婚してから、ずっと暮らしていたんだもの。もう二度と住むことはないと思うと、ちょっと寂しい気もして」

士郎はわずかに困惑の表情を見せた。

「だめ？」

「そんなことはないさ」

「だったら、今から行ってみましょうよ。中がどんなふうに変わったのかも興味があるし」

「うーん、そうか、まあ、それじゃあ行ってみるか」

士郎が伝票を手にした——。

部屋は見違えるほど整えられていた。

前に来た時は壁紙も中途の状態で、まだ電気も来ていなかったが、ブレーカーのスイッチを入れると、各部屋に明かりが点《と》もり、すべてが見渡せた。

「こうして見ると、このマンションも結構、広かったのね」

ひとところに七年も住むと、増殖するように荷物が増える。今になってみると、どうしてこの居間があんなに狭かったのかわからない。だいたい、ここに何が置いてあったのかさえ、もうよくは思い出せない。

「また、ここに住むのも悪くないかもしれないわね」

そうしたら、もう二度とモノを増やさないでおこう。ソファとテレビと、小さなテーブル、あと植物が一鉢、それしか置かない部屋にしよう。

「でも、管理会社には引っ越すと言ったしな」

「そうだけど」

「前に、そうするってふたりで決めたろう」

「わかってる。言ってみただけよ」

「俺はもう少し駅に近い所がいいな。徒歩二十分は、雨が降ったら最悪だもんな」

「そうね」

さまざまなことが矛盾している。結子自身、ここに帰りたいと思っているのか、士郎と一緒に暮らしたいと望んでいるのか、ひとりの快適さを持続したいと考えているのか、自分でもわからない。では、士郎はどうなのだろう、いったいどうしたいと考えているのだろう。

部屋を出て、エントランスに下りると、隣の夫婦と会った。

「あら」

許子が満面に笑みをたたえた。

「どうなさったの？」

「部屋の改装が済んだと聞いたので、ちょっと見に来たんです」

「あら、じゃあやっぱりこちらに？」

「いえ、引っ越します」

きっぱりと言ったのは士郎だ。

許子の隣に立つ夫という人と、結子は初めて会った。半年も隣り合って住んでいて、初めてというのも不自然だが、出張の多い仕事をしていると聞いている。

許子の夫は、無表情のまま軽く頭を下げると、さっさとエレベーターへと歩いていった。

「じゃ、失礼します」

と、許子が言い、それからふっと視線を士郎に向けた。その瞬間、結子は胸の中に石を投げ込まれたような気がした。媚《こ》びるような、おもねるような、そこには、何か特別な意味を感じさせる目の動きがあった。

「だーれだ」

そう言って、結子を背後から目隠しした許子を思い出した。酔ってふざけただけと、あの時言ったが、ずっと引っかかるものを感じていた。

許子が去ってから、結子は士郎に顔を向けた。

「何だよ」

見ようによっては、士郎はひどく慌《あわ》てている。

「何でも」

思いがけないことと、決して起こらないことは同じではない。それは誰の身にも起こる可能性がある。結子も少し前まで、陸人とあんなふうになるなんて考えてもいなかった。

「どうする？　渋谷に出て飯《めし》でも食うか？」

士郎の口調が早口になっている――。

クリスマス、お正月と慌《あわた》だしく過ぎて行った。

クリスマスは急ぎの仕事で残業をし、夜遅くまで事務所で過ごした。お正月は父と兄家族が調布に帰ってきて、夕方には士郎も顔を出し、母の作ったおせち料理で団欒《だんらん》の真似事《まねごと》をした。その間、陸人と二回会い、二回セックスをした。

去年とは違うが、それでもどうということはない、慌しさに追われた年末年始だった。

ただ、ひとつだけ、結子はずっと気がかりなことを胸に抱えていた。

先月の二十日ごろに来るはずの生理がまだ来ていないのだった。

## 志木子

年が明けて、「つるや」の親爺《おやじ》さんは快方に向かっているものの、リハビリに精を出しても、やはり右手の麻痺《まひ》を取ることはできなかった。

完全看護であるにもかかわらず、おかみさんはほとんど毎日、親爺さんに付きっ切りでいる。

「このままじゃ、おかみさんまで倒れてしまいます。どうか少し休んでください」

志木子が交代を申し出ても、やんわりと首を振った。

「私がそばにいないと、おとうさん、寂しがるから。しいちゃんこそ、匠ちゃんのそばにいてあげなさい」

志木子はもっぱら、お弁当を作ったり、洗濯ものを引き受けたりしていた。

「つるや」はあれから閉めたままでいる。近所の店に簡単に事情を説明して回り、しばらくよろしくお願いします、と、挨拶《あいさつ》して回った。それでも時折店に行き、掃除や郵便物の整理をした。

今日、いつものように匠を連れて病院に行った。親爺さんは匠が来るのをとても楽しみにしてくれている。目を細めて迎え入れ、匠もベッドに駆け寄った。

「おじいちゃん、元気？」

大人たちだけでは、どうにも救われなくなる雰囲気を、匠の無邪気さが緩和してくれていた。

帰り際《ぎわ》、おかみさんが一緒にロビーまで下りて来た。

「ちょっといいかしら」

そう言って、待合室のベンチに腰を下ろした。

「はい、何でしょう」

こうして改めて見ると、おかみさんの髪には急に白いものが増えていた。身体《からだ》も心も疲れ切っているのだろう。志木子は胸が痛んだ。

「あのね」

おかみさんがいくらか口籠り、志木子は頷いて、少し前かがみになった。

「はい」

「お店を閉めようと思うのよ」

「え……」

「おとうさん、お医者さまからもう包丁は握れないって言われたでしょう。最初は私もそんなはずはないと思ってたのよ。絶対に元通りになるって。でも、あれからずっとおとうさんの様子を見ててやっとわかったの。やっぱり無理だわ、お店は続けられない」

志木子に返す言葉はない。

「それでね、前にしいちゃんに言ってたことなんだけど」

おかみさんが不意に深々と頭を下げた。

「ごめんなさい、できなくなったの」

声がいくらか震えていた。

「匠ちゃんとふたり、うちに来て欲しいってことよ」

志木子は俯《うつむ》いたままでいた。

「本当に、何て言ったらいいか、勝手なことを言うって怒らないでね。あの話、なかったことにして欲しいの。本当にごめんなさい。まさか、こんなことになるなんて思ってもみなかったの。今、あなたたちにうちに来てもらっても、何もしてあげられないし、何も遺《のこ》してもあげられないの。来月からのお給料だって、払えるかどうか……」

志木子は思わず顔を上げた。

「おかみさん、私は」

「まあ、聞いて。それでね、今、昔から親しくしてるお店にいろいろと当たってるの。しいちゃんは働き者だし、本当に優しくていい子だから、きっとどこのお店に行っても大切にされると思うのよ。もちろん、それがいやなら無理強いはしないわ。もし、しいちゃんの方でやりたいことがあるなら、私たちのことは気にしないで、そっちに行っていいんだから。どちらにしても、私たちにできるだけのことはさせてもらうつもりでいるから」

おかみさんは気丈を装《よそお》っていたが、胸の内の不安が志木子には透けて見えるようだった。

帰り道、志木子は肩を落としていた。詳しいことはわからなくても、匠も何かを感じ取っていて、自転車の後ろの席でおとなしくしていた。

やはり自分は不運な星の下に生まれたのだと、つくづく思った。

「つるや」で働くようになって、親爺さんとおかみさんに出会い、この場所こそ安住の地と思われた。こんな私を必要としてくれている人がいる。それはどれほど、志木子を幸福な気持ちにしてくれただろう。自分には決して手に入らないと諦《あきら》めていた家族というものを得ることができるのだ。もう匠とふたりぼっちじゃない。

けれど、どこかでそんなうまくいくはずがないとも思っていた。自分に幸運なんて似合わない。きっとしっぺ返しがあるはずだ。

やっぱりそうだった。やっぱりうまくいかなかった。志木子は何度もため息をついた。うまくいかないことなんて、小さい頃から慣れっこだ。いつだってそれが当たり前だったではないか。今更、不運を恨んでも仕方ないではないか。

それより、親爺さんがあんなことになったのは、自分のせいではないかと志木子は唇を噛《か》んだ。

子供の頃、クラスメートに言われたことがある。

「おまえには疫病神《やくびょうがみ》がとりついている」

どういうわけか、志木子が何かすると、物事が悪い方へと向いた。たとえば遠足の時、志木子が班長になると雨が降った。ウサギの飼育当番になると、犬に襲われた。給食当番の時は、決まってパンが足りなくなった。

もしかしたら、親爺さんの病気も、志木子の不運から引き起こしてしまったのではないか。いつだってそうだ。いつだって、自分は結局他人に迷惑をかけながら生きている。匠とふたり、ひっそりと、身を縮めて、世の中の片隅にいるのに、そこでさえ疫病神は見逃してくれない。

アパートの前まで来たところで、声を掛けられた。

「志木子ちゃん」

振り向くと、佐久が立っていた。

「親爺さん、倒れたって、聞いた、んだけど」

佐久の表情は硬い。緊張しているせいか、また吃音《きつおん》が出ている。

「ええ、そうなんです」

「それで、具合は？」

「身体の方は大丈夫です。病院でもう元気にしてます」

「そうか、大したこと、なかったんだ。よかった。じゃあ、店もじきに再開するんだね」

「それが……」

志木子は言葉を濁らせた。それから自転車から匠を下ろし、鍵《かぎ》を渡して、先に部屋に行っているように言った。匠が階段を駆け上って行く。

「おかみさんは、閉めたいって言ってます」

「どうして」

「親爺さん、元気なんですけど、ちょっと包丁を持つのが難しくなってしまって」

「そう、か……」

「すみません、佐久さんにまでご心配をおかけして」

「いや、そんなことは、いい、んだ。それで『つるや』が閉まったら、志木子ちゃんはどうするんだい？」

「私ですか……」

身体から力が抜けてゆくような気がした。これから先のことなんて、まだ何も考えていない。当てもない。匠とふたり、先の見えない暮らしが待っている。

「もう、どうすればいいのかわからなくて……」

不意に涙が溢《あふ》れ、志木子は手の甲で慌てて拭《ぬぐ》った。

「ごめんなさい、私ったら」

「いい、んだ」

「こんなことになってしまうなんて……」

「あの、もし、よかったら、俺、んとこに、来ないか」

唐突に、佐久が言った。

志木子はゆっくりと顔を向けた。

「え？」

聞き違いかと思った。

「実は近々、田舎に帰る、つもりなんだ。岡山の、星がきれいな、山の中だ。こんなこと、俺、みたいな男が、言う資格なんてないと、思うけど、よかったら、こんな俺でよかったら、匠くんと一緒に、三人で行かないか」

結婚を申し込まれていると気づくまで、しばらく時間がかかった。

「佐久さん……」

志木子は改めて佐久に目を向けた。佐久はまるで悪いことをしたように、俯き、背中を丸めている。

「もちろん、返事は、すぐでなくていいんだ。よかったら、考えといて、くれ」

そのまま、佐久は志木子を見ようともせず、背を向けて帰って行った。

アパートの部屋に入り、志木子はしばらくぼんやりした。

結婚を申し込まれたことなど、一度もない。どころか、男から好意を寄せられるような経験をしたこともない。佐久は無口で無愛想だが、まじめな性格であることはよくわかっている。口数が少ないのは、自分の吃音を気にしているだけのことだ。まさか、佐久が自分にそんな気持ちを抱いているなんて夢にも思わなかった。

結婚。

小さく呟《つぶや》いてみた。

それは自分と匠が、守られるということだ。結婚さえすれば、もう匠を真夜中まで託児所に預けておくようなことをせずに済む。経済的にも安定する。小学校にも堂々と入学することができる。

自分の気持ちがどうかなんて、考えることもできなかった。誰かを好きになったことなどずっとなかった。好きになる資格さえ、自分にはないと思って来た。

「おかあちゃん、どうしたの？」

匠の声に我に返った。

「ううん、何でも。すぐ、ご飯の用意をするわね」

どこか上擦っている自分に首を振り、志木子はエプロンを手にした――。

相談というつもりではなかったが、士郎に親爺さんの具合について電話をした時、つい、佐久のことも口にしていた。

「そうか、佐久さんが」

「私、こんなこと初めてなので、どうお返事していいものかわからなくて」

「自分の気持ちに正直になればいいんだよ」

士郎の声が、どうしたことか、どこか耳に寂しく響く。

「でも、自分の気持ちって言っても、そんなこと言われるまで、佐久さんのこと、お客さまとしか見ていなかったですから」

「じゃあ、これから、ひとりの男として見ればいい」

「そんなこと、できるでしょうか」

「できるよ。しいちゃんはまだ若い。結婚を申し込む相手がいたって、不思議じゃないさ」

けれども、志木子にその言葉はピンと来なかった。

「親爺さんとおかみさんには、話したのかい？　そのこと」

「いえ、まだ」

それから付け加えた。

「実はおかみさんから、あの話はなかったことにして欲しいって言われました」

「あの話って、養子に入ることかい？」

「はい」

「そうか」

士郎はさほど驚かなかった。親爺さんが包丁を握れない以上「つるや」を再開するのは無理だろうし、そうなればすべてのことが白紙に戻っても仕方ないとわかっていたのだろう。

「しいちゃんも、いろいろと大変だね」

「私のことはいいんです。そんなふうに思っていただいただけで感謝の気持ちでいっぱいなんです。今、私にできることは、親爺さんとおかみさんのおっしゃる通りにすることだと思ってます。ただ、これで本当にいいのか、わからなくて」

「人生って、本当にうまくいかないな。神さまって、どうしてこうも意地悪なんだろう」

志木子は黙った。神さまを恨みだしたらきりがなくなることが怖かった。

「それから、謝らなくちゃ、例のことをそのままにして。決して放っぽり出してるわけじゃないんだけど、あれからちょっとゴタゴタしていて、まだあれ以上のことはわかっていないんだ」

志木子は受話器を持ったまま、首を振った。

「そんな、とんでもないです。もう、いいんです。どうか、そのことは忘れてください」

「もう少し待っててくれないか。また、当たってみるから」

「本当に気になさらないでください」

「前にも言ったけど、しいちゃんが気に病むことはないからね。俺が好きでやってるんだから」

「すみません。でも、それとは別に、来年の春から匠もいよいよ小学校なので、その前に、田舎には行って来なければと思ってます」

「そうか」

「津久見さんには、また改めてお礼をさせてください」

「いいんだよ、そんなの」

「何でも言ってください。私にできることなら何でもしますから」

「やだなぁ、大げさなんだから」

「本当に」

「じゃあ、いつかチャンスがあったら、またしいちゃんの手料理でも食べさせてもらおうかな。あれはうまかったなぁ」

嬉《うれ》しかった。

その時、もしあの言葉が佐久ではなく士郎からだったら、と、短く想像した。

「そんなことなら、いつでも」

士郎との電話を切って、志木子は胸に広がる温かいものをゆっくりと味わった。それから、それが決して胸からこぼれないよう、深く息を吸い込んだ——。

もう開くことはないとわかっていても、志木子は時折「つるや」に寄った。

今日もテーブルとカウンターを丁寧に拭《ふ》き、玄関前を掃除した。おかみさんから、家主には借りられなくなったことを話したと聞いていた。長い付き合いの家主は、それをとても残念がってくれ、次の借り手を探すくらいならいっそのこと手放そうかと、今は思案中の状態らしい。

店先に水を撒《ま》いていると、近くのラーメン屋のおじさんが声を掛けてきた。以前から、親爺《おやじ》さんとは釣りの話で気が合っていた人だ。

「えらいね、こんな時も掃除とは」

志木子は手を止め、会釈《えしやく》をした。

「こんにちは」

「親爺さん、具合はどうだい？」

「ありがとうございます。元気にしてます。リハビリもうまくいってて、頑張ってます」

「そうかい、それはよかったなぁ」

行き過ぎようとして、おじさんは足を止めた。

「そうそう、おかみさんのあれ、見つかったかい？」

「え？」

志木子は首をかしげた。

「あれって？」

「働き口だよ。どこか料理屋の賄《まかな》いでもないかって、いろいろ訪ねて回ってるみたいだけど」

「そうなんですか？」

「知らなかったのかい？　今更、外で働くのも大変だろうけど、まあ、それも仕方ないだろうな。それで、あんたは次、どうすんだい？」

「私はまだ何も……」

「今はどこも不景気だからね。でも、あんたはまだ若いんだからきっといい働き口が見つかるさ。問題はおかみさんだよ。俺もいろいろ当たってはいるんだけど、なかなかかね。年も年だからな。ま、とにかく、親爺さんによろしく伝えといてくれな」

「はい」

店に戻り、しばらくぼんやりした。

おかみさんが賄いの働き口を探していることに、志木子は胸が詰まるような思いがした。店を閉めれば、収入はない。その当たり前のことが、改めて現実として身に迫ってきた。

自分に何かできないだろうか。こんな私を家に迎えたいと言ってくれた親爺さんとおかみさんに、何か恩返しのようなことが。けれど、自分にいったい何ができるだろう。

ぼんやりしていると、店の戸が開いた。

「やってますか？」

振り向くと、OLらしき女性がふたり立っていた。

「すみません、お休みさせてもらってるんです」

「なぁんだ」

OLたちは肩をすくめて、戸を閉めた。

「ねえ、ランチか定食やってるところ、他にない？」

戸の向こうから、そんな会話が聞こえて来た。志木子はハッとした。

自分にできること。料理は好きだ。作ることは少しも苦にならない。けれど、親爺さんのように凝った酒の肴《さかな》を作ることはできない。でも家庭料理なら作れる。居酒屋は無理でも、定食屋なら。それなら難しいメニューはいらないし、ある程度、作り置きもできる。士郎も褒めてくれたではないか。材料も保存のきくものを使うことにすれば、無駄にするのを最小限に止められる。昼の三時間と、夜は九時ごろまでに仕舞うことにすれば、おかみさんとふたりでできないこともないのではないか。

志木子は店を見回した。

今もし、自分がやらなければ、この店はなくなってしまう。おかみさんは賄いの仕事に出て、知らない誰かに使われることになる。

そんなこと、させられるはずがないと思った。

今まで、何が起きても受け入れるだけの人生を送ってきた。それが自分には分相応の生き方なのだと思っていた。

でも、今はわかる。そんな生き方をしている限り、自分はいつまでも、のろまで愚図のままだ。どこでひっそり暮らしていても、必ず、疫病神《やくびょうがみ》に見つかってしまう。

志木子は厨房《ちゅうぼう》に入った。

引き出しから、手ぬぐいに包まれた親爺さんの包丁を取り出し、しばらく見入った。わずかに錆《さび》が浮き始めている。今から病院に行って、親爺さんに砥《と》ぎ方を教えてもらわなければと、考えていた。

## 士郎

「今夜、どうかなって思って」

昼休み、士郎は蕎麦《そば》屋を出てからオフィスに戻る途中、許子に携帯電話で連絡を入れた。

一瞬、宙に浮くような間《ま》があり、許子の返事があった。

「ごめんなさい、今夜はちょっと都合がつかないの」

いつものいくらか粘っこい、そこがまた色っぽくもある声だ。

「じゃあ、いつにしようか。今週なら俺はいつでも時間を取れるけど」

また、短い間があった。

「そうね」

「いや、別に急ぐ必要はないんだ。来週だって構わないわけだし」

許子が何か言った。すれ違った若いサラリーマングループの笑い声でよく聞こえない。

「え？」

「だからね、私たち、そろそろ終わりにした方がいいと思うの」

今度は士郎が黙る番だった。

少し歩いてから、尋ねた。

「どうして」

口にして、すぐ自分の言葉を悔やんだ。悔やむ理由は、もちろん士郎自身、わかっていた。わかっていながら、尋ねてしまった自分が情けなかった。

「だって、ほら、ね」

許子が同意を求めている。となれば、今更とぼけられない。

「ああ、そうだね」

許子がそう言うのには、あまりにもわかりやすい理由があった。この間も士郎はできなかった。実はその前もだ。ここのところ続けざまで三回、ベッドの上で、何をどう頑張ってもできなかった。

でも、と、士郎は喉《のど》の奥で呟《つぶや》いた。たった三回ではないか。その前はずっと許子を満足させてきたはずだ。

「きっと、私じゃもう、あなたをその気にさせられないんだと思うの」

そんなことはない、というセリフを口にするのは、許子の精一杯の思いやりに対して失礼というものだろう。

「俺も年だということさ」

「いやね、そんなことないわよ」

許子が柔らかく笑う。

女は賢い。女はいつも、自分が加害者になって別れるようなヘマは決してしない。

「わかった」

答えると、許子のほっとしたような、わずかな息遣いがあった。

「ありがとう。楽しかったわ、短い間だったけど」

「俺もだよ。じゃあ」

電話を切って、しばらく立ち尽くした。若いOLたちのストッキングに包まれたふくらはぎが、士郎を追い越してゆく。簡単なものだな、と思った。いや、簡単なものだからこそ、許子とこうなったのだ。役に立たなくなったオスは、メスにあっさり捨てられる。そこに情や責任が絡《から》んだりすることもない。これでいい。世の中の大抵の揉《も》め事は、その情や責任という、面倒なものから始まっている。こんなわかりやすくあっさりした結末は、むしろ、感謝しなくてはならないくらいだ。

けれども、どうにも憂鬱《ゆううつ》な気分は拭《ぬぐ》えず、このままオフィスに戻る気にはなれなかった。士郎は踵《きびす》を返し、途中のスタンドでコーヒーを買い、少し離れた公園のベンチに腰を下ろした。弁当を広げるような季節ではなく、公園はがらんとしていて、真ん中の池で噴水だけが律儀《りちぎ》に水を吹き上げていた。

セックスと人格は別物だ。そんなことぐらいわかっている。セックスが強いことを自慢する男もいるが、まあ、それも羨《うらや》ましくないわけではないが、セックスが弱くなったことなど仕事で無能呼ばわりされるよりかはよほどマシだ。だいたい、営業などをやっている男は毎日神経をすり減らしている。男は、女と違って頭を使わなければならず、そういう微妙な体調や気持ちの在り方が影響するものなのだ。女は、そこをうまく理解できずに、男はストレートに下半身の生き物だと思い込んでいる。

考えてみれば許子の言葉も満更《まんざら》違うとは言えないかもしれない。確かに、少しは許子への興奮が薄れてしまったという理由も考えられる。結局、ベッドの上でやることなんて相手が誰であろうと大して変わりはない。十回もやれば、それで元が取れたと、無意識に思ったのかもしれない。もちろん、口が裂けてもそんなことは言えない。女が決して加害者にはならないように、男も思いやりを最後まで手放すわけにはいかない。それが男の美学というものだ。

「男の美学か……」

口にして、思わず笑っていた。

さまざまな言い訳を頭の中に巡らせても、滅入《めい》った気持ちは変えられなかった。早い話、今、ひどく動揺していた。セックスができなくて、女に背中を向けられたという事実は、想像以上に、士郎の気持ちを硬直させていた。

結子は、何で俺を捨てないのだろう。

ふと、思った。

結子ともセックスはない。結婚して七年あまり、最後にしたのはいつだったか忘れてしまったくらい、もうずっとない。けれど、そのことに不満はあるにしても、それを理由に別れを切り出されたことは一度もない。

もちろん、結子に対しては、できないわけではなく、する気が湧《わ》いて来なかっただけで、許子の場合とは違う。けれど、それは士郎の勝手な言い分で、結子にしてみれば、許子と同じ気持ちになっても不思議ではないはずだ。

もう、オスとメスの関係じゃないからな。

確かにそれはあるだろう。では、いったい、いつからそうなったのだろう。

多くの夫婦がそうであるように、生活は互いを緩やかに去勢してゆく。たぶん、その方が暮らすに適しているからだ。寛《くつろ》げる場所と欲情する場所が同じなんて、考えただけで落ち着かない。生活は手強《てごわ》い。電気代の数字や、排水管が詰まったトイレや、流しに出しっ放しになっている茶碗《ちゃわん》が相手なのだから。まったく、あいつらは融通ってものがきかない。

結婚して七年か。

よくもったな、という気もするし、呆気《あっけ》ないものだな、とも感じる。

あの頃、七年後の自分たちはどんな夫婦であると想像していただろう。今の自分たちと、どんなギャップがあるだろう。

しばらく考えてみたが、さほどの違和感も感慨深さも湧いてこなかった。なるようになってきた、それだけのように思う。そんなことを考えるのは、たぶん、結子の方がずっと得意だ。女は本当にいろんなことを頭の中で標本にしている。そうして、思いがけない時に目の前に並べて、男を驚かせる。

結子は妻には違いない。誰に対しても「妻です」とか「女房です」と当たり前に紹介している。けれども、実際のところ、それだけでは言い当てていない存在のように思える時がある。

かつて、気恥ずかしいような恋愛をして、セックスもしまくって、喧嘩《けんか》もし、時には憎みあい、みっともなく泣いたこともあった。八つ当たりもし、かと思えば、馬鹿《ばか》みたいにはしゃいだ姿や、酔って正体をなくした姿も見られている。愚痴ももらしたし、弱気も見せた。風邪をこじらせて肺炎になった時はトイレに連れて行ってもらったこともある。いろんなことがあっても、気がつくと一緒に飯を食い、一緒に眠り、洗濯機の中では、俺のTシャツやトランクスと結子のパジャマが一緒に回っている。

そんな挙げ句、辿《たど》り着いた関係は、妻という言葉が持つニュアンスだけでは納まりきらない何かがあるような気がする。肉親とも違う。同志とか、戦友なんて言い方もあるが、どうもピンと来ない。むしろ、友情と呼んでもいいような気がする。自分が持っている男友達とも、女友達とも違う、もうひとつの、限りなく自分に近い友情の形。

自分たちは何故《なぜ》別れないのだろう。

子供がいるわけじゃない、揉めそうな財産があるわけでもない。結子は経済的に自立しているし、それなりの自分の生活スタイルを持っている。別れたって困ることはない。実際、互いに別居生活を十分に楽しんでいるではないか。

まったく、どうして、俺たちは別れないのだろう――。

週末、「つるや」の親爺《おやじ》さんの見舞いに行った。

二週間ほど前に、一度顔をだしている。あの時はまだふたり部屋だったが、今は大部屋に移っていて、それはつまり、経過が良好ということなのだろう。

奥の窓際《まどぎわ》のベッドに、親爺さんはこちらに背を向けて、ひっそりと座っていた。窓の向こうには高層ビルが連なっていて、午後の日差しが白く反射していた。

「親爺さん」

声を掛けると、ぎこちない動きで顔を向けた。

「ああ、津久見さん」

相好《そうごう》を崩した。言葉はまだ完璧《かんぺき》には戻らず、どこか空気が漏れているような感じだ。

「元気そうじゃないですか」

士郎は、隣の患者に断って、丸椅子《いす》を借りてきた。

「うん、まあ、何とかね」

「少し、太ったみたいだし」

「一時よりかは、食えるようになったから」

「顔色もいい」

嘘《うそ》をついているわけじゃない。前よりも、確かに元気そうに見える。ただ、親爺さんの表情からは肝心なものが脱落していた。精彩というか、やる気というか、もっと言えば生きることへの執着といおうか……。もともと無愛想ではあったが、カウンターの向こうで包丁を手にする姿には気骨が感じられた。今は表情も、穏やかというより、勢いというものがないように見える。もしかしたら、リタイアを強《し》いられた男の顔というのは、みな同じになってゆくのかもしれない。

「これ」

士郎はビニール袋を差し出した。

「うまそうな蜜柑《みかん》があったから」

「うん、すまないね」

「じゃあ、ここに置いておきます」

枕元《まくらもと》の棚に置き、それから言葉に詰まった。店では気楽に世間話を交わしてきたが、ここではうまく話題を口にすることができなかった。

「えっと、おかみさんは？」

「今、売店に行ってるよ」

見舞いになど来ない方がよかったのかもしれない。ふと、そんな気になった。喜んでもらえるなどというのは、こちらの勝手な思い込みで、親爺さんにしてみれば、今の自分の姿を誰にも見られたくないと思っているかもしれない。自分だったらどうだろう。来てもらいたいか？　見られて平気か？　見舞いなんて、結局は自己満足にしか過ぎないのではないか？

だから、おかみさんが帰ってきた時は、ホッとした。

「どうも、ご無沙汰《ぶさた》しちゃって」

士郎は丸椅子から立ち上がって頭を下げた。

「とんでもない。わざわざすみません。今、お茶でも」

「いえ、構わないでください。ちょっと親爺さんの顔を見に来させてもらっただけですから。安心しました、お元気そうで」

「ほんとにね。元気になるにつれて、いろいろうるさくなっちゃって。私なんか、毎日、叱《しか》られてばっかりなのよ」

おかみさんはにこにこしているが、冗談なのか本音なのか、ちょっと判断がつかない。

結局、それから五分ほど世間話をして、病室を出た。おかみさんがロビーまで見送りに出てくれ、待合室のベンチの前にくると「ちょっと、いいかしら」と言い出した。

「ええ」

ふたりでビニールシートのベンチに腰を下ろした。

「あのね、しいちゃんのことなんだけど」

「はい」

何となく予想はついていた。

「定食屋を始めたいって、急に言い出して」

そのことは志木子から電話で聞いていた。「私、定食屋をやりたいんです」。志木子にしてはめずらしく、強い意志を感じさせるような口調だった。

「おかみさんは、反対ですか？」

びっくりしたように、おかみさんが顔を向けた。

「当たり前じゃないの。賛成なんかできっこないわ。あのね、うまくいくとかいかないとか、そういうことじゃないの。しいちゃん、それを私たちのためにやろうとしているのよ。もう、私たちに関わっていてはダメ。何ひとつ、してあげられないんだから。どころか、お荷物になってゆくばかりなんだから」

「そんなこと」

「それに、佐久さんから結婚して欲しいって言われてるんでしょう」

「知ってらしたんですか」

「佐久さんから聞いたの。お見舞いに来てくれた時にぽろっとね。佐久さんなら安心だわ。口下手で無愛想なところがあるけど、まじめだし健康だし、きっと匠ちゃんのいいお父さんになってくれると思うのよ」

「……それで、しいちゃんは何て？」

「それが、佐久さんにはお断りするって。どうしても定食屋をやりたいって」

「そうですか」

「だからね、津久見さんからも説得して欲しいのよ。私たちのことはいいから、少ないけど年金もちゃんと出るんだから、何にも心配することはないの。自分と匠ちゃんのことだけ考えなさいって」

帰り道、士郎は地下鉄に揺られながら、ぼんやりと考えていた。

志木子は士郎が「つるや」に紹介したという責任がある。おかみさんも、それを気にしているのだろう。けれども、おかみさんはああ言っているが、できるなら志木子にそばにいて欲しいというのが本音であるのは間違いない。あの店を定食屋に変えて一緒に働く。それは願ってもないことではないか。志木子もふたりには恩義を感じていて、心からそう言っていることがよくわかる。

ただ、志木子はまだ若い。匠を抱えて生きてゆくだけでも大変なのに、七十近くの患《わずら》った親爺さんとおかみさんまで背負うことはない。それは士郎ももっともだと思う。気になるなら、佐久と結婚しても時折顔を出してあげればいい。実の娘でも結婚したらそんなものだ。何も二度と会えなくなるわけじゃないし、佐久だって、そんなことに文句をつけたりするような男じゃないだろう。

しかし、こうも思うのだ。人は何かにつけて、結婚すれば幸せが手に入ると錯覚しているが、果たしてそうだろうか。結婚そのものを否定するわけではないし、もちろん佐久の人柄を心配しているわけでもない。ただ、結婚するのが幸せというなら、それと同じように、結婚しない幸せもあるはずではないか。

自分の店を持つということ。それはサラリーマンの士郎には、どこか羨《うらや》ましく感じられた。志木子ならきっとうまい定食をだすだろう。親爺さんの作る肴《さかな》はなくても、ビールか銚子《ちょうし》を一本、それとも焼酎《しょうちゅう》を一杯、志木子の作った家庭的な飯を食いながら、ほっとする時間を過ごせるに違いない。

いや、客としての勝手な都合を志木子に押し付けるつもりはない。ただ、多くの客たちに待たれている、大事にされている、拠《よ》り所と思われている、ある意味、自分の家庭よりも居心地よく過ごせる場所となるような店を持てるということは、それはそれでとても幸福なことではないかとも思えるのだ。

正直に言えば、士郎も志木子に店をやって欲しいという思いがある。「つるや」がなくなってからというもの、馴染《なじ》みになれそうな店を見つけられずにいた。ひとりで飲みたい時は、何となく目についた焼鳥屋やおでん屋にぶらりと立ち寄ってみるが、どうにももう一度行こうという気になれない。たぶん「つるや」の客たちは今、みんなそう感じているのではないだろうか。

もちろん、そんなことを志木子に言うつもりはない。客観的に見れば、どうしたって佐久と結婚する方が賢い選択に決まっている――。

しばらくして、展示会で仕事があった。

幕張メッセで行われるこの展示会は、外国バイヤーの姿も多く見られ、年に一度の大きなイベントとなっている。定番商品から、新作、開発中の最新時計まで、他のメーカーを意識しながら、パンフレットを手に来訪者に説明をする。

日本が時計メーカーとしての世界的なシェアを持っていたということは、そろそろ伝説になろうとしていた。機能で言えば、どこのメーカーもすでに肩を並べている。正しく時を刻む、それはもう何の評価の対象にもならない。ファッション性と、娯楽性。時計はある意味で、遊び道具でもなければならない。携帯電話、パソコン、ゲーム、カメラ、すべて付加機能が求められるようになっている。

夕方になって人出も一段落し、冷やかし混じりに他社のブースを覗《のぞ》いていると、ふと気がついた。この展示会は、時計だけを扱っているわけではない。時計と大きな意味で同じ範疇《はんちゅう》に入る製品、カメラも出店している。

「あの会社、出してるかな」

匠の父親である伊島、その彼を探す手掛かりとなる島原という男が勤めていたカメラ会社だ。以前、消息を尋ねてあっさり断られた。会社は規模としては中堅だが、最近、女性向けの小型軽量のデジカメが大ヒットして、知名度を上げている。うまくいけば、何かわかるかもしれない。

士郎はカメラ会社のブースが集まっているブロックに足を延ばした。しばらくうろついていると、目的のカメラ会社を見つけた。士郎はバイヤーの振りをして、ショーケースを覗き込んだ。最新のデジカメが並んでいる。

「パンフレットです。どうぞ」

まだ二十代半ばとおぼしき若い営業マンが、妙にさわやかな笑顔で差し出した。

「どうも」

「これは当社自慢の最新型のデジカメです。画質も素晴らしいですよ」

「小さいね」

「手のひらサイズがうちの売りですから。けれどズームは二〇倍ありますし、夜間撮影にも対応できます」

「ビデオは?」

「もちろん、こちらにどうぞ」

脈があると思ったらしく、営業マンはますます愛想よく案内をする。感じがいい。なかなかだな、と思う。これくらいの営業マンがうちの社にもいてくれたら俺も少しは楽できるのに、などと考えてしまう。

ビデオカメラについて一通りの説明を受けてから、士郎はやおら、質問した。

「そう言えば、少し前まで、おたくに島原くんって社員がいなかったかな」

「島原ですか。何歳ぐらいですか？」

営業マンは笑顔のまま尋ね返した。

「ええっと、そうだな、三十歳前後だと思うんだけど」

「島原……うーん、私はちょっとわかりませんね」

「そうか、それならいいんだ」

「いえ、でもちょっと待ってください。似たような年の社員がいますから、聞いてみます」

営業マンはブースの奥に入ってゆき、しばらくして先輩らしい男を連れて出てきた。

「どうも、島原ですか？」

男もまた、営業スマイルを隙《すき》なく顔に貼《は》り付けている。

「ご存知ですか？」

「ええ、同期でしたから。あのデザイン室にいた島原ですよね」

そこまではわからないが、たぶん、その彼だろう。

「辞められたそうですね」

「そうなんですよ。一昨年《おととし》だったかなぁ」

「どちらへ行かれたんですか？」

「確か、どこかのデザイン事務所に引き抜かれたとかいうことだったような」

「それ、どこの事務所かわかりますか？」

営業マンがわずかに表情を変えた。

「島原に何か？」

「いや、大したことじゃないんですけど」

と、言ってから、まごついた。どんな理由がふさわしいだろうか、ない知恵を絞った。

「前にちょっと仕事で知り合って、いろいろとお世話になったものだから、何となく行方が気になってたんですよ。今、どうされているのかなぁって」

あとは士郎も得意の営業スマイルでごまかした。それが効いたかどうかはわからないが、営業マンは「ちょっと待ってください」と、携帯電話を取り出した。どうやら、会社に連絡を取ってくれたらしい。

「ああ、俺だけど、デザイン室にいた島原、うんそう、あいつ。引き抜かれたのどこの事務所だっけ。えっ、ああ、そうか、わかった。いや何でもないんだ。じゃ」

電話を切り、営業マンは少々得意げな口調で言った。

「宮田デザイン事務所というところだそうです」

喉《のど》の奥で声が出そうになった。

「すみません、せっかくですから、名刺をいただけますか」

営業マンは、決してただでは引き下がらない。

「いや、明日にでも、購入担当の者とまた伺いますよ」

士郎は背を向け、足早にそこを離れた。

宮田デザイン事務所だって。結子の勤めている事務所と同じ名前ではないか。

## 陸人

朝から陸人は憂鬱《ゆううつ》だった。今日が月曜日ということばかりじゃない。

先週末の夜、アパートに戻ると、新聞受けに管理人からの茶封筒が挟み込まれてあった。

「そちらで猫を二匹飼ってらっしゃるようですが、当アパートでは、動物の飼育は禁止になっております。何らかの対処をお願いします。そうでなければ、退室していただく可能性もあることをご了承ください」

猫缶をあけて、ふたつの皿に載せ、いつものようにキッチンの床に置いた。猫たちは寝ていた陸人のベッドから飛び降り、身軽な動作で近付いてくる。すぐに餌《えさ》に口をつけた。

「何らかの対処って何だ」

猫たちを眺めながら呟《つぶや》いた。

処分しろということか。こいつらを捨てろと言うのか。殺せと言うのか。

猫を外に出したことは一度もない。あまり鳴かないし、近所に迷惑をかけているとも思えない。トイレの躾《しつけ》も完璧《かんぺき》で部屋は汚さないし、もちろん、二匹とも避妊手術を済ませてある。

右隣の、いつも酔っ払ってドアをばたんばたんさせるサラリーマンや、上の階に住む真夜中になると洗濯する女、ゴミ収集日を守らない一階の学生なんかより、よほど礼儀正しいではないか。

飼ってはいけないことは知っていた。それでも、飼ってしまった。人と付き合うのは得意な方ではなく、かといって誰もいない部屋に帰るのは味気なくて、体温の感じられるものが欲しかった。二匹の猫は、いつも律儀《りちぎ》に、静かに、陸人の帰りを待ってくれている。もう、彼らのいない生活なんて考えられない。

引っ越すしかないか。

大学を卒業した年、このアパートを見つけて住み始めた。建物は古いが、玄関先や階段が昭和初期の雰囲気を持つ洒落《しゃれ》た作りになっていて、家賃も納得できるものだった。住み心地も悪くないが、だからと言って、猫たちと引き換えにすることはできない。

引っ越すなら、次はどの辺りがいいだろう。駅もマーケットも遠くて構わないが、できたらそばに大きな公園があるところがいい。幹線道路から離れていて、車の出入りがうるさいファミレスや激安ショップがなくて、広さは今と同じ1LDK……いや、もう一部屋あった方がいいかもしれない。そうすれば、仕事部屋を別にして、もう少し寛《くつろ》げる雰囲気の寝室になるはずだ。

その時、陸人の頭の中には結子が浮かんでいた。

自分は彼女とどうなりたいと望んでいるのだろう。

一緒に住みたいと思っているのだろうか。結婚したいのだろうか。

そんな結末から自分に問いかけてゆくと、どこか違うような気がしてくる。

もしかしたら、これは男の身勝手、無責任と非難されるかもしれないが、できることなら、結子とは何物にも縛られない自由な関係でありたいと思っていた。自分は結子に、結子であること以外、何も求めるつもりはない。たとえば、身の回りの世話をして欲しいとか、料理を作って欲しいなんてことは考えてもいない。自分の面倒は自分で見られる。洗濯も掃除も裁縫も、少しも苦痛ではない。男の面子《メンツ》とか体裁が悪いなんて考えももともとない。だいたい、自分でできることを自分以外の誰かに押し付けるのは、それこそ身勝手というものだろう。

もし、おいしいものが食べたいなら、陸人は自分で作るし、そうでなければ、ふたりでおいしい店を探して食べに行けばいい。大切なのは、食べ物そのものじゃない。それを誰と共に食べ、その時間、何を語り合えたかということだ。

時折、人は、一緒に暮らし、生活を共にしてこそ絆《きずな》が深まるというようなことを口にする。けれども本当にそうだろうか。むしろ、生活ほどふたりのいちばん柔らかく大切なところを容赦なく踏み拉《しだ》いてゆくものはないのではないだろうか。そうでなければ、毎年右上がりに数字を伸ばしてゆくあの夥《おびただ》しい離婚件数は何なのだ。以前、結子がぽろりと洩《も》らした言葉をよく覚えている。

「生活って強力なウィルスみたい。やっつけてもやっつけても終わりがないの。どころか、却《かえ》って力をつけてゆくみたい。うんざりを通り越して、何だか時々、空恐ろしくなるわ」

若い頃は、女に対しての所有欲も強く、その延長線上で結婚を考えたこともあった。けれど今、さまざまな結婚生活を見聞きするようになって、欲しいものはそこにはないと思えるようになっていた。

決して、結子が結婚している今の状態をよしと思っているわけじゃない。対等という意味で、結子は引け目を感じているし、陸人は後ろめたい気持ちを持っている。できることなら、互いに同じ立場で向き合いたいと思う。

それでも今、こうして結子と付き合い始めて、わかったことがひとつある。女と共に生きることと、生活を共にすることとは同じではないということだ。

互いが、逢《あ》いたい時に逢い、セックスをしたい時にセックスする。食事がしたければ、一緒に出掛け、部屋でぼんやり過ごしたければそうすればいい。逢わない時はそれぞれ自分の時間を楽しむ。それで十分ではないか。いや、本来、それが何よりも自然な男と女の在り方ではないのか。

できることなら、ひとりの女と、そんなふうに一生付き合ってゆきたい。夫と妻とか、父親と母親とか、そんな役割はいっさい背負わず、生涯、男と女として付き合ってゆきたい――。

その日、久しぶりに結子と食事に出掛けた。

結子はここのところ、あまり仕事に身が入っていない様子で、先日もクライアントからクレームがあり、社長からデザインのやり直しを言われていた。気のせいか、陸人も避けられているように思えた。あまりしつこく詮索《せんさく》するのもどうかと思い、声をかけるのは控えるようにしていたのだが、今日はどういうわけか、先週までとは打って変わってさっぱりした表情で、結子の方から誘って来たのだった。

やはり、結子はそんな表情がよく似合う。ここのところ陸人が抱えていた気まずさも、いっぺんで払拭《ふっしょく》されていた。

駿河台《するがだい》の寿司《すし》屋に決めたのは陸人の方だ。以前に行った時、ネタのすべてに丁寧な仕事が施してある江戸前の寿司を食べて、いつか結子と来たいと思っていた。少々値は張るが、久しぶりのふたりの食事を楽しめるなら、それくらいはどうってことはない。

「ここのところ、元気がなかったね」

まずはビールで乾杯する。いつものことだ。

「そう?」

「何かあった?」

結子は小さく首を振った。

「何にもないわ。何かあったって、私が勝手に誤解して、ひとりで空回りしてただけ。気にしないで」

その言い回しがいつもの結子らしくないように感じて、陸人はふっと顔を向けた。

「どういう意味?」

「だから気にしないで、何でもないの。おいしいわね、このコハダ」

結子が相好《そうごう》を崩す。陸人は満足した気持ちになった。

「づけもうまいよ、鯛《たい》の昆布《こぶ》締《じ》めも」

ビールのあとは日本酒だ。結子は冷酒で、陸人は熱燗《あつかん》を飲む。最初の一杯だけは互いにつぎあうが、後は手酌でやる。そんなことを自然にできるのも、結子ならではという気がする。

「実は、引っ越そうかと思ってるんだ」

陸人が言うと、結子はグラスを持つ手を止めて、わずかに顔を向けた。

「どうしたの、急に」

「管理人に、猫のことがバレてしまって、処分するか出て行くか、どちらか選べと言われた」

「そんなひどいこと言われたの？」

「言葉はもう少しソフトだけれど、言っていることは同じだよ」

「そう、残念ね。いいアパートだったのに」

「次はどの辺りにしようか、今、考えてるところなんだ」

言ってから、結子からどんな返事があるのか、期待めいたものが陸人の胸を掠《かす》めた。たとえば、結子が今使っている沿線の駅の名前を口にするとか、結子が訪ねるに利便な場所を提案するとか。

「ペット可の部屋も最近、多くなったからきっといいのが見つかるわ」

無難な答えがあり、肩透かしをくらったような気分で、陸人は熱燗を飲んだ。

「うん、そうだね」

「実は、私も引っ越すことになるかもしれないの」

「いつ？」

「まだ、決まったわけじゃないんだけど、前に住んでいたマンションを正式に解約したから」

「それは、つまり……」

次の言葉を口にしていいものか、陸人は迷った。

つまり、調布の実家を出て、再び夫と一緒に暮らし始めるということか。

もちろん、そうだろう。それ以外、どんな理由があるというのだ。結子が今、夫と別れてひとりで暮らす、なんてことはあり得ない。

そう、あり得ないのだ。

そうして、それがあり得ないことである限り「結子に、結子であること以外、何も求めるつもりはない」という陸人の思いなど、独りよがりの思い込みでしかない。

「いろんなことは変わってゆくのね。あなたの暮らしも、私の生活も。いつまでも同じままではいられないってことだわ」

ふと、これは別れ話なのかと思った。結子は引っ越しの話題をきっかけに、遠回しにそれを伝えようとしているのか。

「だろうな、僕だって君と出会って変わったし、君だって僕と出会って変わったはずだ。生きてれば、変わってゆくしかないってことさ」

「そうね、いいふうにも、悪いふうにも」

それから、陸人は口にした。

「最近、君はまた少し変わったね」

「そう？」

「もしかしたら、それは伊島のせいかな」

結子が一瞬、呼吸を止めたように感じた。

陸人にしても、この名前は口にするだけで不愉快が全身を包み込む。あの電話で聞いた話など、真に受けないようにしていた。けれども、さっきの言い回しといい、どこかで伊島の姿が影のように張り付いているように感じられた。

結子がわずかに首を傾けた。

「伊島って、あの伊島さんのこと？　前に一度、代官山の店で会った」

「ああ」

「どうしてここに、伊島さんの名前が出てくるの？　だいたい、私が伊島さんのせいでどうして変わらなければならないの？」

結子は心底不思議そうな目を向けた。

陸人はいたたまれない気持ちになって、視線を膝《ひざ》に落とした。そこにはもちろん、安堵《あんど》の思いが含まれている。けれど同時に、結局は伊島のタチの悪いからかいに乗せられてしまった自分に対する歯痒《はがゆ》さもあった。

「いや、ごめん、何でもないんだ。今言ったことは忘れてくれ」

## 結子

これくらい、嘘《うそ》をついたとは言えないはずだ、と結子は思っていた。

伊島の名前が陸人の口から飛び出した時は、一瞬呼吸が止まったが、すぐにいつもの自分を取り戻した。

陸人に「伊島と会ったのか？」と聞かれたわけじゃない。ただ伊島の名前を口にしただけだ。だから思い切り不思議そうな目で「どうして？」と問い返した。それだけで、陸人は「何でもない」と、ひとりで納得してしまった。だから、これは騙《だま》したわけじゃない。

それにしても、こんな簡単に疑問を撤回してしまった陸人に呆《あき》れていた。何につけても女には作為がある、ということにどうして気づかないのだろう。たぶん、そこが陸人の魅力であり、同時に、物足りなさでもある。

ただ、陸人はどうして伊島のことを感付いたのか。伊島が陸人に何か言ったのだろうか。普通なら考えられないが、あの男のことだ、面白がるためならそれくらいのことは平気でするかもしれない。

ふと、伊島の人を見透かしたような、あの皮肉な眼差《まなざ》しが思い浮かんだ。会うたび、何て厭《いや》な男だろうと思う。そうして、何て官能的な男だろうと感じる。

「三回、飯を食った女とは、必ずやる」

それに対しては、笑いながらきっぱり断ったはずだ。なのに、結子の胸の中で、その言葉は今も熾火《おきび》のように残っている。あれから、伊島からは何の連絡もない。そのことにホッとしつつも、どこかで待っている自分がいることも否《いな》めない。

「ちょっと、ごめんなさい」

バッグを持って、トイレに立った。今日はバッグがかさばってしょうがない。ナプキン入りのポーチが入っているからだ。

先週末、生理が来た。結局、丸一ヵ月、飛んでしまったことになる。

生理が遅れていることに気がついた時、最初に考えたのはもちろん妊娠だった。陸人は避妊に手を抜いたりはしないが、もしもということも考えられる。すぐに妊娠検査薬を買って調べてみた。結果はマイナスだった。けれど、それからもなかなか来ない。三日おきぐらいに検査をした。マイナスが続いていたが、胸の中では「もし」ということばかり考えていた。そうしてようやく、先週末に生理が来て、心からホッとした。

　そうして、これほどまでにホッとしている自分に気づいた時、結子は現実を突きつけられたような気がした。

　子供が欲しかった。欲しいから、婦人科で検査をし、基礎体温を測り、煙草《たばこ》もお酒も控えめにして、食べ物にも気をつけ、すべての準備を整えて、あの夜、妊娠の可能性を期待したのだ。もし、階上の火事に巻き込まれなかったら、この腕の中に子供を抱くことができたかもしれない。

　あの時、本当に子供が欲しかった。とにかく、自分の子供が欲しかった。だから、士郎が実はあまり賛成ではないのかもしれない、ということに薄々気づきながら、勝手に計画を進めて、産もうと決めていた。

　けれど、どうだろう、同じ妊娠でも、陸人の子供と思った瞬間、結子の頭に浮かんだのは困惑だった。もっと露骨な言い方をすれば、まずい、と思った。

　あの瞬間、思い知らされたのだ。自分の狡《ずる》さ、自分の臆病《おくびょう》さ。そうして、誰の子供でもなく自分の子供、というような考え方をしていたつもりでいながら、やはり、欲しかったのは士郎の子供であったのだということに。

席に戻ると陸人が言った。

「今夜、うちに来る？」

「ううん、行けないわ、残念だけど」

「そうか」

陸人はいつもさらりとしている。断れば、それ以上しつこく誘ったり、理由を問いただしたりしない。それを物足りなく感じるうちは、たぶん恋だろう。けれど、それに安堵するようになった時、何か別の関係になったように思う。

カウンターの下に入れたバッグの中で、携帯電話が鳴り出した。膝の上に取り出すと、画面には士郎の名前が表示されていた。

「ごめん」

電話を手にして、結子は出入り口へと近付いた。

「もしもし」

「ああ、俺だけど」

電波が届きにくい所にいるのか、少し雑音が入る。

「ちょっと聞こえにくいけど、どこにいるの？」

「展示場だよ」

「どうしたの？」

「今、いい？」

「ええ、大丈夫」

「ちょっと聞きたいことがあるんだ」

「なに？」

「結子の事務所に、島原陸人って男がいるか？」

士郎の言葉がすぐには理解できなかった。そんな名前が、士郎の口から出るはずがない。聞き違いに決まっている。

結子は聞き返した。

「誰？」

「だから、島原陸人だよ」

## 志木子

「すみません」

志木子は俯《うつむ》いて、身を小さくした。

返事はない。

顔を上げられないのは、もちろん、佐久の顔を見られないからだ。

病院近くの喫茶店で、志木子は佐久と向かい合っていた。閉店時間が近いせいか、客はあまりいない。見舞いや付き添いの人が多く利用しているせいか、病院の匂《にお》いが、コーヒーの香りにかすかに混ざっている。

叱《しか》られたり怒られたりするのは、慣れていた。だからと言って平気でいられるわけではないが、もともと自分には相手を不愉快にさせる何かがあるということは知っていた。

小さい時から、みなにできることが、自分にはどうしてもできなかった。それが簡単な事であればあるほど顕著に現れた。たとえば、折り紙で鶴《つる》を作ればいつもいちばん無様《ぶざま》な出来だった。小学生の頃、最後までまともな前転ができなかったのは志木子だけだ。一生懸命やっても、いや、一生懸命やればやるほど、結果はいつも必ず誰かを苛立《いらだ》たせた。

佐久からの結婚の申し込みを断るなんて、たぶん自分の愚かさの最たるものと言っていいだろう。美しくもない、賢いわけでもない、ましてや家出してまともな籍もない志木子と匠の面倒を引き受けようと言ってくれる男など、この先、現れるとは思えない。愚かな選択であることはわかっていた。わかっていながら、やはり志木子は首を縦に振れなかった。

「やっぱり、『つるや』をやる、つもりなのかい？」

吃音《きつおん》まじりの佐久の声がした。そこに怒りは含まれてはいない。

「はい」

「そうか……」

「すみません」

「いい、んだ。志木子ちゃんが、謝る、ことじゃない」

「でも……すみません」

ますます志木子は身体《からだ》を小さくした。

「こんな、僕、じゃ、断られて、当然だし」

思わず顔を上げた。そんなふうにだけは、佐久にそんなふうにだけは思われたくなかった。

「佐久さん、違います。そんなんじゃありません」

強い口調に、佐久は当惑したような表情を見せた。

「『つるや』の親爺《おやじ》さんとおかみさんには、本当の娘のように可愛《かわい》がってもらいました。東京に出て来て、こんなに親切にされるなんて思ってもみませんでした。私にできることがあるなら、何でもしたいんです。それが、私のせめてもの恩返しだと思ってるんです」

言ってから、志木子は自分の言葉に首を振った。

「いえ、何も親爺さんやおかみさんへの恩返しだけで言ってるんじゃありません。私『つるや』で働くようになって、こんな私でも、人に喜んでもらえることができるんだと思えて、本当に嬉《うれ》しくて……私、やっと、自分の居場所を見つけられたような気がしたんです」

しばらくの無言の後、佐久がいっそう吃音を強くして言った。

「僕が、志木子ちゃんを好きに、なった、のは、どうしてか、わかるかい？」

志木子は黙って首を振る。本当に、こんな自分に好意を寄せてくれたなんて、今も信じられない。

「生まれた時から、神さまに見落とされている人間って、やっぱりいる、と、思う、んだ」

志木子は改めて佐久を見た。そこには、思いがけず、柔らかな笑みの佐久がいた。

「神さま、は、別に意地悪を、してるわけじゃないと、思う。でも、ほら、人間ってあまりにたくさんいるから、神さまだって、そりゃあ、つい、目が行き届かないことも、あるよね」

「そうかもしれません」

頭の中に、小さい頃からの出来事が幻灯に映し出されるように広がってゆく。登校しているのに、同級生や先生から欠席していると思われることがたびたびあった。どこにいても「あら、あんた、いたんか」と、よく言われた。神さまに見落とされた存在。神さまでさえ見落とす者を、人間が気にかけるはずがない。

「僕は、神さまを、恨む、つもりはないんだ。ただ、時々、僕はここにいるって、大声を上げたく、なる、ことはある。こんな僕のことを、志木子ちゃんはいつもちゃんと見て、くれていたね。いつも、僕が何も言わなくても、僕の好きな麦焼酎《むぎじょうちゅう》の、お湯割りにカボスを半分、用意してくれた。僕の好きな肴《さかな》がある時は、必ず『今日はこれがあります』って言ってくれた。僕の好きなものを、ちゃんと覚えてもらえてるってことが、信じられなかったよ。神さまに、見落とされても、志木子ちゃんは僕をちゃんと見ていてくれる、それが、本当に嬉し、かったんだ」

嬉しいのは志木子の方だった。自分にできることを、ただ、無我夢中でやってきただけだ。それをこんなふうに受け取ってもらえるなんて、想像もしていなかった。

「きっと、他のお客さん、たちもみんな、僕と、同じような気持ちを、持っているんじゃないかな。考えてみれば、そんな、志木子ちゃんを、僕が独り占めしようなんて、厚かましい話、だった」

「そんな……でも、嬉しいです。本当に、こんな私に、そんなふうに言ってくれる人が現れるなんて、考えてもいなかったですから……」

「いい、んだ。やっぱり、これで、いいんだと思う」

「佐久さん」

「僕の、言ったことは、忘れて、欲しい」

もう一組いた客が席を立った。そろそろ閉店のようだ。志木子と佐久も外に出た。

風はまだ冷たく、乾いた空にはまばらに星が散っていた。

「それで、親爺、さんは、どう？」

「ずいぶん元気になりました」

「そうか。店は、いつ頃から、始めるの？」

「まだ決まってなくて。本当を言うと、おかみさんからちゃんと許しをいただいたわけじゃないんです」

「そう、なの、かい？」

「でも、私はどうしてもやりたいんです」

「志木子ちゃんの気持ちは、きっと、伝わるさ。みんな『つるや』が始まるのを、待ってるんだから」

「はい」

「それで」

「え？」

「僕、また『つるや』に行って、も、いい、かな、時々は、上京するから」

志木子は驚いたように顔を向けた。

「もちろんじゃないですか」

「よ、かった」

「必ずいらしてください。親爺さんみたいな凝ったお料理はできないですけど、佐久さんの好きな肴は、いつでも用意できるようにしておきますから」

「うん、そうか。あり、がとう」

そんな佐久を見て、志木子は思わず涙ぐみそうになった。本物の好意とはきっとこんなものだ。相手の負担にならないようあっさりと身を退《ひ》き、それでいて本当に姿を消してしまうというような後味の悪さも残さない。佐久のような男に、めぐり会えたことは、数少ない幸運のひとつに違いなかった——。


店の前で佐久と別れ、そのまま病院に向かった。

今ならおかみさんもいるはずだ。今日こそ、ふたりの許しをもらいたい。いや、どうしても許してもらわなければならない。

ふたりが首を縦に振らないのは、志木子と匠を慮《おもんぱか》ってのことだろう。面倒な老人をふたり抱えるくらいなら、佐久と結婚した方がよほど幸せになれる、そう考えているのだ。自分と匠だけの幸せが欲しいわけではなかった。親爺さんとおかみさんが一緒でなければ、それはもう幸せじゃない。

病室の白い蛍光灯の明かりに照らされて、親爺さんとおかみさんはひっそりとそこにいた。志木子を見ると、どこか力ない笑みを浮かべた。

「佐久さんとの話は終わったの?」

おかみさんが尋ねる。

「はい」

志木子はベッドの脇《わき》に立った。

「それで?」

「お断りして来ました」

ふたりは一瞬、言葉をなくした。

「どうして……」

おかみさんの声が心なしか掠《かす》れている。

志木子はふたりを前に、深く頭を下げた。

「親爺さん、おかみさん、お願いします。私に『つるや』をやらせてください」

もちろん、すぐに返事はなかった。

「私みたいな者が、親爺さんが大切にしてきた『つるや』を続けさせて欲しいなんて、大それたことだと思います。でも、やりたいんです。やらせてください。一生懸命働きます。お料理ももっともっと勉強しますから。だから、どうかお願いします」

「しいちゃん……」

「そうして、できたら私と匠を、いつまでも親爺さんとおかみさんのそばにおいて欲しいんです」

やはり返事はなかった。これ以上、どう言えばいいのかわからなかった。もし、ふたりから承諾を得られないのなら、また新しい仕事を探さなければならない。それを思うと途方に暮れた気持ちになった。

「本当に……」

おかみさんの声に志木子は身を堅くした。返事はどちらに転ぶのだろう。期待し過ぎてはいけない。期待し過ぎた分、失望も深い。

「本当に、本当にそれでいいの？」

その言葉に、志木子はゆっくりと顔を上げた。

「はい」

「ありがとう、しいちゃん……ありがとう」

おかみさんが手で顔を覆《おお》い、肩を震わせた。泣いているのだった。ベッドに座る親爺さんもまた、腕に顔を押し付けている。

「いいんですか、私に『つるや』をやらせてもらえるんですか」

言葉にならないまま、ふたりが頷《うなず》く。

「ありがとうございます、ありがとうございます。私、頑張りますから、一生懸命働きますから」

志木子の身体から力が抜けていった。そうして、自分もまた泣いていることに気づいて、溢《あふ》れる涙を手の甲で拭《ぬぐ》った。

## 結子

結子はひどく混乱していた。

なぜ、士郎が陸人の名前を知っているのだろう。これは何かの探りだろうか。カマをかけられているのだろうか。いない、と言ってしまおうか。けれど、調べればすぐにわかることだ。隠したとわかれば、後で却《かえ》って何かあると疑われてしまうかもしれない。

「いるけど……」

結子は答えた。

「そうか、やっぱり結子のところの事務所だったんだ」

「島原くんに何の用なの？」

尋ねる声が緊張している。けれど、携帯電話ではそこまで伝わらないらしい。士郎はいつもの口調で返した。

「いや、ちょっと、聞きたい事があってね」

ますます不安になった。

「聞きたいことって？」

「大したことじゃないよ、仕事絡《がら》みさ。じゃあ明日にでも事務所の方に電話してみるよ」

「彼、今、出張なの」

思わず口から出ていた。

「そうなのか」

「確か、一週間ぐらいは戻らないはずよ」

「ふうん」

「ねえ、仕事って何？　そんな仕事、うちの事務所とあるの？」

「いや、そうじゃなくて、彼が前の会社に勤めていた頃の絡みでね。とにかく、結子の事務所だとわかれば、そう急ぐことでもないから」

「会うの?」

「できたら」

「……」

「何か、まずいか?」

「ううん、そんなことはないわ」

「一週間だな、わかった」

電話を切ってから、ますます結子は混乱した。陸人の前の仕事はカメラのデザインだ。時計メーカーの営業をしている士郎と、どんな仕事の関わりがあるというのだろう。仕事にかこつけての、何か別の用件。やはり自分たちのことを知られてしまったのだろうか。

いや、そんなはずはない。もし知ったとしたら、士郎があんな冷静でいられるわけがない。それくらいのことは長い結婚生活を送っているのだからわかる。

だったら、本当にいったい何なのだ。

店に戻って、スツールに腰を下ろしたものの、うろたえていることはすぐに陸人に気取られたようだった。

「何かあったの？」

陸人に言っていいものか、それを考える前に口に出ていた。

「夫が、あなたに、会いたいって」

「僕に？」

陸人は驚くというより、不思議そうな顔をした。

「どうして？」

「そんなの、私にもわからないわ」

「ついに、その時が来たってことかな」

陸人の口調にはどこか揶揄《やゆ》するニュアンスが含まれていて、結子は少し気を悪くした。

「ふざけるのね」

「そうじゃないさ。でも、それ以外にいったい僕に何の用があるっていうんだい？」

「それはわからないわ。でも、私たちのことじゃないことだけはわかるわ」

「どうして」

「あの人、怒るととても早口になるの。それに語尾を強くして話すの。そんなことなかったもの」

「さすがに夫婦だね」

結子はますます口調を固くした。

「皮肉らないで」

陸人が肩をすくめている。

「夫は仕事みたいなことを言ってたけど」

陸人が熱燗《あつかん》に手を伸ばした。その飄々《ひょうひょう》とした態度が憎らしい。

「ずいぶん落ち着いてるのね」

「そうでもないさ。仕事なんていわれても、僕だって心当たりはないからね。もしかしたら、引き抜きだったりして」

そんな冗談になど応《こた》える気にもなれない。結子は冷酒を口にしようとしたが、もう飲む気はしなかった。

「本当に、いったい何なのかしら」

「そんなに心配かい？　ご主人が僕に会いたいっていうのは」

「当たり前……」

言ってから、陸人と目が合い、結子は気まずい気持ちで視線を膝《ひざ》に落とした。

「まあ、そうだろうな」

「気に障《さわ》ったら謝るわ」

「いいさ」

醜態だと思う。みっともないとしか言いようがない。突然のことですっかりうろたえていた。そんな結子を見て、陸人が不快になるのは当然だ。

「もう、帰りましょうか」

「そうだね」

支払いを済ませ、御茶ノ水駅までふたりとも黙って歩いた。そこから結子はJRに、陸人は地下鉄に乗る。

「じゃ」

いつもは必ず結子を見送る陸人が、今夜は短く言って、あっさりと背を向けた。それが今の陸人の苛立《いらだ》ちを明確に表しているように思えて、結子は小さく息を吐き、券売機へと近付いた。

## 陸人

失望していた。

結子の夫が自分にいったい何の用があるのか。しかし、そのことよりも、結子のあのうろたえ方は陸人の気持ちを十分に躓《つまず》かせていた。

通りは人でごった返している。地下鉄の駅に向かいながら、陸人は痛切に感じていた。

結局はそういうことなのだ。

ベッドの上でどれだけ身体《からだ》を重ねあっても、言葉を尽くして語り合っても、結子にとっては所詮《しょせん》、その時だけのことでしかない。帰るところは夫だ。結局、自分は、夫では満たされないささやかな不満を埋めるためのパテのような役割をさせられているだけではないのか。

陸人は、結婚そのものがそれほど強い意味を持っているとは思っていなかった。どの夫婦も、結婚して三年もたてば互いの存在を疎《うと》んじ始め、やがて「もし結婚していなかったら」という妄想を抱えるようになる。

たとえば子供がいるとか、どちらかが経済的に完全に依存しているとか、両親の問題、仕事の関係といった、責任という名の下の共同生活はあるだろう。けれども、それは夫婦というより役割分担だ。

不思議なのは、そういった拘束のない夫婦でも、なお、別れないでいるという現実だ。結婚していない自分にはとうてい理解できない。そこにはやはり、独身者にはわからない夫婦の絆《きずな》のようなものがあるのだろうか。

いったい結子にとって自分は何なのだ。

愛人か。浮気相手か。暇つぶしか。夫への当てつけのための男か。

結子に惚《ほ》れている。それは確かだ。けれども、陸人はこんな自分にうんざりし始めていた。どうして自分がこんなことで思いあぐねなければならないのか。自分は年下で、独身でもある。いわば、優位に立てる方の立場ではないか。

アパートに帰ると追い討ちをかけるように不愉快なことが待っていた。管理人からの手紙だった。

「その後、お返事がないようですが、状況をどのようにお考えでしょうか。速やかにお返事をいただきたいと思っております」

短い文面だけに、前よりずっと事務的で、且《か》つ、脅迫的なニュアンスが込められていた。

玄関を開けても、猫には迎えに出ようという愛想のよさはない。彼らはいつも淡々としている。犬のように大げさな歓待などされたら、こちらが気恥ずかしくなる。部屋に入ると、ソファで寝ていた二匹がようやく顔を向け、小さく鳴き声を上げた。それも「寂しかった」などと訴えているわけではなく、帰ったのなら早く猫缶と新鮮な水をくれとの催促だ。

陸人はジャケットを脱いでキッチンに立った。夜は猫缶を半分ずつ与えることにしている。それを皿に入れ、水を取り替えた。猫たちがソファを下りて近付いてくる。もちろんそこにも感謝の意などない。猫たちが食べている間に猫砂を取り替えておく。猫にとって、飼い主はいわば奴隷《どれい》のようなものだ。けれどもそれで構わないと、陸人は思っていた。何か見返りを期待しているわけじゃない。恩を感じて欲しいとも思わない。自由気儘《きまま》に振る舞って、好きに生きてくれればいい。猫たちがそこにいる、ただそれだけで、すべては完結している。

どうしてこの猫たちを愛するように、人を愛することができないのだろう。相手が自分の思い通りにならないと、苛立ち、不満を感じ、時には憎しみに近い感情を覚えてしまうのだろう。相手が人間だからか。それとも、自分が人間だからか。

陸人は腰を屈《かが》め、猫に話し掛けた。

「引っ越ししなくちゃな。おまえたち、どこに行きたい？」

この部屋から出たことのない猫たちは、どこに行こうと関係ないかもしれない。どこに引っ越しても、東京で暮らす限り、所詮、外に出ることはできないのだ。1LDKのこの世界しか知らないまま終わるのか。屋根の上のひなたぼっこも、縁の下のひんやりした空気も、怪しげな細い路地の奥も、雑草の匂《にお》いも、枝の感触も、この世に自分たちの心をこれほど躍らせるものがあるということを何も知らないまま死んでゆくのか。それで猫として生きたと言えるのか。

田舎に帰ろうか。

一瞬、思った。もちろん一瞬だ。帰れるはずがない。両親に感謝する気持ちはあるし、老いてゆく姿を見ていると不安もあるが、両親にとっては、陸人がのどかだがそれ以外は何もない島ではなく、都会で好きな仕事をして生きているということが、ある意味、心の拠《よ》り所でもあることもわかっていた。

事務所に通勤するのに便利な場所となると、路線は絞られるだろう。だったら、どこに住んでも大した変わりはない。どうせ、毎日満員電車に揺られて通わなければならないのは同じ条件だ。

沖縄はよかった。

思わず、呟《つぶや》いていた。どこか故郷と似通った町の雰囲気があった。行き交う人々の足取りにはせわしさというものがない。よく、時がゆったり流れている、というようなことを聞くが、沖縄に行ってまさにそう思った。あそこは時間が日差しのように大らかだ。

町のあちこちでは、野良《のら》猫も飼い猫も関係なく、共存していた。うちの二匹の猫たちも、あんなふうに育てられたらと思った。

もちろん、思うだけで、実際にはできるはずがなかった。今の仕事は捨てられないし、結子とも今は別れられない。自分には自分に似合いの、分相応の暮らしというものがある。猫たちには申し訳ないが、それが、たぶん、今のこの生活だ。

## 士郎

ずいぶんと身近なところに手掛かりがあったのだな、と、士郎は拍子抜けしたような気持ちでいた。まさか、結子の勤める事務所に島原陸人がいるなんて、想像もしていなかった。これで伊島という男の所在もずいぶん近付いた気がする。

しかし、志木子を伊島に会わせていいものか、士郎はまだ、気持ちが定まってはいなかった。伊島という男がどんな人間か、志木子にしたことを考えればたやすく想像がつく。いくら匠の父親とはいえ、そんな男と会わせても、結局は、傷を深めるだけではないのか。

まずは、自分ひとりで伊島と会い、その対応を見て志木子と会わせよう。場合によっては、見つけられなかったということでケリをつけてもいいと思っていた。

寮でぼんやり考えていると、携帯電話が鳴った。志木子だった。

「今、いいですか？」

「もちろんだよ、どうした？」

「さっき、親爺《おやじ》さんとおかみさんから許しをいただきました」

志木子の声には高揚したものが含まれていた。

「そうか、ついに『つるや』を再開するんだ」

思わず、士郎の声も弾んだ。またあの店に行けるというのは、士郎にとっても願ったりかなったりだ。

「はい。でも定食屋です」

「それだって、俺には嬉《うれ》しいよ」

ただ気になることがひとつある。

「じゃあ、佐久さんのことは？」

志木子の声がわずかに濁った。

「お断りしました」

「そうか」

「本当に、私なんかそんな立場じゃないってことはよくわかってるんですけど……でも、決めたんです。親爺さんとおかみさんと、私と匠と、これからは四人で家族になろうって。匠にも話したら、すごく喜んでくれました。『つるや』も頑張ってやります。親爺さんみたいにはいかないけれど、お客様に喜んでもらえるお料理を、いっぱい勉強します」

士郎は思わず息を吐き出した。

「志木子ちゃん、強くなったね」

「え？」

「ちゃんと自分の意思を持つようになった」

志木子は黙る。

「会った頃は、いつも他人の顔色ばかり窺《うかが》ってるようなところがあったのに。いや、ごめん、こんな言い方はないよな」

「いえ、津久見さんのおっしゃる通りです。私はもともと愚図だから、厄介者になるのが怖くて、自分以外の誰かの言うことを聞いていればいいんだってずっと思ってました。でも、結局は、それが却《かえ》って厄介をかけることになるんだってようやくわかったんです。これも、みんな津久見さんのおかげです。『つるや』を紹介していただいて、私、自分もちゃんとひとりの人間なんだってことにようやく気がついたんです」

「そうか」

「近いうちに、実家にも連絡をしてみようと思ってます。匠の小学校のことや、いろいろ手続きしなくてはならないこともありますから」

「うん、そうだね」

一瞬、伊島の手掛かりが摑《つか》めそうになっていることを話そうかと思った。もう以前の志木子ではない。今なら、何を話しても動揺することはないのではないか。いや、まだ確信はない。それはやはり伊島貴夫に会ってからにしよう。

「店はいつから?」

「二週間ぐらい先になりそうです。少し、食器やお盆なんかも揃《そろ》えなくちゃならないので。お客様には、また改めて開店のお知らせをしようと思ってます」

「楽しみにしてるよ」

「はい、お待ちしています」

——その夜、夢を見た。何と言えばいいか、とても困った夢だ。

女が背中を向けて服を脱いでいる。最初は結子かと思った。いや結子のはずだった。結子はこんなに胸が大きかったか、と、自分に近付いてくる身体に視線を向け、再び顔を上げた時、それは許子になっていた。確かに、これは許子の身体だ。柔らかくて、迫力のある胸。乳首が尖《とが》っているのがよくわかる。許子が士郎の上に乗ってくる。できないんだ……まるで許しを請《こ》うような、情けない口調で言うと、許子はわずかに笑って、身体を下半身へと移動させ、士郎のペニスを口に含んだ。生き物のように舌が動く。快感が背中から脳に上ってくる。痛いような、痒《かゆ》いような、焦《じ》れったいような、久しぶりにペニスが反応しているのがわかる。士郎は許子の髪に手をやった。長くウエーブのかかった許子の髪が手に触れるはずだった。しかし、そこにあるのは短い木綿糸のような感触だった。士郎は頭を持ち上げた。そこにいるのは許子ではなく、志木子だった。いけない。驚いて止めようとしたが、その瞬間、忘我するような烈《はげ》しい快感に包まれ、士郎は射精した。

目が覚めて、息をついた。汗が背中を湿らせている。トランクスの中に、もうずっと忘れていた生温い感触があった。それは不快と言うより、どこか照れ臭さにも似て、士郎を苦笑させた。

「高校生じゃあるまいし」

そのまま風呂場《ふろば》に行き、頭からシャワーを浴び、ついでにトランクスも洗った。

思いがけない相手とセックスする夢など、珍しいことではないはずだ。そこに意味はほとんどない。夢の中だけなら、いったい何人の女とセックスしてきただろう。

そこに志木子が現れたのは驚いたが、志木子だって女には違いない。

ただ、士郎はホッとしていた。

正直なところ、自分はもう男としての機能を失ってしまったのではないかという怖《おそ》れを持っていた。いろいろと自分を言いくるめてみても、許子のような蠱惑《こわく》的な女を前にしても反応しない自分にすっかり自信を失っていた。

まだ大丈夫だ。

と、思わず笑っていた。

セックスは元々、生殖のためのものではなかったか。もし、それが苦痛を伴うものであったら、誰も子供を持ちたいとは思わなくなる。それを懸念《けねん》して快楽を与えたと聞いた事があるが、それは自然の誤算だったかもしれない。今では本来の意味がいちばん厄介なものとなり、人間は快楽のためのセックスばかりを必要としている。

もう自分は四十を越えた。いったいあと何度、できるだろう。

それからしばらくして、会社に不動産屋から連絡が入った。

手ごろな物件が三軒ばかり見つかったとのことだった。いつでも案内できると言うので、住所と間取りのファクスを送ってもらい、昼休みに結子に連絡を取ってみた。

「俺だけど」

一瞬、間があり、結子は言った。

「島原くんなら、まだ出張から帰ってないわ」

「いや、そのことじゃないんだ。さっきマンションが三軒見つかったって連絡があったから、いつなら見に行けるかなと思ってさ」

士郎にしても、島原陸人について結子にあまり突っ込まれたくはない。事情を話せば、結子はきっと訝《いぶか》しがるだろう。なぜ、あなたがその志木子という女性の面倒をそこまでみなくてはならないの？　当然の疑問だ。

「どうする？」

「そうね、じゃあ今日はどうかしら。私、午後はあいてるから、早退できるけど」

「今日か……」

「都合悪い?」

午後からは得意先を二軒回ることになっているが、どちらも一時間程度の予定だ。

「四時なら、何とかなると思う」

「場所は?」

「駒沢《こまざわ》だそうだ」

「前の駅よりふたつ先ね」

「できたら同じ沿線でって言ったからな」

「じゃあ四時に駒沢大学の駅で待ち合わせるのはどう?」

「わかった」

電話を切って時計を見た。そろそろ一時になろうとしていた。

結子

ランチから戻って、庶務係の女の子に、早退の旨《むね》を告げた。

マンションの下見など、別に今日でなくてもよいのだが、実を言うと、これを機に士郎に探りを入れたいという気持ちがあった。だから、むしろ士郎からの電話は渡りに船だった。

デスクに戻ると「帰るんですか？」と陸人に尋ねられ、それに対して「ええ、ちょっとね」と曖昧《あいまい》に答える自分に、結子は自身の身勝手さを感じた。

陸人に対して自分がしなければならないことはもうわかっていた。それでもなお、陸人を手放したくない思いが胸の中にぴたりと張り付いていた。

できることなら、陸人と別れたくなかった。陸人とのセックスはいつも結子の身体《からだ》を液体のようにとろけさせるし、失ったとばかり思っていた気持ちの高揚も味わえる。自分が女であることを取り戻すこともできる。それでも、生理が遅れたあの時期や、今回の、理由はわからないが士郎が陸人に会いたがっていると聞いた時の、呆《あき》れるほどにうろたえた自分と直面して、結子はひどく恥じていた。

若くて独身の男は年上の女に対して狡《ずる》いものとばかり思っていた。けれど陸人は違っていた。葛藤《かっとう》や躊躇《ちゅうちょ》はあっても狡さはない。いつも真《ま》っ直《す》ぐな眼差《まなざ》しを向けてくる。狡いのは結子の方だった。

別れることを、最初から計算して付き合い始めたわけではない。だからと言って陸人と結婚したいというのではなく、誰にも属さない生き方も選択肢のひとつとしてある、ということを知った。もし陸人と出会わなければ、そんな当たり前のことすら頭の隅に追いやって生きていただろう。

陸人を傷つけるようなことだけはしたくなかった。そんな思いを持つことすら傲慢《ごうまん》かもしれないが、卑怯《ひきょう》で臆病《おくびょう》な自分を知ってしまった以上、痛みを受けるのは自分の方でなければならないと思っていた——。

待ち合わせまでまだ時間があったので、渋谷で春用のブラウスを一枚買い、少し疲れて、デパートの中のティールームに入った。

席は女性客でほとんど埋まっていた。まだ若く、小さな子供を膝《ひざ》に抱いている女性もいれば、品のよいスーツを着た年配の女性もいる。大概がふたりか三人連れで、テーブルはそれぞれ賑《にぎ》やかな会話に溢《あふ》れていた。

コーヒーとプディングを頼んで、息をついた。

昨夜、母の部屋から静かな嗚咽《おえつ》が漏れていた。

母の涙の理由となるものは、ひとつしか思い浮かばなかった。あの人と何かあったのだろうか。岐阜の父の家に行った帰りに、電車の中で話して以来、具体的なことは何ひとつ聞いていないが、先日ぽつりと「今、会社ってそんなに潰《つぶ》れてるの？」と尋ねられた。尋ねたと言うより、呟《つぶや》いただけだったのかもしれない。

そういうこともあるかもしれない。こんな世の中だ。あの人にもさまざまな状況が訪れるだろう。そうして、そのことで関係が大きく変わるということも想像がつく。若い頃、恋を阻《はば》むものが現れても、最終的には自分たちの気持ちだけで乗り越えられると信じていた。けれども年を取り、それぞれの立場や状況を持つようになると、気持ちはいつも順送りで後回しにされてゆく。

今朝、母はいつも通りに振る舞っていた。結子も何も言わず、いつものように家を出た。母の恋は母のものだ。岐阜の父への後ろめたさも含めて、母はそれを選択したのだから結子の立ち入るべきことではない。

結子だって、確かに今、選択しなければならない時期に来ている。いっそのこと、母ぐらいの年代だったら迷うことはないのかもしれない。もう若くはないが、老いてもいない、そんな女は何を機軸に物事を決めてゆけばいいのだろう――。

駒沢大学駅の改札口を出ると、士郎が右手を上げて合図を送ってくるのが目に入った。

「ごめん、待った？」

「いや、俺も今来たところ。一軒目はここから歩いて七分くらいだそうだ。不動産屋は現地で待っていてくれる」

駅を出て、ファクスの地図を見ながら歩き始めた。さすがに学生の姿が多い。駅前は大きなマーケットや銀行もあり便利そうだ。ただ246号線と首都高3号線が重なり合うように走っていて、騒音と排気ガスにはうんざりする。

自由通りに入ってしばらく歩き、左に折れて百メートルほど行くと、低層マンションの前に、見慣れた愛想のいい笑顔が見えた。

「お待ちしてました。こちらの三階です。きっと気に入っていただけると思いますよ」

築十年だそうだが、管理が行き届いているのか、古さは感じられなかった。けれども管理が行き届いている分、管理費が高いことも考えられる。

部屋も悪くなかった。約六〇平米、2LDKの間取りに納戸《なんど》がついている。駒沢公園は見えないが、やはり大きな公園が近いせいか、空気が澄んでわずかに植物の匂《にお》いがした。南向きの窓が天井近くまであり日差しがたっぷり入るところと、食洗機が備え付けられているのも嬉《うれ》しい。管理人は常駐しているし、ゴミ捨て場も独立している。家賃は管理費と合わせて、三宿のマンションより一万五千円ほどアップするが、今回は不動産屋の手数料はないし、敷金礼金は全額戻るし、保険も下りた。

その後、二軒見て回ったが、やはり最初の物件に心惹《ひ》かれた。

不動産屋と別れ、駅まで戻った時には八時近くになっていた。夕食がてら目についた居酒屋に入り、ビールと惣菜《そうざい》のメニューを何品か選び、ようやく息をついた。

「やっぱり一軒目だな」

士郎がおしぼりで顔を拭《ぬぐ》いながら言った。

「そうね、あの中から選ぶとしたら、やっぱり一軒目よね」

「と言うことは、まだ探すつもりかい？」

ビールが運ばれて来て、ふたりはグラスを口にした。

「そりゃあ、迷うわ」

「まあ、いいけどさ」

結子はわかっていた。今、自分たちにとって本当に大切なのは、どこに住むかではなく、ふたりで暮らすかどうかということだ。元のように暮らすことは、ふたりにとって果たして最善の方法なのだろうか。

士郎はどうなのだろう。こうして見ていると引っ越すのが当たり前のように振る舞っているが、内心では違うことを考えているのではないか。独身寮でひとり暮らしを始めてから、のびのびしているように見える。実際、たまにこうして食事をしても、いつも機嫌がよく、そのせいか、結子に対してもいい意味での遠慮や気遣いが見られるようになった。このままでも悪くはない、今の士郎を見ているとそう思えてくる。

いや、しかし、その前に陸人のことだ。どうにも気に掛かってならない。士郎には一週間の出張に出ていると言ったが、あれからそろそろ一週間になる。

「あのね、島原くんのことだけど」

何気なく口にしたつもりだったが、言葉が喉《のど》に引っ掛かって裏返った。

「ああ、うん、戻ったのかい？」

「それはまだだけど、仕事って言ってたわよね」

「そうだよ」

「仕事って何？」

不自然な質問かもしれないと思いながら、聞かずに済ませることもできない。

「いや、俺が直接関わっている仕事じゃないんだ。ちょっと人に頼まれてね」

「人って誰？　会社の人？」

もともと結子は士郎と同じ会社に勤めていた。デザイン室の人間なら、ほとんど知っている。

「得意先だよ。本当に大したことじゃないんだ。ちょっと話を聞きたいだけで、別にどうってことはないんだ」

士郎の様子からして、やはり結子との関係を疑っているとは思えなかった。

これ以上食い下がっては、却《かえ》って変に思われる。こうなったら、後はなるようにしかならないと開き直ったような気になって、結子は答えた。

「たぶん二、三日中に戻ると思うから、島原くんの方からあなたの携帯に連絡を入れるように言っておくわ。それでいい？」

「うん、頼むよ」

「わかったわ」

士郎がビールのグラスをあけ、結子はそれと自分のとに注ぎ足した。

## 志木子

母の声を聞くのは何年ぶりだろう。

志木子は母の「もしもし」という声を耳にしただけで、胸が詰まりそうになった。

懐《なつ》かしさはもちろんある。けれども、怖《おそ》れもあった。電話の主が志木子だとわかったとたん、切られてしまうのではないか、烈《はげ》しく詰《なじ》られるのではないか。

十六歳で父親のない子供を身籠《みごも》り、預けられた親戚《しんせき》の家を黙って飛び出したということは、どれだけ隠そうとしても、狭い町のことだ、噂《うわさ》を止めることはできなかっただろう。あの後、母や父がどんなに肩身を狭くして暮らしてきたか、志木子にも想像がつく。

一瞬、このまま切ってしまおうかと思った。けれども、そうすれば籍のことは解決できない。匠を小学校に入れ、親爺《おやじ》さんおかみさんと養子縁組をするなら、これはどうしても通らなければならない道なのだ。

「あの……」

志木子はようやく声を出した。

「はい？」

「私、あの……」

母が黙った。

駄目だ、言葉が口から出ない。やはりこのまま切ってしまおう、そう思ったとたん、呼び掛けられた。

「志木子か？」

絶句した。

「そうなんだね、志木子なんだね」

母の声に怒りは含まれていなかった。むしろ、切羽詰った悲しみに溢れていた。

「何か言ってちょうだい、志木子、今までどこで何してたの。心配してたんだよ。本当に、どれだけ探したか……」

後の言葉は、母の泣き声に覆《おお》われた。

「ごめん……」

志木子は栃木の訛《なまり》にすっかり戻っていた。

「ああ、本当に志木子だ。生きててくれたんだね。今、どこなの？ どこで暮らしてんの？」

「東京」

「そうか、やっぱり東京だったんだね。新聞に、何度か広告載せたんだけど、見なかった？」

「新聞、とってないから」

「それで、元気なの？」

「うん、元気にしてるよ」

「赤ん坊も……もう赤ん坊とは呼べないね、五歳に、いや今年六歳かな、あの子も一緒なの？」

「もちろん一緒よ。匠って言うの。名前、いっぱい考えたんだけど、結局、おとうちゃんの字ひとつつけさせてもらった」

「そうか、匠か……おとうちゃん、喜ぶわ」

「まさか」

「何を言ってんの、おとうちゃんもどれだけ心配してたか。あんなことして……あの時はあれがいちばんいい方法だと思ったけど、結局、あんたらをつらい目にあわせることになっちまったって、ずっと後悔してたんだよ。あんたから電話あったこと言ったら、どんなに喜ぶか」

あの父が……と思うと、すぐには信じられなかった。身籠ったことを知らされた時、父は逆上して志木子を殴った。何度も、何度もだ。口の中が切れて血の味がした。父は、今まで見たこともないような怒りに満ちていた。

「おかあちゃん」

「うん」

「匠、来年から小学校に上がるし、籍の事とかいろいろ手続きも必要なの」

「そうだな、ちゃんとしねえと。あんた、籍もないまま、よくこんなに長い間、暮らして来られたね」

「色々と助けてくれる人に出会ったから」

「そうか、東京にもいい人はいるんだ」

「本当に、いい人たちに出会えたから」

そうして、志木子は小さく息を継いだ。

「おかあちゃん、実はお願いがあるんだ」


──父と母は翌日、上京してきた。

電話で、志木子が「つるや」夫婦の娘になりたいと告げたからだ。昨夜遅くに、父から電話が入った。

「もう、決めたのか」

母はああ言っていたが、父の声は素っ気無くよそよそしい。やはりまだ怒りは解けていないのだ。

「はい、決めました」

志木子は緊張しながら答えた。

「そんな訳のわからん人らの娘になってどうすんだ。おまえ、騙《だま》されているんじゃないのか。生命保険を掛けられてるとか、そういうことはないのか」

父の前では、つい言葉が詰まってしまう。志木子は慎重に言うべきことを口にした。

「おとうちゃん、そんなことは何もありません。だいいち、訳のわからん人っていうのは私の方です。その店の親爺さんとおかみさんは、籍もないようなこんな私のことを信用して、黙って働かせてくれたんです。それだけでなく、この一年、本当の娘みたいに可愛《かわい》がってもらいました。匠もなついていて、今では、本当のおじいちゃんおばあちゃんと思ってます」

さすがにその言葉はこたえたらしく、父はしばらく黙り込んだ。その後「明日、そっちに行く」と短く言った。

そうして今朝方、再び電話があり、東京駅に着く時間を知らせて来た。

「電車を下りたら、行き違いにならないよう、そこで待っててください。迎えに行きますから、必ず、そこにいてください」

そう言ったものの、出掛けに匠が飲んでいた牛乳を服にこぼし、着替えさせたせいもあって、到着の時間を二分ほど過ぎていた。

匠の手を引いて、息を切らして階段をかけ上ると、人影の途絶えたホームに、頼りなげに佇《たたず》むふたりの姿があった。そばにベンチがあるのに座ってもいない。きっと、志木子が言った通り、電車を下りたら一歩も動かずそこで待っていてくれたのだろう。

志木子の姿を認めて、ふたりの身体《からだ》がわずかに動いた。母はもう泣いている。それがここからでも志木子にはわかった。

志木子はふたりの前に立った。

父も母も白髪が増え、少し痩《や》せ、そして少し老《ふ》け込んでいた。六年という月日の重さを、志木子は改めて感じた。

「おとうちゃん、おかあちゃん……」

そう言ったきり、後は言葉にならなかった――。

「どうか志木子と匠をお願いします」

父は深く頭を下げた。

ベッドの上で姿勢を正した親爺さんと、その横に立つおかみさんが、恐縮したように、もっと深く頭を下げている。

「申し訳ないと思っています。こんな年寄りなんかには関わらず、もっと幸せな道があるだろうに……いや、今からだって遅くはない。どうぞ、ご両親も止めてください。私たちは私たちでやっていけます。何も、志木子ちゃんがこれからの人生を私らのために犠牲にすることはないんだから」

志木子は思わず親爺さんのベッドに駆け寄った。

「親爺さん、違います、これが私の幸せなんです。犠牲なんかじゃありません。私がこうしたいんです、こうしようって決めたんです」

それでも親爺さんはなかなか顔を上げようとはしなかった。

頭上で、父の声がした。

「私どもはこの六年間、娘にも孫にも、何ひとつしてやれなかった情けない親です。今更、親だなんてどの面《つら》下げて言えるでしょうか。おふたりの娘になりたいって言われた時は、正直言って、ひどく動揺しました。六年ぶりで連絡してきた娘から、まさかそんなことを言われるとは思ってもいませんでした。でも、私たちにできることは、志木子の思いを遂げさせてやることだけだと、今は思っています。志木子が自分で決めたことです。どうか、娘にしてやってください」

父の声はわずかに震えていた。志木子はゆっくりと父を振り返った。父の泣く姿を、初めて見た。

「籍の手続きや、その他にしなければならないことがあれば、何でも言ってください。私らがいたします。愚かな親に、せめてもの罪滅ぼしをさせてください」

六年前、志木子は生んだばかりの匠をよそにやられてしまうと知った時、離れ離れになるくらいならいっそ、という思いで、預けられていた親戚の家を飛び出した。乳飲み子を抱えての東京の暮らしはつらかったし、きつかった。寂しくて、悲しくて、毎日が不安との戦いだった。けれども、両親を憎んだことは一度もなかった。父の名前の一字を息子に名づけたのがその証拠だ。許して欲しいのは自分の方だ。こんな愚図で要領の悪い娘を持ったばかりにかけなくてもいい苦労をかけてしまうことになった。

「どうか、どうか、志木子と匠をよろしくお願いします」

父は何度も、その言葉を繰り返した。

## 結子

「今夜、会うことになったから」

昼食から戻ると、すぐに陸人に言われ、結子は表情を変えないまま「そう」と短く答えた。

昼前に士郎の携帯電話の番号を教えていた。当然、会うことになるだろうという予想はついていたが、やはり気になる。自分の夫と、自分の恋人……いや、恋人と呼ぶには少し違和感がある、けれど愛人ではもっと違っているように思う……とにかくそのふたりが、結子とは関係のない話とはいえ顔を合わせるのだ、落ち着かない気持ちになって当然だろう。

少しも気の入らない仕事を終え、五時半過ぎに陸人がオフィスを出てゆくのを背中で見送ってから、結子も席を立った。このまま帰宅するつもりでいたのだが、駅まで来ると、急に帰る気がしなくなった。

とりあえず新宿に出て、デパートを少し回ってみた。服もバッグも靴も、欲しいものは何もない。気が乗らないせいばかりでなく、最近、自分に似合うものや必要なものがだんだん少なくなって来ているように思う。もうすぐ四十歳。すべてにおいて選択が難しい時期に入ったということなのかもしれない。

少し疲れてコーヒースタンドに入った。あと五分ほどで七時になろうとしていた。地下に寄って夕食の惣菜《そうざい》を買って行こうか、どこかで済ませてから帰ろうか、それとも誰かを誘おうか。母はどうせ、今夜も習い事仲間たちと食事か、あの人と会っているに違いない。どうせ結子ひとりなのだから、帰って食事の用意をするのも面倒臭い。こんな時、男なら夕食を兼ねて気楽に寄れる飲み屋があるのだろうが、残念なことに自分にはない。そういう場所を三十代の間に確保しておかなかったことを、少し、後悔している。

バッグから携帯電話を取り出し、頭の中に何人か友人たちの顔を浮かべながら、番号を順送りしてみた。けれども、どの顔を思い浮かべても、この時間になって誘うのは気がひけた。約束は、特に女同士の約束は、よほどのことがない限り前日の夜までに、というのが暗黙のルールのように結子は思う。

ふと、指が止まった。小さな液晶画面に伊島の名前が浮かんでいた。

かけてみようか。

ぼんやりと、そんな思いが浮かんだ。もちろんすぐに頭の隅に追いやって、携帯電話をバッグの中に放り込んだ。

結局、そのコーヒースタンドでもう一杯コーヒーを飲み、ベーグルサンドを食べた。夕食はこれで済ますことにした。

再び外に出た時は、新宿の街は人で溢《あふ》れ、駅に向かうだけでも大変だった。電車も相変わらずの帰宅ラッシュだろう。それにもみくちゃにされながら帰ることを想像しただけで、ため息がもれた。

すると、まるでそんな自分の弱みに付け込むように、伊島が再び思い浮かんだ。

電話、かければいいじゃない。

どこからかそんな声がして、思わず首を振った。

傲慢《ごうまん》を絵に描いたような男ではないか。どうせ会っても不愉快になるだけだ。悪ぶることで自分を主張し、女を性の対象としか見ることができない。人として肝心なところが欠落している男。

「三回、飯を食った女とは、必ずやる」

考えてみれば、あのセリフはまったく馬鹿馬鹿《ばかばか》しい限りだった。ある意味で幼稚な発言とも言えるだろう。あの時、頰を強張《こわば》らせたりしないで、もっと堂々としていればよかった、軽く笑って聞き流してやればよかった。

それでいて、甘美な思いがどこか結子を柔らかく満たしてゆくのだった。愚かなことに、結子はあの男に惹《ひ》かれていた。まだ自分にも、男にそんなセリフを口にさせることができるということに、わずかな満足感さえある。

横断歩道の前で立ち止まり、結子は携帯電話を取り出した。

番号登録のキーを押して伊島の名前を表示し、通話ボタンを押した。画面に数字が並び始めた。それが揃《そろ》った瞬間、結子は慌《あわ》てて切っていた。自分がしようとしたことに、臍《ほぞ》を噬《か》みたい気持ちだった。

信号が青に変わって歩き出そうとしたとたん、電話が鳴り出した。画面を見ると、伊島の名前がある。きっと伊島の携帯に、結子の番号が表示されたのだろう。

歩きながら、結子は電話を耳に当てた。

「もしもし」

「俺は今、恵比寿《えびす》にいる」

何の前置きもなしに、伊島は言った。

「そう」

素っ気なく結子は答えた。

「君は?」

「新宿よ」

「電車にするといい、その方が早いから。恵比寿に着いたら、また電話をくれ」

呆《あき》れていた。

「行くなんて言ってないわ」

「じゃあ、どうして電話したんだ」

「間違えただけよ」

我ながら、つまらない言い訳だと思った。

「いいから、来いよ」

「私は家に帰るの」

「誰だって、いつかは家に帰るさ。じゃあ、恵比寿で」

結子は慌てて言っていた。

「言っておくけど、私、夕食は済ませたから」

だから三回目の食事にはならない。

ほんの少し間があって、伊島がかすかに笑った。

「そうか、それは残念だな」

結局、駅から内回りの山手線に乗り、恵比寿に向かった。後悔と浮き立つ思いがないまぜになって、結子は窓に映る自分に向かって小さく息を吐き出した。

私はいったい伊島に、何を期待しているのだろう。

いっそのことセックスだったらわかりやすい。けれど、そうではない。それは伊島に性的な欲望を感じていないというのではなく、それを言うなら、むしろ十分過ぎるほどに感じている。けれども、自分は伊島と決してセックスすることはないだろうということも確信している。セックスをたやすく口にする男ほど、セックスに何の価値も感じていない。わかるのは、伊島が結子に興味を示すのは、ひとえにセックスをしていないからだ。すれば、それで終わる。そして悲しいのは、それをもう結子が知っているということだ。知っているほど、もう大人の分別がついてしまったということだ。

陸人と違うのは、たぶんそこだろう。陸人との間にセックスがなかったら、こんなにも関係が深まることはなかったに違いない。もちろん、セックスだけが目的というわけではないが、結果的に、自分と陸人はセックスの上に成り立った関係なのだと思う。たぶん、そのことに陸人自身、気づいてはいない。気づいていないくらい、彼は無垢《むく》な部分を持っている。

では、士郎とはどうだろう。自分と士郎を夫婦として繋《つな》げているものは何だろう。セックスは大切だけれど、自分たちにとってそれはもう決定的なものではない。そんな時期もあったが、今は違う。たぶん、多くの夫婦がそうであるように、ふたりで生きてゆくうちに、大切な何かを失ってしまったのだろう。大切な何か、それが何かさえ、もうわからない。そうして、わからないからこそ、その失った大切な何かが別れの要因になるものかどうかもわからなくなっている。

恵比寿に着いて、伊島に連絡を入れた。駅前のバスロータリーから続く坂道を少し登ったところにあるバーを指定され、結子はゆっくりと向かって行った。

静かなバーだ。奥のソファ席に伊島が座っているのがすぐ目に入った。伊島は近付く結子を値踏みするような眼差《まなざ》しで眺めている。

「いいお店ね」

結子は伊島の向かいに腰を下ろした。

「まあまあさ」

伊島はすでに酔っているように見えた。

軽めのカクテルをオーダーし、結子はソファの背にもたれかかった。

「それで？」

グラスを手に伊島が言った。

「何が？」

結子は答える。

「連絡してきたのは君だよ」

「間違えただけと言ったはずよ」

「下らないね」

「どういう意味？」

「俺と寝たいなら、そう言えばいい。間違えただの、夕飯は済ませただの、そんな見え透いた言い訳なんてしらけるだけだ」

カクテルが結子の前に置かれた。

「あなたに会いたくなったのは本当よ。でも、あなたと寝たいと思ったわけじゃないわ、これも本当」

「会って、世間話でもするつもりだったのかい？」

「それもいいんじゃない？」

「ずいぶん、見縊《みくび》られたものだな」

伊島の唇が形よく歪《ゆが》む。

カクテルを口に運ぶと、ミントの香りが結子の鼻先をわずかに刺激した。

「相変わらず自信家ね」

「俺が？」

「女は誰でも、自分と寝たいんだと思ってるんでしょう」

「もちろん。でも、俺に言わせるなら君の方がずっと自惚《うぬぼ》れてるね」

「私が？」

「セックスをしないことが武器にできると思っているんだろう」

言い当てられて、結子は一瞬、言葉に詰まった。

「言わせてもらうが、そんなものは武器になんかならない、なるはずがない。少なくとも俺にはね」

伊島はこういう男だ。こういう男だとわかって、ここに来たのだ。

「あなたみたいな男って、どんな育ち方をしたのかしら」

精一杯の皮肉を込めて、結子は息を吐き出した。

「俺みたいな男って、どんなのを言うんだ？」

「決まってるわ。傲慢で、我儘《わがまま》で、自惚れが強くて、自分勝手。人を不愉快にさせることが得意で、たとえ相手をひどく傷つけることになっても、後ろめたさなんかまるで持たないの」

「なるほどね。そりゃあ、親父《おやじ》け金で買えないものなどこの世にはないと信じている成金で、母親は親父の浮気にキーキーしながら自分も若い男を金で買うような女で、息子に何があっても、息子が何をしても、結局は数字にしか換算できないような親に育てられたんだ、ある意味、こうなってまっとうというものさ」

ふと胸を衝《つ》かれて、結子は伊島を眺めた。

「そうなの？」

「同情したかい？」

「まさか」

「くだらない、同情なんてセックスに飢えてるガキがするものだ」

吐き捨てるように伊島は言った。

「俺は自分をこう思っている。俺みたいな男は世の中に必要な生き物だってね。優しくて、謙虚で、いつも相手を気遣う発言をして、ひとりの女を生涯愛し通す。もし、世の中そんな男ばかりだったら、薄気味悪いと思わないか？」

しばらく結子は黙った。

「世の中が、すべてあなたのような男ばかりよりはマシだわ」

「だから女は馬鹿なんだ」

腹立ちはもちろんあった。それでも、結子は言い返せなかった。いや、言い返そうと思えばできる。席を立って帰っても構わない。ただ、伊島の捩《ねじ》れた感情の中に、冷たい孤独を感じた。こんなふうにしか生きられない男もいるのだろう。こんなふうにはとても生きられない男がいるように。

その時、伊島の携帯電話が鳴りだした。伊島は結子に断りもせず、電話を手にした。

「ああ、おまえか」

伊島がソファを立ってドアに近づいて行った。

戻って来た時、伊島の顔はやけに皮肉な笑みに包まれていた。

「いい話だったの？」

「今の電話が？」

「ええ」

「いい話ではないな、でも、面白い話ではある」

「私、そろそろ失礼するわ」

「このバーには、いいワインが置いてあるんだ。それを飲んでゆけよ」

伊島は聞こえないふりをして、バーテンダーに手を挙げた。

「いつもの赤をあけてくれ」

士郎

島原陸人が、以前、空港で会った男だということに、士郎は本人から言われるまで気がつかなかった。渋谷のホテルのティーラウンジで「はじめまして」と挨拶《あいさつ》した時、こう返って来た。

「前に一度、ちょっとですが、お目にかかっています」

すっかり慌ててしまい、それはどうも、と頭を下げた。

感じのいい青年だった。少し緊張しているのか、それとも警戒しているのか、言葉や態度は硬かったが、それも人柄を顕《あら》わしているように思えた。志木子から聞いただけだが、伊島という男が、どんな人間であるか想像はつく。その仲間となれば共通しているところがあるのではないかと考えていたが、少なくとも、彼にそのような部分は見えなかった。

「仕事の話だそうですが」

陸人に言われ、士郎はそれにも頭を下げた。

「すみません、妻にはそう言ったんですが、実はまったく違う話なんです」

「何でしょう？」

陸人がいくらか頬を堅くするのが見て取れた。

「島原さん、あなたは伊島という男をご存知ですよね」

一瞬、陸人は面食らったような目を向けた。

「ええ、知ってますが……」

「その男について、聞いてもらいたい事があるんです」

――誤解が生じるようなことがないよう、順を追って丁寧に説明したつもりである。

志木子と匠の将来が関わる話だ。言葉を選ぶにも慎重にならざるを得ない。

彼は静かに聞いていた。驚きが、時折士郎に向ける目線に感じられた。

「まさか、そんなことになってたなんて……」

陸人はまるで自分の非を責められたように、うなだれながら呟《つぶや》いた。

「それで、その伊島という男と一度会いたいと思っているんです。所在はご存知ですか」

「ええ、知ってます」

「そうか、よかった」

と言ってから、もし彼が知らないと言ってくれていたら、と考えている自分に気づいた。この期《ご》に及んでも、本当に伊島を志木子に会わせることが得策なのか、士郎は判断がつきかねていた。

「彼女のことはよく覚えています。素朴で素直な、いい子だった」

陸人が呟く。

「今でもそうです。本当にいい子です」

「伊島が、あの子にそんなひどいことをしたなんて……」

「本人は、決して無理やりではなかったと言っています。だから恨んでいるわけではないとも。けれど、相手が十六歳の女の子となれば、とても同意の上でということにはならないはずです。ましてや子供まで産ませたとなれば、非を問われても当然だ」

「ええ、もちろんです」

「けれど、彼女はそんなことを望んでいるわけじゃないんです。伊島を街で偶然見かけて、もう二度と会うことはないと諦《あきら》めていた気持ちが蘇《よみがえ》ったらしいんです」

「子供というのは」

「男の子で、来年、小学校に入ります」

「それまで、彼女がひとりでずっと？」

「ええ、家を出て、身寄りもないまま東京で暮らしていたんです。それがどんなに大変なことか、あなたにも想像はつくでしょう」

「そうか、なんてことを。彼女の人生をめちゃめちゃにしたんだ、伊島は……」

「いや」

と、言ってから、士郎は自分の言葉に迷った。確かに、志木子の人生は伊島という男によって、思いもかけない方向へ向いてしまった。しかし、それをめちゃめちゃにされたと言われるのは、どこか悔しく感じられた。

「だからと言って、今、ひどく不幸にしているわけでもないですから」

陸人は意外そうに顔を上げた。

士郎は首を振った。

「そんなこと僕が言うべきじゃないな。不幸も幸福も、口にできるのは本人だけだ。ただ、志木子ちゃんを大切に思っている人が周りにたくさんいます。そのことは、わかっておいて欲しいんです」

「そうですか。僕が言うのも何ですが、それは本当によかった」

「伊島という男に会わせていただけますか」

「ええ、連絡を取ってみます。ちょっと待っていてくれますか」

陸人は席を立って行った。携帯電話でどこまで事情を説明するのか知りたい気がしたが、今更、伊島を逃がすようなことはないだろう。士郎の印象だが、陸人もまた伊島に対してあまり好意的ではないということが感じられた。友人にさえ眉《まゆ》を顰《ひそ》められる。やはり、伊島はそういう男なのだ。

戻って来た陸人は、座ることなく、伝票を手にした。

「捉《つか》まりました。このすぐ近くにいます。行きましょう」

「ええ」

士郎は慌《あわ》てて、彼の手から伝票を抜き取った。

## 陸人

陸人は士郎とタクシーに乗り、恵比寿に向かっていた。

結子の夫を目の前にした時、この状況にどうにも馴染《なじ》めず、さり気なさを装《よそお》えば装うほど、つい表情が堅くなった。

彼は仕立てのいいスーツを着ていた。時計も靴もビジネスバッグも、目立ちはしないが質のいいものを身につけている。十も年下の陸人に対して、態度も言葉遣いも礼儀正しい。

結子の夫がいやな男ではなかった、そのことを喜べばいいのか、嘆けばいいのか、陸人はよくわからなかった。

津久見の口から伊島の名前が出た時は、驚かされた。一瞬面食らって、津久見の顔を改めて眺めた。

そして、すべての事情を聞いた。

陸人は、七年前、伊島とその取巻きたちと出掛けたあの夏の休暇を思い出していた。昼はゴルフに明け暮れ、夜になると町に繰り出した。酒を飲み、ガキみたいにはしゃいで、地元だろうが旅行者だろうが、女とみれば片っ端から口説き回った。大学を卒業した夏だった。就職試験にすべて落ちた陸人は、伊島の父親の系列会社に採用されたことで、学生時代そのままにパシリのようなことをやらされていた。

奴《やつ》らがどんな女たちとしけこもうと、陸人には何の思いもなかった。好きにやってくれという冷めた思いで眺めていた。ただ、簡単に頷《うなず》く女の多いことには驚かされた。コンドームをコンビニまで買いにやらされたのも、あの夜だ。

伊島は軽蔑《けいべつ》するにふさわしい男だったが、その伊島の腰ぎんちゃくをしている自分は、それ以上の軽蔑に値する男だった。

ペンションに手伝いに来ていた女の子のことは覚えている。女なんて部分など、どこを探しても見つからないような少女だった。遊びの相手なら困るはずもない。なぜ、わざわざあんな子供に手を出したりしたのだろう。

それが伊島だった。伊島という男の、救いようのない捩れた精神の顕れだった。

恵比寿駅前でタクシーを下り、ロータリーから続く緩やかな坂を、士郎と共に上って行った。すぐにバーのドアが見えた。

店の奥の、来ると必ず座るいつものソファに、伊島がいた。すぐ陸人が入ってきたことに気づいて、いつもの皮肉な笑みを浮かべた。伊島の向かいには女がいた。見えるのは背中だけだ。伊島が女に何か声を掛けた。それに頷き、女が振り返った。

瞬間、陸人の頰が強張《こわば》った。

なぜここに、なぜここに、結子がいる。

驚きは、もしかしたら結子の方が強かったかもしれない。振り向いた先には、陸人だけではなく、自分の夫まで立っているのだから。

士郎が言った。

「結子、どうして君がここにいるんだ……」

その疑問はもっともだろう。しかし、陸人はすべて読めたような気がした。

「あなたこそ、どうして……」

「知り合いかい？」

伊島がふたりを交互に眺めながら、結子に尋ねた。結子は言葉を濁らせながらも、正直に答えた。

「夫です」

伊島は目を丸くし、笑い出した。

「それはそれは」

うろたえながらも、結子は言った。

「伊島さんと知り合いなの？」

「まあ、そのことは後で話そう。とにかく、突然、失礼します」

士郎がさりげなく、その場を取り繕った。

「実は、少しあなたとお話がしたくて、島原くんに無理を言ってここに案内してもらいました」

伊島はゆったりとした動作でワイングラスを手にした。

「それはどうも。まあ座ったらどうですか。どうせなら奥さんの隣に。こんな偶然ってあるんですね。だから世の中は面白いんだ。どうか好きなものを飲んでください。陸人、ウェイターを呼べよ。気のきかない奴だな」

伊島から顎《あご》で指図されて、思わず陸人はカッとした。

それを察したのか、結子の隣に座った士郎がウェイターに言った。

「いや、自分で頼みますから。すみません、スコッチの水割りをください」

陸人はどこか負けたような気持ちで「同じもの」と続けた。

「奥さんはワインをもう一杯ですね」

伊島が結子のグラスにワインを注ぐ。結子の頭の中は、ワインどころではないだろう。

ふたりの前に水割りのグラスが置かれた。それを一口飲むと、士郎の声に、重く厳しいものが加わった。

「あなたに、尋ねたいことがあります」

それは大人の声だった——。


「俺の知ったことじゃない」

士郎の話を聞き終えた伊島が、最初に口にした言葉がこれだった。

伊島という男をよく知っている陸人にさえ、それはあまりにも冷酷に響いた。士郎の頬が堅くなり、結子は凝視している。伊島はそれらを無視して、言葉を続けた。

「まず、正直に言えば、俺はその女のことをまったく覚えていない。相手の女がどう言っているかは知らないが、その話が本当なのか、つまりその子供が本当に俺の子なのか、先にはっきり証明してもらおうじゃないか。DNA鑑定の結果でもあるのなら話はべつだけれど、その女が勝手に言っているだけだろう。それから、たとえそうだったとしても、合意の上でのことだ、俺だけに非があるような言い方はやめてもらいたい。相手が十六だったからと言って、子供だなんて一概に決められるものではないはずだ。法律的には結婚だってできる年なんだ。子供を持つのがいやなら、堕《おろ》せばよかっただけのことだ。セックスを楽しんだのは俺だけじゃない、相手も同じさ。その結果、妊娠したとしても、自分が望んで産んだんだろう。だったら自分で育てればいい。それが産む側の責任と言うものだ。それを今になって、責任をこっちにまで押し付けるなんて、俺からすれば、言い掛かりとしか思えないね」

陸人は恥ずかしかった。どうして、こんな奴の腰ぎんちゃくみたいな真似《まね》を今までして来たのか。伊島を拒否することができなかったのは、結局は自分のさもしさだ。わずかな得のために、自分を売ったのだ。

やがて、伊島の唇に見縊《みくび》りの笑みが広がった。

「わかってるさ。早い話、金だろう。慰謝料だか養育費だか、それが欲しいんだろう。良心とか責任とか、そんなものを押し付けるのはやめろよ」

目の端に、士郎がソファからわずかに腰を上げるのが見えた。何をするのか、すぐにわかった。けれど、それをするのは士郎ではない、させてはいけない。それは自分でなければならない。

「おまえって奴は」

次の瞬間にはもう、陸人は伊島の頬を殴りつけていた。怒りが凶暴な感情となって身体《からだ》の奥から突き上げていた。結子が悲鳴を上げた。グラスの割れる音がした。伊島は目を丸くして、陸人を見上げた。自分が何をされたか、すぐにはわからなかったようだった。

「何だ、陸人、何をするんだ」

「おまえなんか……おまえなんか……」

「やめろ、俺を誰だと思ってるんだ」

陸人はもう一度右手を振り上げた。伊島が顔を覆《おお》い、身体を反《そ》らした。構わず殴った。その拍子にソファが倒れ、伊島は後ろにひっくり返った。陸人はソファを乗り越え、伊島に馬乗りになった。やめて！　叫ぶ結子の声。数人いた客たちが椅子《いす》から立ち上がって、怯《おび》えたように眺めている。

伊島を殴りながら、これは伊島ではなく自分を殴っているのだと、陸人は思った。

伊島に媚《こ》び、伊島にへつらい、伊島の機嫌を取り続けて来た、さもしい自分を。

不意に背後から羽交《はが》い締めにされて、陸人は伊島から引き離された。

「やめるんだ」

耳元で士郎の声がした。床に伊島がへたり込むようにして身体を丸めている。

陸人は士郎を振り払い、再び、伊島に馬乗りになった。

警察！

その声はたぶんバーテンダーだろう。呼べばいい。逮捕でも何でもすればいい。ここで伊島を殴らなければ、自分は一生、さもしさを引き摺《ず》って生きてゆかねばならない。

## 士郎

警察を出た時は、もう午前一時を回っていた。

夜空には輪郭のぼやけた月が、孤独に浮かんでいた。

「どこかで少し、飲んで行こうか」

士郎の誘いに陸人は首を横に振った。

「いいえ、帰ります。ご迷惑をお掛けしました」

「いいんだ、そんなこと」

ひとりになりたいのだろう。男はこんな時、そう思うものだ。今、士郎が何を言っても、たぶん的《まと》を射たものにならないだろう。

取り調べは思ったより早く終わった。伊島が、駆けつけた警官に「ただの喧嘩《けんか》だ」と告げたからだ。告訴する気も被害届けを提出する気もないと、切れた唇から流れる血を拭《ぬぐ》いながら言った。それが伊島なりの思いの表れだったのかもしれない。それでも伊島がわずかだが怪我《けが》をしたということで、陸人はパトカーに乗せられ、連行された。士郎は結子に、後のことは任せて家に帰るよう言い、陸人に付き添った。

「じゃあ、ここで失礼します」

車の往来のある通りに出ると、陸人は立ち止まり、タクシーを止めた。

「津久見さんから、どうぞ」

「そうか、じゃあ」

好意を受けるのが礼儀のように思えた。

タクシーに乗り込もうとした時、陸人が言った。

「すみませんでした、結局、話をぶち壊してしまって」

士郎はほほ笑んだ。

「いや、君がやっていなかったら、僕がやっていたよ」

陸人の顔にもわずかに笑みが浮かんだ。

「じゃあ」

「はい」

ドアが閉まり、タクシーは走り出した。

シートに深くもたれかかり、大きく息を吐き出してから、士郎は携帯電話を取り出した。結子がさぞかし気を揉《も》んで、連絡を待っているだろう。コールが一度で、結子の緊張した声が聞こえた。

「士郎?」

「うん」

「どうだった?」

「大丈夫、大事にはいたらなかったよ。島原くんももう自宅に戻ったから」

「そう……」

気が抜けたように、結子は答えた。

「結子がいたからびっくりしたよ、何であそこにいたんだ？」

「それは……島原くんから紹介してもらったの。たまたま仕事のことで、ちょっと用があったのよ。彼、レストランやブティックの設計をしていて、私の次にデザインする作品にそのことが必要だったから」

事前に陸人から、伊島が父親の経営している建築会社に在籍していることは聞いていた。結子のデザインは主に化粧品のパッケージで、伊島とは畑違いのようにも思えるが、ものを作り出すという点で仕事上の関わりがあっても不思議ではないのかもしれない。

けれど、それはとてもまっとうな答えだったが、まるで予め《あらかじ》用意されていた言い訳のようにも聞こえて、士郎はかすかに違和感を持った。

「私もびっくりしたわ。島原くんと会うことは知ってたけど、まさか、伊島さんを探していたなんて。仕事のことだとばかり思ってたから」

「うん」

士郎もまた気まずい気持ちで答えた。結局、結子が同席することで、話の内容をすべて知られてしまうことになった。今まで、志木子のことは結子に一度も話したことはない。

「嘘《うそ》をつく気はなかったんだけど、まあ、つまり、ああいうことだったわけだ」

「志木子さんって人とは、どういう知り合いなの？」

当然、向けられる質問だと思っていた。

「行きつけの『つるや』っていう飲み屋の女の子だよ。俺は前々からそこの親爺《おやじ》さんとおかみさんの世話になってるんだけど、彼女、今度、そこの養女になることになってね。まあ、たまたま同じ栃木の出身だったりしたものだから、親爺さんやおかみさんに頼まれたんだ」

我ながら言い訳がましいと思った。頼まれたわけではないし、ましてや親爺さんやおかみさんはこの件について何も知らない。もちろん志木子とは何もないのだから、正々堂々としていればいいのだが、勘ぐられても仕方ないように思えた。

「そうなの、大変だったのね」

結子はあっさり言った。

「うん、まいったよ」

ほっとして、士郎は答えた。結子はそれ以上、話を深追いすることはなかった。それは士郎も同じだった。これ以上、互いに話を聞き出そうとすれば、きっともっと面倒なことになってしまいそうな気がした。

「とにかく、ひどい夜になってしまった」

「本当に」

ふたりのため息が重なりあった。

## 結子

電話を切って、結子は肩から力が抜けてゆくのを感じた。

ドアから士郎と陸人が現れた時は、驚きのあまり、声も出なかった。いったい何が起こったのか、頭の中が思考を止めて空洞になった。そして、いったいこれから何が起こるのか、その不安が瞬《またた》く間に広がった。

士郎と伊島が、あんな形で接点を持つなんて想像もしていなかった。その接点の理由そのものが、あまりにも思いがけない現実だったことに、結子はただただ驚いた。

伊島という男の傲慢《ごうまん》や身勝手はわかっていたつもりである。それでも惹《ひ》かれていた。いや、それだからこそ惹かれていた。けれど、それもこうして冷静になってみると、自分に直接降りかかることのない安全な場所にいてこそ感じる思いだったように思えてくる。

俺の知ったことじゃない。

平然とそう口にした伊島を見た時、結子は到底、理解の及ばない伊島の心の在り方を思った。そうなった伊島には、そうなるしかなかったこれまでの生き方や環境があるのだろう。けれど、それを差し引いても、伊島の底知れぬ冷酷さを感じた。

目が覚めた、と言うのとは少し違うかもしれない。けれども、結子の中にあった伊島に対する摑《つか》みようのない思いが砕け去ったのは確かだった。

士郎には、仕事で会っていた、と言い訳したが、そのまま受け取られたかどうかはわからない。ただ、士郎はそれ以上のことは聞かなかった。結子もまた、志木子という女性に対しての士郎の言い分を、それ以上、詮索《せんさく》しようとはしなかった。そんな資格など、自分にはないように思えた。

離れて暮らすようになってから、士郎にも自分にも、さまざまなことが起きていたのだろう。夫婦なんて、ほんの少し離れただけで、知らない誰かのようになってしまう。自分たちを繫《つな》げていたものは、いったい何だったのだろう。

そしてもうひとつ、気掛かりがあった。陸人に対して、ある意味で、士郎に対してよりずっと後ろめたさを感じていた。

伊島と会っていた結子を見て、陸人は何と思っただろう。裏切り、それとも、失望。確かに、あの瞬間、陸人はそんな目で結子を見た。陸人は本当は伊島ではなく、結子を殴りたかったのかもしれない。

陸人との終わりを、はっきりと感じた。言い訳などできるはずがなかった。伊島とはただ会っていただけ、それ以上は何もない。そんな言葉が何の意味を持つだろう。陸人に黙って会っていた、それだけで十分に、陸人を裏切ったことになるはずだ。

結子は自分をひどく恥じていた。胸のどこかで、うまくやれると驕《おご》った気持ちでいた自分を思い知らされていた。いったいいつの間に、そんな下らない優越感に浸る女になっていたのだろう。

その夜、どうにも眠ることができなかった。夜が深まるにつれ、悔悟の思いが重くのしかかり、結子は暗闇《くらやみ》を見つめ続けた。

## 士郎

翌日、士郎は志木子に会った。

もう、答えは決めていた。そのことに後ろめたさを持つのはやめようと思っていた。伊島は見つからなかった。それでいいではないか。いつか、そのことで志木子と匠に恨まれることがあったなら、それは正面から受け止めよう。今はただ、あんな男を志木子や匠に会わせたくなかった。そうすることで、幸せになる者など誰ひとりいるとは思えなかった。

「悪かったね、力になれなくて。結局、見つけられなかった」

病院の待合室のベンチがやけに冷たく感じられた。

「とんでもないです。何てお礼を言っていいかわからないくらい津久見さんには感謝しています」

志木子はゆっくり首を振った。

「期待させるだけさせてしまって、申し訳ないと思ってるよ」

「やめてください、本当に、こんな私のためにいろいろと手を尽くしていただいて、こちらこそ申し訳ない気持ちでいっぱいなんです。これで私も決心がつきました。匠には最初から父親はいなかったんです。匠は私ひとりの子供です。これからは、親爺さんとおかみさんと、四人で暮らしてゆきます」

「そうか」

「だから本当に気になさらないでください。私は大丈夫ですから。ちゃんと生きてゆけますから」

ふと、もしかしたら志木子は何もかもわかっているのかもしれない、そんな気がした。

「そうだわ」

志木子が慌《あわ》ててバッグの中から紙を出して来た。

『つるや』の開店の日が決まったんです。来週の金曜日からです。これ、チラシです」

士郎は受け取り、目を落とした。

「そうか、いよいよか」

「もう毎日、おかみさんとてんてこ舞い」

志木子がくすくす笑った。その姿を士郎は目を細めて眺めた。志木子が輝いて見えた。これでよかったんだと、改めて思った。志木子はもう自分の足で歩き始めている、自分の力で生き始めている——。

不動産屋から電話が入ったのは、その翌日のことだ。

「先日の物件、いかがでしたか」

「ああ、そうだった」

決して忘れていたわけではないのだが、それについて真剣に考える気になれずにいた。最初に見た物件は確かに自分も結子も気に入った。条件的に何の不満もなかった。それでも、ここだと決めるには何かが欠けていた。その何かが、物件ではなく自分たちの気持ちにあることもわかっていた。

「返事、もう二、三日待ってもらえますか」

「実は他にも見学したいというお客様がいらっしゃるんです。もし、そちら様が先に手付けをうたれると……」

煽《あお》るつもりもあるのだろう。

「そうなったら、まあ、仕方ないということで」

士郎は答えた。他の客に決まれば、それはそれでいいではないか。いや、むしろその方が迷う必要がないということで、いっそ気が楽になる。

電話を切って、士郎はデスクに頰杖《ほおづえ》をついた。

広尾の独身寮と調布の実家、結子と離れ離れに暮らすようになって半年もたっていた。当初は、とりあえずの別居だった。次の住み処《すか》が決まるまで、久しぶりに一人暮らしの快適さを味わうのも悪くない、互いにその程度の思いから始まった。結婚して七年、いやもう八年か、共に暮らすことが当たり前になっていた自分たちにとって、それはちょっと旅に出るような新鮮な感覚だった。

そんな気持ちでいられたのは、期間限定だったからに違いない。それが予想を超えて月日がたち、いつの間にか、今のこの暮らしが、本来の生活のように思えてしまう時もある。

確かに、ひとりは快適だ。ひとりになりたいと、結子と暮らしている時に何度思ったことだろう。そうして今、実際なってみて、それは確かに予想通りの快適さがあった。

結婚なんて形はさまざまだ。別居結婚もさほど珍しいスタイルではなくなった。自分たちに子供はいない、さしあたって、抱えなければならない面倒なこともない。

だったら、このままでもいいのではないか。

ただ、こうも思うのだ、今のこのひとりの快適さと、結子との生活を引き換えてもいいと、自分は望んでいるだろうか。

たとえどんなに惚《ほ》れた女でも、誰かと暮らすということは、煩《わずら》わしさを抱えるということだ。もし、今の快適さを持ち続けたいのなら、自分はもう一生、誰とも暮らすことはできないだろう。その覚悟が本当にあるのか。そこまでひとりの快適さに執着しているのか。

結子はどうなのだろう。以前の夫婦ふたりの生活を、もう一度始めたいと思っているのだろうか。

## 結子

翌日、陸人は出社しなかった。

その翌日もだ。庶務係の女の子に聞くと、まとまった休暇を取ったということだった。

陸人に連絡をしていいものか、結子は迷っていた。今の陸人にしてみれば、結子の顔を見たくない、声を聞きたくもない、それが当然だと思う。だからこそ会社に来る気にもなれないに違いない。

三日目に、突然、陸人が退社することになったと社長から聞かされて、結子はひどく動揺した。

「一身上の都合ってことだけど、まったく呆《あき》れてものが言えないわ。せっかく見込んで引き抜いてあげたのに、こんなにあっさり辞めてしまうなんて」

社長は憤懣《ふんまん》やるかたない様子で、結子にそれを告げた。

いてもたってもいられなかった。もし、今回の件で陸人が会社を辞めるというなら、自分が辞めてもいい。報いを受けなければならないのは、陸人ではない、自分の方だ。

「早退させてもらうから」

結子はデスクを片付けて、庶務係の女の子に告げた。

「え、でも、夕方に製作会社と打ち合わせが入ってますけど」

「悪いけど、明日にして。体調が悪いとでも言っておいて」

結子は事務所を飛び出した。

タクシーに乗り込み、携帯電話を取り出したが、掛けようとした指を止めた。結子とわかれば陸人は出ないかもしれない。出ても、今そちらに向かっていると言えばどこかに行ってしまうかもしれない。とにかくアパートまで行ってみよう。それからのことは、着いてから考えよう。

陸人のアパートの前に立ち、結子は部屋を見上げた。窓が開いている。それを確認して階段を登り、部屋の前に立った。チャイムを押す指が冷たく震えた。

「はい」

「私、結子です」

一瞬、戸惑うような間があった。

「どうしたの」

ドアを開けようともせず、他人行儀な口調で陸人は返事をした。

「少し話がしたいの」

「今更、何を話すっていうんだ、そんなことしてもしようがないんじゃないかな」

「そうかもしれない、でも話をしたいの、させて欲しいの」

また少し間があり、やがて錠がはずされる音がした。

「どうぞ、散らかってるけど」

素っ気なく陸人は言った。たった三日のことなのに、陸人は痩《や》せ、頬にわずかに陰が差していた。

「引っ越し、決めたの？」

部屋はすでに段ボール箱が重ねられていた。

「ああ」

「猫たちは？」

「引っ越すまで、ペットホテルに預けている」

「さっき社長から聞いたの、あなたが事務所を辞めること」

「話は、本をまとめながらでもいいかな」

「ええ、どうぞ、好きにして」

陸人は床に腰を下ろし、本を段ボール箱に詰めてゆく。

「どうして？」

言ってから、自分の言葉に臍《ほぞ》を噬《か》んだ。決まっているではないか、そうさせたのは結子だ。

「いろいろ考えた上での結論さ」

「あなたが辞めることはないわ、それくらいなら私が辞めるわ」

「馬鹿《ばか》なことを」

「そんなこと、あなたにさせられるわけがない。みんな私のせいだもの」

「責任を感じてるってわけか」

「責任じゃない」

結子は呟《つぶや》いた。

陸人が手を止めて、わずかに顔を向けた。

「自分を恥じてるのよ、本当に、私、自分が死ぬほど恥ずかしい」

「だったら、僕も同じさ」

陸人は再び、本を段ボール箱に詰め始めた。

「結局、あいつの呪縛《じゅばく》から逃れることができなかった」

結子は陸人の横顔を見つめた。

「こんな言い方、もしかしたら、気を悪くするかもしれないけれど、あいつがいなかったら、僕たちこんなふうになっていなかったような気がするんだ。あいつはあなたに興味を示したけれど、あなたはあいつを否定した。その時、僕はこう思った、『ほら、おまえを嫌う女だっているんだ』って。つまり、あなたとそうなることで、伊島にしてやったりみたいな気分になったんだと思う。結局、あなたを利用しただけなのかもしれない」

結子は言葉を慎重に選んだ。

「いいえ、あなたはそんな人じゃないわ」

けれども、陸人はまるで聞こえなかったように続けた。

「沖縄に行くことにした」

「え……」

結子は思わず言葉に詰まった。

「沖縄に行った時から、漠然とだけど、ここに住めたらいいなぁって思ってたんだ。このアパートを出て行かなくちゃならなくなって、いろいろ考えて、それなら沖縄に行こうって」

「仕事はどうするの？　あっちにアテはあるの？」

「ないよ、まったく。でも、しばらくデザインの仕事から離れたいと思ってる。もともと、化粧品のパッケージの仕事は自分の性に合ってなかった。遅かれ早かれ、こうなったんだと思う。あなたのせいじゃない」

「あっちに行って何をするの？」

「前に訪ねた琉球ガラスの工房に潜り込めたらって考えてる」

そんな気楽さで大丈夫だろうか。生活はできるのだろうか。

そんなことを思った結子を見透かしたように、陸人は答えた。

「大丈夫さ、まだ僕はどんなふうにでも生きられる年だ」

不意に、打ちのめされたような気になった。結子よりずっと若い陸人には、ためらいよりも、無茶をしでかすことがまだ許されている。

結子は、沖縄に出掛けた時のことを思い出していた。陸人はまるで子供のように、熱心に職人たちの仕事に見入っていた。

「猫たちのためにもなるしね。こんな都会に暮らすよりずっと猫らしく生きられる」

陸人がかすかに笑った。結子もそれに応《こた》えるように頷《うなず》いた。

「私にできること、何かある？」

「何にも」

「そう」

不意に陸人が手を差し出した。

「元気で」

結子は改めて陸人を眺めた。もう、男の目をしていた。決断した、男の目だ。

「あなたも」

結子はそれを握った。

手のひらから伝わる陸人の温かさは、もう懐《なつ》かしさに変わっていた——。

「ねえお母さん、私、いざとなったらずっとこの家に住んでもいいのよね」

夕食後、居間でお茶を飲みながらテレビを観《み》ていた母に、結子は尋ねた。

「士郎さんと何かあったの？」

母が怪訝《けげん》な顔を向けた。

「別にないわよ」

何かというほどではない。夕方、士郎から例のマンションについての連絡があっただけだ。士郎の口調は曖昧《あいまい》で、結局のところ、借りるか借りないか、選択を結子に任せるというものだった。つまりそれは、一緒に暮らすか暮らさないか、その決断を任すということでもあるように感じた。それを言われた時の失望に似た感覚をどう言えばいいのだろう。

「ずっとは無理ね」

母の思いがけない言葉に、思わず結子は「どうして」と、声を上げていた。てっきり、好きなだけいてもいいのよ、という答えがあるものとばかり思っていた。

「しばらくはいいわよ、まあ数年くらいでもなんとかなると思うわ。でも、ずっとは別。この家はお父さんと私の老後のための大切な財産なんだもの。これからもっと年をとれば、病気にもなるだろうし、そうなればお金が必要でしょう。その時は、この家を処分するつもりでいるの。だから、悪いけど、アテにしてもらったら困るのよ。それはもちろん、広和に対しても同じことよ」

結子は黙った。両親にとって子供はいちばん大切な存在だと思っていた。何があっも、最後は両親が助けてくれると思い込んでいた。

もう、そんな時代は終わったのだ。両親たちはとっくに六十歳を超えている。大人になった息子や娘よりも、自分たちのこれからの人生を優先して当然ではないか。子供なんて身勝手なものだ。自分たちは親の都合など考えもせず好きに生きておいて、困った時だけ、急に子供のふりをして、親の懐《ふところ》の中に逃げ込もうとしている。

「冷たい言い方かもしれないけど」

「ううん、何だかすごく納得したわ」

「士郎さんと暮らさないの？」

「まだ、そうと決めたわけじゃないけど……最近、思うの、夫婦って何だろうって」

結子はため息まじりに天井を見上げた。

「一緒にいた頃は、毎日こんなものだろうって思ってた。士郎は基本的にまじめな人だし、夫としてはかなり上質な方だと思うわ。子供はいなかったけど、私は結構幸せな方だって思ってたの。でも、離れて暮らしてみて、これはこれで快適なことにびっくりしてるのよ。今では、何も夫婦だからって一緒に暮らす必要はないんじゃないのって思うくらい」

「そうね」

「お母さんとお父さんだって、そうしているんだもの」

母は湯飲み茶碗《ぢゃわん》を両手で包み込んだ。

「まあ、そうだわね」

「そんなことを考えると、もしかして、私たちが夫婦になったってこと自体、間違ってたんじゃないかしらって思えて来るわ。もし他の人と結婚してたら、もっと違う夫婦になれたかもしれないって」

母は困ったように、わずかに眉《まゆ》を顰《ひそ》めた。

「なに?」

「私が私だから、結子のこと、あんまり言えた義理じゃないけど」

「間違ってたと思うほど、あなたたち、ちゃんと夫婦をやってきた?」

「え……」

一瞬、言葉に詰まった。

「でも、もう結婚して八年たつわ」

「たった八年じゃない。それで夫婦の何がわかるのかしらね。私なんか四十年以上、お父さんと夫婦をやってきたけど、まだわからないわ。今もしょっちゅう思うのよ、本当にお父さんでよかったのかしらって。私たち夫婦になってよかったのかしらって。

だからまあ、こんなことになってるわけだけど」

「そうなの？　四十年たってもわからないものなの？」

「そうよ、結論なんて出ないわね。それはね、きっと、夫婦に結論なんてないからだと思うの」

「でも、離婚すれば、それは結論を出したってことになるでしょう」

「みんながみんなそうだとは言わないけど、別れる別れない、どちらを選んだとしても、これでよかったのかって、やっぱり迷い続けるような気がするのよ」

「それは、そうかもしれないけど……」

「夫婦なんて、わからないことだらけで当たり前なんじゃないかしらね」

結子は黙った。母の言っていることを、全面的に肯定する気にはなれなかったが、否定するだけの言葉も持ってはいなかった。

夫婦って何だろう。

このシンプルな疑問を、一生、夫婦は胸の中に潜め続けて生きてゆかねばならないのだろうか。

「ねえ、あなたが士郎さんと結婚したいと言った時、何て言ったか覚えてる？」

母が言いながら、ゆっくりとお茶を啜《すす》った。

「何か言ったっけ？」

「私とお父さんを前にして、こう言ったのよ。『今まで、後悔することがない相手ばかり探していたけど、初めて、後悔しても構わないって思える人と出会えた』って」

「やだ、私、そんなこと言ったの……」

「言ったのよ」

「恥ずかしい」

「結局、夫婦の支えになってゆくものって、そういうことなんじゃないかしらね」

母が笑った――。


土曜日、結子は三宿のマンションに行ってみた。

驚いたことに、そこにはすでに住人がいた。まだ二十代と思える若いカップルが、ベランダで洗濯物を取り込んでいる。きっと新婚なのだろう、甘やかな笑い声が、風に乗ってかすかに聞こえて来る。

世田谷公園のベンチに腰を下ろし、結子はかつて自分たちの部屋だった場所を眺めた。

結婚する前に、ふたりで散々探して決めたマンションだった。彼らのように、ここで夫婦としての生活を始めたのは、ついこの間のような気もするし、遠い出来事のようにも思える。

ただ一緒にいられればいい。あの時、確かにそう思った。それだけで幸せだった。その思いを、私はいったい、八年という年月のどこに置き忘れて来たのだろう。

「津久見さん」

不意に声を掛けられて振り返ると、スーパーマーケットの袋を提げた許子が立っていた。

「公園の前を通ったら、津久見さんがいたから」

「お久しぶり」

「お宅の部屋、新しい人が入ったのよ」

「みたいね」

「実は私も引っ越すことになっちゃって」

「あら、転勤？」

「そうなの。もう地方はうんざりだって、今度そうなる時は離婚だって夫に言ってたくらいなのに、やっぱり一緒に行くことになってしまって」

「だって夫婦ですものね」

口にした自分の言葉に、結子は何だか照れ臭くなった。

「そうなの、夫婦なのね、やっぱり私たちも」

許子の唇が艶《つや》やかに動く。

士郎と許子に何かあったのだろうか。それを想像しそうになって、結子は自分を押しとどめた。今更、そんなことを思っても、胸の中を引っ掻《か》き回すだけだ。許子はもうすぐ東京から去ってゆく。もう会うこともないだろう。

許子と別れて、結子は駅に向かって歩き始めた。渋谷に向かうプラットホームではなく、反対の電車に乗り、二駅目で降りた。階段を登り、前に歩いた道をたどってゆく。

例のマンションの前で足を止めた。それから携帯電話を取り出した。

「もしもし、私だけど」

「ああ、どうした」

「今、どこ？」

「寮だよ」

「マンションのことだけど」

「うん、どうするか決めたのか？」

「もう一度、見てみない？」

「いいけど」

「それで、もしいいようなら、そこに決めない？」

士郎はほんの少しの間、言葉を失った。けれどそれは、到底責めるには足らない、ささやかなためらいだった。

「もちろん、士郎がいいなら、だけど」

「今、どこにいるんだ？」

「マンションの前よ」

「あのマンションか？」

「そう、もう一度見たくなったの」

「わかった、すぐ行くよ。三十分で着くから」

電話を切って、結子は部屋を見上げた。

カーテンも掛かっていない殺風景な窓に、ふたつの影が揺れるのを想像し、それが少しも違和感なく自分の胸に入り込んできたことを嬉《うれ》しく思った。

陽がゆっくり西へと傾いてゆく。結子の足元に、頼りない影が少しずつ伸びてゆく。

夫婦って何だろう。

その答えに近付くために、もう一度、士郎と夫婦を始めるのも悪くない。その答えを探したいという気持ちを失わないでいる間を、もしかしたら、夫婦と呼ぶのかもしれない。

もうすぐ士郎がやって来る。

きっと、早足で、息を切らしながら、それでも、どうということはない顔をしてやって来る。あの曲がり角から——。

やがて、確かにそこに士郎の姿が見えて、結子はふと、懐かしいようなやるせないような、泣きたい気持ちになった。

# 解説

沼田まほかる

「ものすごく積極的に、というわけでもないけれど、いてもいいんじゃないかって思ってるのも確か」

「いや、いらないわけじゃないさ。別につくらないと決めてたわけじゃないんだし。ただ、ピンとこないというのが本当のところだけど」

子供をつくろうかという相談のなかで、妻・結子と夫・士郎が交わす会話である。

『100万回の言い訳』は、これらの言葉に見え隠れする奇妙な不完全燃焼を見据えた小説だ。自由度の高い社会に生きることの独特の困難さを、唯川恵氏は熟練した語り口にのせて、優しく鮮やかに描き出して見せる。自由とはなんだろう、そんな目新しくもない課題について、私たちはやっぱりもう一度考えてみずにいられなくなる。

結子も士郎も、安定した仕事と収入、健康、そこそこの魅力、といった現代社会で自由を享受《きょうじゅ》するための要件をクリアした恵まれた人たちだ。自由である彼等は、子供の問題ひとつとっても、どちらを選択することもできる。つくることもできるし、つくらないでおくこともできる。ほんとうに子供が欲しいのかどうかは、自分でももうひとつよくわからないし、この際あまり問題ではないかもしれない。ただ結子は、三十八歳という年齢や、仕事上の限界に背を押されるように、「梅雨明けの埃《ほこり》っぽい空気に満ちた地下鉄に揺られている時」にふと子供をつくろうと決心したのだ。

　しかし皮肉なことに、妊娠もしないうちに結子のこの決断そのものが流産してしまうことになる。彼等のマンションがボヤに巻き込まれて居住不能になってしまったからだ。

　面白いのは、水浸しになった部屋という設定だ。古典的な夢分析では、浸水の夢の多くは、いわゆる深層の無意識が現実（部屋）に侵入してくる状況の象徴とされる。不倫でもなければ経済的破綻《はたん》でも老親の介護問題でもない。あくまでも水浸しで住めなくなった部屋がきっかけで、受胎計画が流れるばかりか、夫婦の間に予想外の心理的プロセスが始まってしまうあたり、なんだかそんな夢の気配さえ感じる。

　やむをえない別居、思いがけなく味わう解放感、どことなく遠のいていくような互いの気持ち——。一連の成り行きのなかで、夫も揺れ、妻も揺れる。今まで事もなく円満に暮らしてきた二人だが、実は部屋という空間によってかろうじてつながりあっていたにすぎなかったのか？　そのことが今暴露されたのだろうか？

とは言え、恵まれている彼等はここでも自由だ。もう一度一緒に暮らすこともももちろんできる、別れることも、あるいは夫婦のままで別居を続けることもできる。選択権は再び彼等の手中にある。いつだってそうなのだ。

それなのに、なぜか？　自由で恵まれているはずの彼等は、絶対に不幸ではないけれど必ずしも幸福そうにも見えない。「ものすごく積極的に、というわけでもないけれど」「ピンとこないというのが本当のところだけど」と呟《つぶや》きながら、自分自身の欲望さえも見失いそうになっている。選択権を握りながら、奇妙な選択不能状態にいつまでもぐずぐずと踏みとどまっている。

読み進むにつれて、自由だから幸せ、というような単純思考はどんどん色褪《いろあ》せていく。そう、自由というのはひとつのシビアな状況なのだ。どれを選ぶこともできるということは、どれかを選ばなければならないということだ。いわば自分の運命を自分で決めるのだから、ためらいもし、足もすくむ。自由な彼等は自由であることによって心を蝕《むしば》まれ、自由のなかで孤立する。その結果、彼等が陥るのは名付けて決断困難症（Determination difficulty disorder）とでもいうべき状態だ。

ＤＤＤの人は岐路に立たされたときに、どちらか一方の生き方を簡単には選べないし、ようやく選んだとしても、選ばなかった方の生き方に常に嫉妬心《しっとしん》を抱く（唯川恵氏はたとえば『永遠の途中』において、この嫉妬心に鋭く触れている）。

何をするにも強いモチベーションをもたない彼等は、存在がどことなく希薄だ。結子と士郎の場合も、同じ部屋に住めなくなったというだけで、夫婦という実感があやふやになってしまう。

あやふやな彼等は言い訳の人でもある。言い訳はいわば不完全燃焼とセットであり、その大半は相手に対してよりは、自分自身に向けられる。「ものすごく積極的に、というわけでもないけれど」「ピンとこないというのが本当のところだけど」の後に、自分をなだめるための100万回の言い訳が連なる。ときにはそれは、希薄な彼等なりの希薄な悲鳴みたいにも聞こえる。

彼等は激しいものに飢えているから、必ずしも差し迫った衝動に駆られなくても、誘われればいともあっさりと恋の冒険に身をまかす。不倫を働くについての罪の意識もやっぱり希薄だ。

たしかに、伊島に対する結子の衝動だけはちょっと異質だ。衝動としての純度が高い。人でなしとわかっていても、いや、人でなしだからか、どうしようもなく伊島に魅《ひ》かれる。そこに働くのは一種デモーニッシュな力であり、DDDの人はこの種の力への渇望《かつぼう》が人一倍強いかもしれない。こういう現象をたどっていけば、得体の知れない宗教にはまってしまう心理とも、どこかでズルッとつながっていそうだ。

そして志木子である。もちろん結子は愛《いとお》しい素敵な人だが、この小説はさらに志木子が登場することで、なんというか、ある祝福を得ているのだ。志木子という名とともに、小説空間に毎回新しい風が吹き込んでくる。志木子といるときの私たちは、言い訳を忘れる。

多くの読者が結子と志木子を比較しながら読んだのではないだろうか。二人はいわばポジとネガ。仕事、収入、健康、魅力という自由の要件のうちで、志木子に与えられているのは健康だけだ。貧しく、働き口を失うのではないかといつもビクビクし、不器量で、おまけに子供まででいる。選択の末に産んだ子供なんかじゃない。行きずりの男に妊娠させられたのだ。選択権を持ちながら選択できない結子たちとちがって、志木子にははじめから選択の可能性が与えられていない。変な言い方だが、自由から自由だ。

結子と志木子、余裕のＤＩＮＫＳと悲惨なシングルマザー、選択不能と選択不可能。どっちが充足している？　どっちが地面に足を付けて生きてる？　どっちが輝いてる？　どっちが幸せ？

あなたはどう思われたでしょうか。

もし、志木子と結子のどっちかに生まれ変わって人生をやりなさい、と神様に言われたら、かなりＤＤＤな人でもすかさず結子の方を選ぶのではないか。少なくとも私はそうだ。でもそこで混乱してしまう。たとえば、幼い匠を乗せた自転車を押しながら仕事帰りの夜道を歩く志木子に、どうしてかはわからないが、ほとんど羨望《せんぼう》にちかいものを感じる自分が確かにいるからだ。作者のマジックか、それとも私の読み方がおかしいのか、もしかすると、不幸な志木子の方が結子より幸せなのではないか、と時々思ってしまうからだ。いったいなんなんでしょう、これは。今も考え続けています。

何を選んでも選ばなくても、結子たち士郎たちの言い訳はきっといつまでも続くだろうが、小説には終わりがある。すっかり言い訳中毒になった私たちは、ほんとうはいつまでもだらだらと彼等の声に耳を傾けていたい、と願っている。彼等の打ち明け話に思い切り感情移入して、ああでもないこうでもないと一緒になって考え続けていた間は、ささくれだった気持ちも不思議に癒《いや》されて、孤独感を忘れていることができたのに。だから、私たちはしょんぼりと本を閉じる。

私たちは、もしかしたら陸人の飼っている猫に似ているかもしれない。「怪しげな細い路地の奥も、雑草の匂《にお》いも、枝の感触も、この世に自分たちの心をこれほど躍らせるものがあるということを何も知らない」、1LDKの自由と安全に、囚《とら》われた猫たち。

でも、どことなく明るい元気をくれるこの小説のなかで、猫たちはどうやら、猫の本能を取り戻すために、陸人と一緒に沖縄へ行くらしいんだよね――。

（平成十八年四月、作家）

この作品は平成十五年九月新潮社より刊行された。

唯川恵著　とける、とろける

彼となら、私はどんな淫らなことだってできる――果てしない欲望と快楽に堕ちていく女たちを描く、著者初めての官能恋愛小説集。

唯川恵著　霧町ロマンティカ

別れた恋人、艶やかな人妻、クールな女獣医、小料理屋の女主人とその十九歳の娘……女たちに眩惑される一人の男の愛と再生の物語。

唯川恵著　逢魔

あなたとの交わりは、極楽なのか地獄なのか――。雨月物語や四谷怪談など古典を鮮やかに変奏した、エロスと恐怖が滴る八つの物語。

唯川恵著　ため息の時間

男はいつも、女にしてやられる――。裏切られても、傷つけられても、性懲りもなく惹かれあってしまう男と女のための恋愛小説集。

唯川恵著　「さよなら」が知ってるたくさんのこと

泣きたいのに、泣けない。ひとりで抱えてるのは、ちょっと辛い――そんな夜、この本はきっとあなたに「大丈夫」をくれるはずです。

唯川恵著　恋人たちの誤算

愛なんか信じない流実子と、愛がなければ生きられない侑里。それぞれの「幸福」を摑むための闘いが始まった――これはあなたの物語。

江國香織著
## 東京タワー
恋はするものじゃなくて、おちるもの——。いつか、きっと、突然に……。東京タワーが見える街で繰り広げられる狂おしい恋愛模様。

江國香織著
## 神様のボート
消えたパパを待って、あたしとママはずっと旅がらす…。恋愛の静かな狂気に囚われた母と、その傍らで成長していく娘の遥かな物語。

江國香織著
## 流しのしたの骨
夜の散歩が習慣の19歳の私と、タイプの違う二人の姉、小さな弟、家族想いの両親。少し奇妙な家族の半年を描く、静かで心地よい物語。

江國香織著
## ホリー・ガーデン
果歩と静枝は幼なじみ。二人はいつも一緒だった。30歳を目前にしたいまでも……。対照的な女性二人が織りなす、心洗われる長編小説。

江國香織著
## つめたいよるに
愛犬の死の翌日、一人の少年と巡り合った女の子の不思議な一日を描く「デューク」、デビュー作「桃子」など、21編を収録した短編集。

江國香織著
## きらきらひかる
二人は全てを許し合って結婚した、筈だった……。妻はアル中、夫はホモ。セックスレスの奇妙な新婚夫婦を軸に描く、素敵な愛の物語。

小池真理子著
**望みは何と訊かれたら**

殺意と愛情がせめぎあう極限状況で生れた男女の根源的な関係。学生運動の時代を背景に愛と性の深淵に迫る、著者最高の恋愛小説。

小池真理子著
**欲　望**

愛した美しい青年は性的不能者だった。決してかなえられない肉欲、そして究極のエクスタシー。あまりにも切なく、凄絶な恋の物語。

小池真理子著
**無花果の森**
芸術選奨文部科学大臣賞受賞

夫の暴力から逃れ、失踪した新谷泉。追いつめられ、過去を捨て、全てを失って絶望の中に生きる男と女の、愛と再生を描く傑作長編。

小池真理子著
**恋**
直木賞受賞

誰もが落ちる恋には違いない。でもあれは、ほんとうの恋だった——。痛いほどの恋情を綴り小池文学の頂点を極めた直木賞受賞作。

山田詠美著
**ラビット病**

ふわふわ柔らかいうさぎのように、いつもくっついているふたり。キュートなゆりちゃんといたいけなロバちゃんの熱き恋の行方は？

山田詠美著
**放課後の音符《キイノート》**

大人でも子供でもないもどかしい時間。まだ、恋の匂いにも揺れる17歳の日々——。放課後にはじまる、甘くせつない8編の恋愛物語。

恩田陸著

**球形の季節**

奇妙な噂が広まり、金平糖のおまじないが流行り、女子高生が消えた。いま確かに何かが大きく変わろうとしていた。学園モダンホラー。

恩田陸著

**ライオンハート**

17世紀のロンドン、19世紀のシェルブール、20世紀のパナマ、フロリダ……。時空を越えて邂逅する男と女。異色のラブストーリー。

恩田陸著

**図書室の海**

学校に代々伝わる〈サヨコ〉伝説。女子高生は伝説に関わる秘密の使命を託された――。恩田ワールドの魅力満載。全10話の短篇玉手箱。

川上弘美著

**おめでとう**

忘れないでいよう。今のことを。今までのことを。これからのことを――ぽっかり明るくしんしん切ない、よるべない十二の恋の物語。

川上弘美著

**ニシノユキヒコの恋と冒険**

姿よしセックスよし、女性には優しくこまめ。なのに必ず去られる。真実の愛を求めさまよった男ニシノのおかしくも切ないその人生。

川上弘美著

**センセイの鞄**

谷崎潤一郎賞受賞

独り暮らしのツキコさんと年の離れたセンセイの、あわあわと、色濃く流れる日々。あらゆる世代の共感を呼んだ川上文学の代表作。

桐野夏生著

ジオラマ

あたりまえのように思えた日常は、一瞬で、あっけなく崩壊する。あなたの心も、変わってゆく。ゆれ動く世界に捧げられた短編集。

桐野夏生著

冒険の国

時代の趨勢に取り残され、滅びゆく人びと。同級生の自殺による欠落感を埋められない主人公の痛々しい青春。文庫オリジナル作品！

角田光代著

キッドナップ・ツアー

産経児童出版文化賞・路傍の石文学賞受賞

私はおとうさんにユウカイ(＝キッドナップ)された！　だらしなくて情けない父親とクールな女の子ハルの、ひと夏のユウカイ旅行。

角田光代著

さがしもの

「おばあちゃん、幽霊になってもこれが読みたかったの？」運命を変え、世界につながる小さな魔法「本」への愛にあふれた短編集。

角田光代著

しあわせのねだん

私たちはお金を使うとき、べつのものも確実に手に入れている。家計簿名人のカクタさんがサイフの中身を大公開してお金の謎に迫る。

高樹のぶ子著

光抱く友よ

芥川賞受賞

奔放な不良少女との出会いを通して、初めて人生の「闇」に触れた17歳の女子高生の揺れ動く心を清冽な筆で描く芥川賞受賞作ほか2編。

小川洋子著
**薬指の標本**

標本室で働くわたしが、彼にプレゼントされた靴はあまりにもぴったりで……。恋愛の痛みと恍惚を透明感漂う文章で描く珠玉の二篇。

小川洋子著
**まぶた**

15歳のわたしが男の部屋で感じる奇妙な視線の持ち主は？　現実と悪夢の間を揺れ動く不思議なリアリティで、読者の心をつかむ8編。

小川洋子著
**博士の愛した数式**
本屋大賞・読売文学賞受賞

80分しか記憶が続かない数学者と、家政婦とその息子――第1回本屋大賞に輝く、あまりに切なく暖かい奇跡の物語。待望の文庫化！

小川洋子著
**いつも彼らはどこかに**

競走馬に帯同する馬、そっと撫でられるブロンズ製の犬。動物も人も、自分の役割を生きている。「彼ら」の温もりが包む8つの物語。

宮木あや子著
**花宵道中**
R－18文学賞受賞

あちきら、男に夢を見させるためだけに、生きておりんす――江戸末期の新吉原、叶わぬ恋に散る遊女たちを描いた、官能純愛絵巻。

柚木麻子著
**BUTTER**

男の金と命を次々に狙い、逮捕された梶井真奈子。週刊誌記者の里佳は面会の度、彼女の言動に翻弄される。各紙絶賛の社会派長編！

梨木香歩著

**エンジェル エンジェル エンジェル**

神様は天使になりきれない人間をゆるしてくださるのだろうか。コウコの嘆きがおばあちゃんの胸奥に眠る切ない記憶を呼び起こす。

梨木香歩著

**春になったら莓を摘みに**

「理解はできないが受け容れる」——日常を深く生き抜くことを自分に問い続ける著者が、物語の生れる場所で紡ぐ初めてのエッセイ。

梨木香歩著

**西の魔女が死んだ**

学校に足が向かなくなった少女が、大好きな祖母から受けた魔女の手ほどき。何事も自分で決めるのが、魔女修行の肝心かなめで……。

梨木香歩著

**裏庭**

児童文学ファンタジー大賞受賞

荒れはてた洋館の、秘密の裏庭で声を聞いた——教えよう、君に。そして少女の孤独な魂は、冒険へと旅立った。自分に出会うために。

梨木香歩著

**からくりからくさ**

祖母が暮らした古い家。糸を染め、機を織る、静かで、けれどもたしかな実感に満ちた日々。生命を支える新しい絆を心に深く伝える物語。

梨木香歩著

**りかさん**

持ち主と心を通わすことができる不思議な人形りかさんに導かれて、古い人形たちの遠い記憶に触れた時——。「ミケルの庭」を併録。

荻原浩著
**コールドゲーム**
あいつが帰ってきた。復讐のために——。4年前の中2時代、イジメの標的だったトロ吉。クラスメートが一人また一人と襲われていく。

荻原浩著
**噂**
女子高生の口コミを利用した、香水の販売戦略のはずだった。だが、流された噂が現実となり、足首のない少女の遺体が発見された——。

重松清著
**舞姫通信**
教えてほしいんです。私たちは、生きてなくちゃいけないんですか？ 僕はその問いに答えられなかった——。教師と生徒と死の物語。

重松清著
**きよしこ**
伝わるよ、きっと——。少年はしゃべることが苦手で、悔しかった。大切なことを言えなかったすべての人に捧げる珠玉の少年小説。

伊坂幸太郎著
**オーデュボンの祈り**
卓越したイメージ喚起力、洒脱な会話、気の利いた警句、抑えようのない才気がほとばしる！ 伝説のデビュー作、待望の文庫化！

伊坂幸太郎著
**ラッシュライフ**
未来を決めるのは、神の恩寵か、偶然の連鎖か。リンクして並走する4つの人生にバラバラ死体が乱入。巧緻な騙し絵のごとき物語。

## 新潮文庫最新刊

河盛好蔵著
**人とつき合う法**
ゲーテ、チェーホフ、ヴァレリー、ベルグソンら先賢先哲の行跡名言から、人づき合いの要諦を伝授。昭和の名著を注釈付で新装復刊。

真山仁著
**オペレーションZ**
破滅の道を回避する方法はたったひとつ。日本の国家予算を半減せよ！　総理大臣と官僚たちの戦いを描いた緊迫のメガ政治ドラマ！

谷村志穂著
**移植医たち**
臓器移植――それは患者たちの最後の希望。情熱、野心、愛。すべてをこめて命をつなげ。三人の医師の闘いを描く本格医療小説。

一條次郎著
**動物たちのまーまー**
混沌と不条理の中に、世界の裏側への扉が開く。『レプリカたちの夜』で大ブレイクした唯一無二の異才による、七つの奇妙な物語。

奥野修司著
**魂でもいいから、そばにいて**
―3・11後の霊体験を聞く―
誰にも言えなかった。でも誰かに伝えたかった――。家族を突然失った人々に起きた奇跡を丹念に拾い集めた感動のドキュメンタリー。

葉室麟著
**古都再見**
人生の幕が下りる前に、見るべきものは見ておきたい。歴史作家は、古都京都に仕事場を構えた――。軽妙洒脱、千思万考の随筆68篇。

100万回《ひゃくまんかい》の言《い》い訳《わけ》

新潮文庫　ゆ－7－9

平成十八年六月一日発行
令和二年四月十日二十三刷

著者　唯《ゆい》川《かわ》恵《けい》

発行者　佐藤隆信

発行所　株式会社新潮社

郵便番号　一六二－八七一一
東京都新宿区矢来町七一
電話 編集部(〇三)三二六六－五四四〇
読者係(〇三)三二六六－五一一一
http://www.shinchosha.co.jp

価格はカバーに表示してあります。

乱丁・落丁本は、ご面倒ですが小社読者係宛ご送付ください。送料小社負担にてお取替えいたします。

印刷・大日本印刷株式会社　製本・加藤製本株式会社

ISBN978-4-10-133429-5 C0193